Stanley's Journey to Find Love

스탠리의 사랑 이야기

초판 1쇄 인쇄 2020년 11월 10일
초판 1쇄 발행 2020년 11월 11일

지은이 스탠리
펴낸이 최화숙
편집인 유창언
펴낸곳 아마존북스

등록번호 제1994-000059호
출판등록 1994. 06. 09

주소 서울시 마포구 성미산로2길 33(서교동), 202호
전화 02)335-7353~4
팩스 02)325-4305
이메일 pub95@hanmail. net/pub95@naver. com

ⓒ 스탠리 2020

ISBN 979-89-5775-249-4 03810

값 15,000원

스탠리의
사랑 이야기

스탠리 지음

Stanley's Journey to Find Love

아마존북스

왜 사랑일까?

의사의 삶은 밖에서 보면 꽤 근사하게 보인다. 돈과 명예가 보장되는 우리 사회의 선망받는 직업 중 하나다. 그런데 정작 나는 그리 행복했다는 생각이 들지 않는다. 남들처럼 삶의 고통과 경제적 어려움도 겪었다. 이대로 주저앉을지도 모른다는 극심한 좌절에도 빠졌다. 어쩌면 물질적 부와 허울 좋은 명예를 좇는 세계의 한가운데에 놓인 '낙동강 오리알' 같은 신세였을지도 모른다.

직업이나 환경은 껍데기에 불과할지 모른다는 생각을 가지게 된 것은 불과 몇 년 전이다. 나를 둘러싼 견고한 벽 안에서 서서히 죽어가는 기분을 떨칠 수 없었다. 비단 나뿐만 아니라 많은 사람이 인정 욕망, 생존경쟁, 각자도생 등 생존과 욕망의 틈바구니에 갇혀 있다. 그것도 타인의 희생과 패배를 디딤돌 삼는 나만의 생존과 승리를 따지고 있을 뿐이다.

우리 사회는 삶에 대한 회의와 갈등과 적대감이 넘친다. 개인과 사회 모두가 서로 먼저 죽겠다고 나선 것처럼 보일 정도다. 고립과 절망의 굴레에 갇혀 헤어나지 못하는 개인은 어둠의 동굴 깊숙이 들어가 웅크리고 있다가 서서히 말라 죽는다. 그 굴레를 벗어나려 열심히 '자기계발'을 하려 하지만, 이 또한 경쟁의 누군가를 제치고 밟고 일어서 성공하겠다는 욕망의 주술을 따르는 것에 불과하다.

어쩌면 허상에 가까운, 겉으로 보이는 물질적 욕망의 추구보다 자신의 실존과 본질을 고민해야 한다. 철학에서 이 화두를 다루는 것은 자신의 실존과 본질을 아는 것이 자신뿐 아니라 사회의 문제를 푸는 열쇠이기 때문이다.

많은 선인의 말과 철학적 지식, 영적 각성을 통해 깨달은 해답은 신기하게도 사랑이었다. 삶의 진한 내음이 풍기는 그 사랑을 차츰 알게 됐다. 자신의 내면 안에서 울리고, 타인의 말과 행동에서 퍼져 나오는 사랑을 알면서 꼬인 매듭은 풀어졌다. 사랑만이 해결책이라는 것을 이제야 깨달았다.

그 사랑을 아는 데는 많은 철학적 지식을 요구하지 않는다. 이 책을 통해서 사랑으로 바로 가는 길, 사랑이 어떻게 나와 사회를 변화시킬 수 있는지 그리고 사랑이 얼마나 위대하고 절대적인지 알리려고 한다. 자신 속의 사랑으로의 여행을 떠난다고 생각하면 된다. 그 여행은 즐거울 것이다.

인생을 돌아보면, 제대로 살았다고 생각되는 순간은 사랑하는 마음으로 살았던 순간뿐이다. 우리는 언제 사라질지 모르는 찰나의 시간을 무수히도 보냈다. 지금 그 순간들을 떠올리며 회한을 느끼는 것은 그때 사랑하지 못했다는 아쉬움 때문일 테다.

이 세상에서 가장 애절하고도 아름다운 사랑은 나 자신을 사랑하는 것이다. 나를 사랑하니 비로소 주위와 세상이 보였다. 사랑이 세상을 채우면 삶의 소중함은 서로 지켜줄 수밖에 없다. 기쁨과 슬픔, 희망과 두려움이 뒤섞여 있는 삶이라 해도 불안하지 않다. 삶은 고귀한 사랑을 배울 소중한 기회가 주어지는 시간이다. 그 소중한 기회가 있다는 것을 알게 되면, 증오가 아닌 사랑으로 살게 되고, 그 사랑으로 온 세상을 채우려 한다.

사랑이라는 본질을 보고, 느끼고, 즐기는 것이 최고의 인생이다. 개인이 모인 공동체도 사랑 안에서 행복한 삶을 지향한다. 국가의 품격도 마찬가지다. 사랑이 우선순위인 나라가 부강한 나라다. 국가의 신뢰 지수가 높고 복지가 발달한 나라는 사랑이 사회적 시스템의 뿌리로서 구축된 나라들이다.

반면 총부리를 서로 겨누고, 증오의 칼날을 벼리는 갈등이 세계에 존재한다. 이를 해결할 수 있는 유일한 방법 또한 사랑이다. 개인의 사랑이 모인 하나의 큰 사랑이 세계의 문제를 해결할 수 있다. 사랑이 세상을 바꿀 수 있다면 마다할 이유가 없다. 가뜩이나 불안과 공포의 시대에서 사는 우리의 선택지는 그리 많지 않다. 오로지 죽느냐 사느냐의 양자택일에서 벗어나지 못한다. 그러나 사랑은 죽느냐 사느냐의 양자택일의 관점을 넘어 우리가 함께 평화롭게 살 수 있는 길로 인도해준다.

모쪼록 이 책이 자신 안에 말없이 기다리는 사랑을 찾는 계기가 됐으면 한다. 그리고 그 사랑이 자신에게서 이웃으로 드러나며, 퍼지고 퍼져서 온 세상에 사랑이 넘치기를 바란다. 사랑이 넘치는 세상, 그곳이 바로 이 땅의 천국일 것이다.

Chapter 02 **사랑과 마주하기**

Chapter 03 사랑은 무엇인가

Chapter 04 사랑과 동행하기

Chapter 01

나는 누구인가

01 어두움을 밝히는 빛, 사랑

"사랑 참 어렵다……."

한 가수가 두 눈을 꼭 감고 노래를 읊조린다. 노래 제목이기도 한 이 가사처럼 사랑은 참 어려운가 보다. 마음이 돌아선 연인을 돌려세우기가 내 맘 같지 않다. 내 뜻대로 되지 않는 게 사랑이라고 오늘도 골목 안 술집 곳곳에서 한탄이 쏟아진다.

사랑으로 인해 고통을 겪는다는 게 참 아이러니하다. 숨 쉬는 것조차 힘들다. 가슴을 옥죄여오는 고통에 깊은 한숨을 내쉰다. 그렇게도 아름답던 장밋빛 세상이 잿빛 자욱하다. 그렇다고 고통스럽다는 이유만으로 사랑을 외면할 수 없는 게 인간이다. 아무리 고개를 저으며 괴로워도 사랑을 갈구한다.

사랑은 달콤하면서도 쓰다. 환희의 나날을 지내게 하다가도 불면의 밤을 지새우게 한다. 사람을 들었다 놨다 하는 사랑이다. 어떤 이는 고통이 없는 사랑은 팥 없는 찐빵이요, 잉크 없는 만년필이라고 한다. 고통과 행복의 변주를 끊임없이 오가는 사랑, 그러나 떼어놓고 살 수도 없는 게 사랑이다.

고통과 행복을 번갈아 안겨다 주는 사랑은 뜻밖의 선물을 안긴다. 양 극단의 감정을 오가는 사랑을 느끼는 동안 나에 대해 차츰 알게 된다. 고통을 원망하다가 어느덧 '대체 내가 왜 이런 고통을 느낄까?' 하고 고개를 세차게 흔든다. 처음에는 상대를 원망하다가 자기를 탓하며 아픔의 시간을 보낸다. 그러다가 미처 몰랐던 자신의 모습을 사랑의 아픔으로 바라본다. 아픔을 응시하다 보면, 어느덧 자신의 내면과 실체도 차츰 보인다.

연인 간의 사랑에서만 나를 들여다보는 것은 아니다. 태어나서 지금까지 사랑은 종이에 물 스며들듯 찾아왔다. 사랑이라는 것을 알지 못한 채 지낼 뿐이다. 그러다가 너무 메말라 바스러지는 종이처럼 사랑이 없는 인생은 삭막하고 부서지는 고통의 시간으로 다가온다. 그때 사랑을 절실히 갈구한다. 타는 목마름을 겪고 나면 무엇이 자신을 목마르게 하는지 저절로 몰두하게 된다. 그렇게 자신의 실체에 좀 더 다가선다.

사랑의 아픔이나 실망을 겪게 되면 자신에 대해 잘 알게 되는가 보다. 사랑을 모르고 자신을 모르는 이는 인생도 알지 못한다. 영국의 철학자 버트런드 러셀Bertrand Russell은 "사랑을 모르는 사람은 인생을 모른다"라고 말했다. 사랑도, 인생도, 자신도 모른다는 것은 어쩌면 한뜻이 아닐까.

인생을 모른다는 말은 자신에 대해서도 알지 못한다는 뜻일 테다. 그런데 나 자신을 사랑하지 않으면 스스로에 대해 알 수 없다. 나의 본질에 반하는 고통이나 괴로움을 거부할 힘도 없다. 나에 대한 사랑이 없으니 타인의 삶을 동경할 뿐이다. 그 삶을 살지 못하는 나의 환경은 그저 원망스럽기만 하다. 자신의 실체와 인생을 알지 못하는 노예의 삶을 자처한다.

괴테는 "사랑하는 것이 인생"이라고 했다. 사랑하지 않으면 인생을 모르거나 제대로 살고 있지 않다는 뜻이다. 사랑, 그리고 사랑으로 인한 고통의 뿌리를 더듬다 보면 날것 그대로의 자신을 좀 더 알게 된다.

우리는 왜 이토록 사랑을 말할까

과연 우리는 사랑을 얼마나 제대로 알고 있을까. 달콤하게 나누는 연인의 사랑 말고도 삶의 곳곳에서 사람들은 '사랑'을 입에 올린다. 지독한 아픔과 극단의 갈등이 벌어지는 곳에서도 간절히 사랑을 외친다. 전쟁터의 한가운데에서, 혐오와 차별이 벌어지는 갈등의 현장에서도 사랑을 갈구하는 목소리가 터져 나온다.

어떤 이는 이 시대를 불행의 시대라고 한다. 그토록 사랑을 찾으면서도 증오와 절망의 절규도 함께 터뜨린다. 상대방을 비난하거나 아예 저주하는 목소리가 쏟아져 나온다. 내 인생이 왜 이 모양이냐는 한탄이 넘쳐난다. 나와 사회가 모두 불행한 시대. 정녕 이 세상은 살 만한 것일까? 이 시대만 이토록 불행하고 사랑은 찾기 힘든 것일까. 그래서 사랑을 애절하게 부르짖는 걸까.

아주 오래전부터 성직자와 선지자, 철학자들은 사랑을 이야기했다. 그때도 아마 세상살이가 순탄하지 않았나 보다. 내가 살기 위해 다른 이의 것을 빼앗고, 심지어 살인까지 마다하지 않는 생존의 시절이었다. 사랑보다 증오와 절망이 더 크면 현실을 지옥으로 만든다. 그때도 아마 지옥 같은 현실이라고 절망했을 테다. 그런데 이런 상황이 낯설지 않다. 마치 현대인의 일상적인 자화상이자 요즘 시대를 그대로 비추는 거울을 앞에 두고 있는 듯하다.

추운 겨울 세상을 따뜻하게 해주려는 듯 빛을 반짝이는 크리스마스트리와 어두운 세상을 밝힐 듯 걸려 있는 연등은 사랑을 상징한다. 때만 되면 곳곳에 사랑의 징표가 불을 밝힌다. 그런데 불빛이 닿지 않는 곳, 아니 닿는 곳이라도 어쩐지 사랑을 찾는 게 쉽지 않다. 오죽하면 '헬조선'이라 부를까. 밀림의 야생보다 더한 생존경쟁에 치여 숨조차 쉬기 힘들다.

야만과 체념의 시대에서 지성적인 삶조차 사치일지도 모른다. 지성이 말하는 관용과 사랑의 메시지는 홍수처럼 쏟아져나온다. 그러나 그 말은 공허하게 들릴 때가 많다. 코로나19 팬데믹이 휩쓰는 동안, 사람들은 패닉에 빠졌다. 페스트가 발병한 한 도시를 그린 알베르 카뮈의 《페스트》나, 이유를 알 수 없는 백색 실명이 퍼지면서 벌어지는 주제 사라마구의 《눈먼 자들의 도시》에 나오는 이야기가 결코 허구가 아니었다. 관용과 사랑보다 각자도생의 아비규환이 펼쳐졌다. 이런 현실에서 지성적으로 사랑을 이야기하는 게 그리 와닿지 않을 테다.

질병의 공포가 아니더라도 현실은 차가운 냉동고와 같다. 지적 허영과 과시, 스펙 우대와 생존경쟁의 사회다. 서로 안아주기보다 차이와 차별을 내세우니 '사랑'이라는 말 자체가 왠지 촌스럽게 여겨진다. 세상과 현실을 모르는 순박함이랄까. 더군다나 요즘은 사랑마저도 자기계발의 논리로 배우고 써먹는다. 타인과의 관계를 맺는 기술 정도로만 여긴다.

사랑은 자신의 존재를 인식하고 타인과의 관계를 새로이 받아들인다. 당장 뭔가를 얻겠다는 생각이나 오로지 나만을 위한 것은 사랑이 아니다. 나를 알고 상대방을 알고 수용하는 게 옛날 현자들이 이야기한 사랑의 기본이자 시작이다. 그들이 사랑은 소유가 아니라고 강조한 것도 이기적인 사랑을 벗어나라는 뜻이었다.

알콩달콩한 연애와 가족끼리 나누는 포근한 가족애 말고도 사랑은 절실한 생명의 주문이기도 했다. 대부분 종교는 증오마저도 사랑으로 감싸안으라고 주문한다. 한쪽 뺨을 맞으면 다른 뺨을 내놓으라 하고, 절간 문은 배고픈 이들을 위해 문이 활짝 열려 있다고 한다. 왜 모든 종교는 이렇게 사랑을 내세울까.

기독교의《성경》구절 가운데〈고린도전서〉13장은 사랑에 관한 내용으로 유명하다. 그런데 흥미로운 것은 기독교가 말하는 사랑, 즉 박애는 불교의 '자비'와 크게 다르지 않다. 불교에서는 부처가 중생에게 자비를 베푸는 것처럼 중생끼리도 자비의 관계를 맺으라 한다. 자비의 관계를 맺을 수 있다면, 이 세상은 생명을 가진 모든 존재에게 사랑을 실현할 수 있다고 한다. 이슬람의 수피즘도 사랑을 강조한다.

공자는 2,500여 년 전에 '인仁'을 강조했다. '사람 인人'과 '둘 이二'가 합쳐진 것이다. 흔히 '어질 인'으로 알고 있는데, 두 사람을 담은 이 문자는 사랑을 의미한다. 갑골문자에 따른 유래를 살펴보면, 여성이 임신하여 태아를 사랑하는 마음이었다고 한다. 아이에 대한 사랑이 공자가 말하는 '인仁'으로 발전한 셈이다.

'인'을 설파한 공자는 무슨 이유로 그랬을까? 당시 중국은 춘추전국시대였다. 자고 일어나면 전쟁이 벌어지던 시대였다. 혼란과 죽음이 지배하던 시절, 이름조차 남기지 못한 채 수많은 사람이 죽어 나갔다. 가혹한 현실 앞에서 공자는 모두가 더불어 사는 대동사회大同社會를 이야기했다. 서로 소중히 여기며 공생을 꿈꿀 수 있는 사회다.

예수 그리스도는 사랑하는 것을 반드시 지켜야 하는 계명으로 말씀하셨다. 기독교는 사랑의 종교라는 말이 나올 정도다. 사랑으로 관계를 맺고, 세상을 바라보고, 자신의 삶을 살라고 가르친다. 자신을 배신한 가롯 유다와 십자가에 못을 박아 죽인 유대인들마저도 감싸 안은 예수 그리스도의 사랑은 감히 짐작조차 하지 못할 정도로 커 보인다.

원한을 품지 않은 사랑은 위대하다. 그 누구도 시비를 걸지 못한다. 아무리 기독교가 마음에 들지 않고 마구잡이로 욕을 하더라도 말이다. 종교를 믿지 않는 사람이라도 자신의 목숨을 건 행위에 딴지를 걸기란 쉽지 않다.

우리가 사는 현재도 유대인의 증오가 판치는 그 시절에 못지않다. 인터넷 포털의 댓글과 신문 기사를 봐도 온통 악담과 저주가 판친다. 그래도 사랑은 캄캄한 동굴 안의 희미한 불빛처럼 필요하다.

서로가 하나가 되는 사랑은 인간이 가지고 있는 불안을 해소한다. 홀로 고립된 불안감을 떨치려 사랑에 매달린다. 아이가 엄마로부터, 연인이 상대에게서 떨어지지 않으려는 것도 사랑 때문이다. 그런데 이 사랑이 우리를 괴롭힌다. 분리되고 버려진다는 그 불안감을 떨치지 못할 때, 사랑은 지독한 집착으로 바뀐다. 사디즘과 마조히즘을 오가는 지독한 사랑의 열병을 앓는다.

흔히 사랑은 갑을 관계라고도 한다. 갑과 을이 존재하는 사랑은 불행의 결말을 안고 하는 사랑이다. 헤어질 수도 있는 게 사랑이라고 해도 갑을 관계의 사랑은 커다란 상처만을 남길 뿐이다. 이별 후에도 각자가 사랑의 삶보다 불안과 의심의 삶을 살도록 한다. 사랑이 계속될 불행의 씨앗을 남긴 셈이다. 내가 받을 사랑에 대해 불안함을 떨치기가 어려워 생기는 문제다. 나를 사랑하는 게 맞는지, 나를 버리지는 않을지 걱정만 한다.

소유와 종속의 관계는 굴절된 사랑이다. '네 것도 내 것'이라는 농담은 그래서 서늘하게 들린다. 사랑을 빙자한 소유의 욕망, 타인을 내 것으로 하려는 욕심이 은연중에 드러난 것이다. 성숙하지 못한 사랑이다. 그렇다면 성숙한 사랑은 무엇일까?

에리히 프롬은 《사랑의 기술》이라는 저서에서 '성숙한 사랑'을 말한다. 불안에 시달리며 집착이나 굴절로 얼룩진 '미성숙한 사랑'에서 벗어나라는 것이다. 각각 독립된 존재로서의 사랑을 말한다. 사랑은 둘이 만나 하나가 되고, 하나이면서도 둘이 되는 것이다. 그래야지만 종속 관계에서 벗어나 불안을 떨칠 수 있다. 이런 관계는 연인뿐만 아니라 부모와 자식, 심지어 자신과의 관계에서도 마찬가지다.

사랑은 받는 게 아니라 주는 거라는 말이 있다. 사랑을 '하라는' 것이다. 받는 사랑은 종속의 사랑, 노예의 사랑, 의존의 사랑이다. 주는 사랑은 말 그대로 내가 좋아서 하는 사랑이다. 이걸 보고 밑지는 장사니, 희생이니 하는데 그렇지 않다. 내가 줄 수 있는 사랑은 손익계산과 상관없다. 이만큼 줬으니 얼마나 받아야 한다는 계산을 하지 않는다.

주는 사랑은 손해나 혹은 상대방에게 속은 결과가 아니다. 적극적이고 능동적인 사랑이다. 뺏고 빼앗는 경쟁에서 벗어나 주는 기쁨을 알게 해 준다. 그뿐만 아니다. 내가 사랑을 줄 수 있다는 능력을 알 수 있으니 자기애도 저절로 생긴다. 심지어 가슴 아픈 짝사랑이라 할지라도 그 아픔만큼이나 나 자신은 성숙해진다.

사랑을 주려는 마음은 결국 자신에게 되돌아온다. 기쁨이든 혹은 고통을 수반한 성숙이든 나에게 도움이 되는 방향으로 돌아온다. 사람과의 관계, 나와의 관계뿐만 아니라 세상과의 관계에서도 사랑은 다리가 되어 준다. 세상을 마주할 때, 사랑 없이는 제대로 세계를 알 수 없다. 우리는 정正과 반反이 마주쳐 합合이 되는 변증법의 사랑으로 세상과 관계를 맺는다. 나의 시각과 상대방의 관점이 마주친다고 해서 갈등만 초래하지는 않는다. 그 충돌로 각자가 알던 사랑의 세계관으로 실체를 되돌아보고 서로에게 나은 방향으로 발걸음을 옮기고 내딛게 된다.

사랑은 흔히 '관계'에서 발생한다. 나와 다른 사람, 내가 아닌 누군가와 사랑을 주거나 받는다. '자기애'도 따지고 보면 '나'와 '나'의 관계다. 내가 나를 바라보고 사랑할 줄 아는 게 자기애이지 않은가. 가만히 있는데 저절로 자신을 사랑하지는 않는다. 자신을 보듬고 상처를 어루만지며 자신감을 심어주는 등 끊임없이 자신과 관계를 맺어야 한다. 그래야 나를 사랑할 수 있다.

우리는 무엇으로 사는가

세상을 사랑의 시선으로 보면, 그동안 눈에 보이지 않던 것들이 보인다. 겉으로 드러난 모습에 쉽게 현혹되지 않고 마음으로 본다. 마음의 눈으로 볼 때, 지금껏 보지 못했던 숨겨진 아름다움과 아픔 모두를 볼 수 있다. 좀 더 세상을 진지하게 바라보며 자연과 세상을 차츰 알아간다.

사람들은 저마다 자신만의 세계에 갇혀 있다. 문명이 발달할수록 이상하게도 고립된 생활을 자처한다. 그런데 고립된 방구석에서 세상 이곳저곳을 돌아다닌다. 과학과 문명이 발달하여 내가 가보지 못한 곳, 겪어보지 않은 것도 마치 내가 직접 겪고 갔다 온 것인 양 알고 있다. 갇혀 있으면서도 열린 세계. 아마도 사람들은 21세기를 설명하라면 이렇게 말하지 않을까.

홀로 디지털 세상을 통해 세상을 들여다보는 것은 뜻밖에도 폐쇄적인 세계관을 가지게 한다. 사실 직접 보고 겪은 게 아니라서 자신의 주관이 과도하게 개입될 때가 많다. 21세기 디지털 세상이라 해도 사람들은 자신의 시선이 닿는 곳만을 세계라 여긴다. 당장 인터넷 게시판을 둘러봐도 아집과 독선의 시선을 곳곳에서 마주친다. 저마다 옳다고 우기고, 한 번 광풍이 불면 금세 휩쓸리고 마는 선동의 세상이다. 개방과 연결의 디지털 문명이라지만, 단절과 고립의 현실에 사는 셈이다.

고립과 단절을 넘어설 수 있는 연결고리는 무엇일까? 타인에게 관심을 가져야 한다. 그 관심은 단지 호기심만으로는 생기지 않는다. 존중과 애정이 생겨야 관심을 가질 수 있다. 사랑의 시선으로 존중할 때 연결고리가 생기는 것이다. 이처럼 고립과 단절에서 벗어나 자신과 세계를 들여다볼 때 필요한 것은 사랑이다.

톨스토이는 "사람은 무엇으로 사는가"라는 질문을 던졌다. 그의 소설 제목이기도 한 이 질문은 우리가 평소 한 번쯤 품어봄 직한 물음이다. 소설 《사람은 무엇으로 사는가》는 가난한 구두장인 세묜이 벌거벗은 거지 미하일을 만나면서 이야기가 전개된다. 세묜은 자신도 형편이 어려운 지경인데 미하일을 집으로 데리고 간다. 세묜의 아내는 외상값도 받아오지 못한 세묜이 못마땅하지만, 미하일을 보고 측은한 마음이 들어 없는 살림에 음식을 대접한다.

미하일은 세묜과 같이 구두를 만들면서 지내게 됐다. 어느 날, 한 귀족 신사가 가죽 구두를 주문했다. 그런데 미하일은 구두가 아닌 슬리퍼를 만들었다. 세묜이 놀라 질책을 하던 중에 구두를 주문한 귀족이 죽었다는 소식을 듣게 된다. 그리고 구두가 아니라 수의로 사용할 슬리퍼로 주문이 바뀌었다.

세월이 흐른 후에는 어떤 부인이 두 아이와 함께 찾아와 가죽신 두 켤레를 주문했다. 그런데 신발은 세 짝만 해달라는 주문이었다. 한 아이가 불구이기 때문이다. 그 부인은 아이들의 친모가 아니었다. 부모를 잃은 아이들이 불쌍해 데려와 소중히 키워왔다. 이 말을 들은 세묜의 아내는 부모 없이 살 수는 있어도 하나님이 없이는 살 수 없다면서 고개를 끄덕였다. 이 말을 들은 미하일은 미소를 지었다.

부인과 아이가 떠난 뒤에 미하일은 세묜에게 떠나겠다고 말했다. 알고 보니 미하일은 천사였다. 그는 불쌍한 아이들을 돕느라고 하나님의 명령을 어기는 바람에 벌을 받는 중이었다. 하나님은 그에게 질문을 던지고 그 답을 찾을 때까지 땅에 머물러야 하는 벌을 준 것이다. 미하일이 답을 구해야 하는 질문은 세 가지였다. '사람의 마음속에는 무엇이 있는가', '사람에게 주어지지 않은 것은 무엇인가', '사람은 무엇으로 사는가'라는 질문이다.

앞서 말했듯이 이 질문은 왠지 낯설지가 않다. 우리가 사는 동안 한 번, 아니 여러 번 떠올려봤던 물음이다. 아마도 철든 후부터 내 마음속에 무엇을 담고 사는지, 또 무엇으로 살아야 하는지 묻고 또 물었을 테다. 그때마다 어떤 대답을 했을까. 어떤 이는 그리움을 가슴에 담고 열정으로 살아야 한다는 대답을 했을지도 모른다. 또 다른 이는 성공의 욕망을 담고 부를 이뤄야 한다는 결기를 드러냈을 테다. 그러나 이러한 대답은 삶의 과정에서 떠올린 당장의 삶의 태도에 가깝다. 즉 직장 생활이나 공부를 하면서 뭔가 부족함을 느껴 삶의 태도로 삼았을 가능성이 크다. 내가 어떻게 살 것인가 하는 근원적인 질문에 대한 답은 아니다.

미하일이 인간 세계로 내려와서 가난한 세몬과 아내를 보며 깨달은 것은 '사랑'이다. 열정이나 성공 등은 삶의 여정에서 평생 지니고 갈 봇짐은 아니다. 좋은 가죽 구두를 주문했던 귀족 신사는 남부러울 게 없는 사람이다. 하인을 부리고, 누구에게나 선망받는 위치에 머물렀다. 그러나 신발 한 켤레조차 당장 신을 구두일지 아니면 자신의 장례용 슬리퍼가 될지 몰랐다. 미하일은 이 귀족을 보고 사람에게 주어지지 않은 것은 '자신에게 무엇이 필요한지 아는 능력'임을 깨달았다.

자신의 혈육도 아닌데 두 아이를 정성스레 키우는 부인은 '사람은 사랑으로 산다'라는 사실을 일깨워줬다. 그리고 처음 세몬과 아내를 만났을 때 '사람의 마음에는 사랑이 있다'라는 것을 알았다. 미하일은 신의 세 가지 물음에 답을 구했다. 뜬구름 잡는 이야기로 들릴 사랑이 이 소설에서는 전율을 일으킬 정도로 삶의 질문과 답으로 나온다.

톨스토이는 사람은 무엇으로 사느냐는 질문을 던졌다. 그리고 그 대답으로 사랑을 내놓았다. 사람은 그 무엇보다 사랑으로 살아간다. 이 깨달음은 어쩌면 지극히 평범한 진리일지 모른다. 대부분 사람은 태어날 때부터 사랑과 함께한다. 사랑의 결실로 본 생명의 탄생이다.

태어날 때부터 함께하는 사랑은 전 생애에 걸쳐 나를 둘러싼다. 그러나 언제부터인가 사랑을 잊고 산다. 마치 끊임없이 숨 쉬면서도 산소의 존재를 모르듯 말이다. 부모의 사랑도 당연히 받아야 하는 나의 권리이자 부모의 의무에 불과하다고 여긴다. 어느덧 사랑이란 말도 개념도 잊은 채 산다. 쉬지도 않고 들이마시면서도 소중함을 모르는 공기처럼.

사랑은 참 묘하다. 인생의 매 순간 함께하면서도 늘 잊고 산다. 가슴 절절히 아파하던 순간이 있었어도 쉽게 잊어버린다. 그러나 사랑하며 산다는 것의 소중함을 잊어서는 안 된다. 사랑하면서 산다는 것은 어둠이 짙게 깔린 현재의 삶에서 벗어나 빛을 찾는 것이다. 죽음의 결과로 평온을 찾는다는 말이 있지만, 사랑은 지금 바로 현재의 삶에서 평온을 찾는다. 종교에서도 마찬가지다. 사도 바울은 죽고 난 뒤에 천국을 본 게 아니다. 불교에서도 죽은 뒤에 무엇을 하라는 게 아니라 살면서 자비와 사랑을 베풀라고 한다.

현실에서 어둠을 밝히는 빛, 즉 사랑하며 살아야 한다. 욕망과 능력의 간격이 좁혀지지 않는데 부와 명예를 좇은들 아무런 소용이 없다. 어두운 동굴에서 출구를 찾지 못하고 이리저리 떠도는 것과 다르지 않다. 그보다 사랑을 우선순위로 두고 산다면 부와 명예는 따라온다. 애초에 그것을 목적으로 삼지 않았으니 가능하다는 역설이 성립되는 것이다. 사랑은 삶을 사는 데 필요한 모든 것들을 가져오는 힘이 있기 때문이다.

"모든 사람은 자신에 대한 걱정이 아닌 사랑으로 살아간다"라는 톨스토이의 말처럼 사람은 그 무엇보다 사랑으로 살아간다. 지극히 평범한 이 진리를 깨달을 때 삶이 달라진다. 부와 명예를 바라보는 시선도, 기준도 바뀐다. 그런 것들은 사랑이 우선순위인 사람에게 따라오는 것이지 그 자체가 목적이 아니다. 이때 모든 사람이 이를 부러워하고 사랑을 가장 우선순위에 두려고 할 것이다.

02 이 땅에 머무는 시간, 삶

우리가 사는 21세기는 참으로 풍요롭다. 웬만한 질병은 치료가 되고, 수명도 늘어났다. 초기 인류의 자연수명은 40년에 불과했다. 그런데 이 수명이 지금은 115세까지 늘릴 수 있다고 한다. 과학자들은 이 한계도 절대적이라고 하지 않는다. 언젠가 먼 훗날에는 150세까지도 사는 사람이 나올 것이라는 주장을 내놓았다.

이제 죽음에 대한 공포는 옅어졌다. 코로나19의 등장처럼 갑작스러운 팬데믹으로 죽음의 공포가 쓰나미처럼 밀려오기도 하지만, 적어도 우리나라에서는 잘 견뎌내고 있다. 언제 어디서 죽음을 마주할지 모르는 상황에서 벗어났다. 이제는 예상치 못한 죽음의 위기보다 지병의 괴로움과 노화를 더 걱정하는 처지다.

흰머리가 언뜻 보이고 얼굴에는 자글자글 주름이 늘어날 무렵, 많은 이가 뜻하지 않은 고갯길을 만난 듯 한숨을 내쉰다. 며칠 밤을 지새워도 끄

떡없던 몸이 어느 순간부터 삐걱댄다. 영원히 청춘인 줄 알았던 자신이 인생의 내리막길을 걷는 듯해서 힘이 빠진다. 노화는 인생에서 피할 수 없는 불청객이다.

2018년 6월에 세계보건기구는 '국제질병분류'를 발간하면서 노화를 질병이라 했다. 가뜩이나 늙어가는 것도 서러운데 질병이라니 황당하기도 하다. 세계보건기구가 노화를 질병으로 분류한 이유가 있다. 실제로 노화 때문에 신체 기능이 떨어지고, 다른 질환의 발생 가능성이 커진다. 노화로 인하여 세포에 '염증반응' 환경이 만들어져서 다양한 퇴행성 질환을 불러일으킨다. 노화는 질병을 불러일으키는 질병인 셈이다.

노화는 신체적 퇴행과 더불어 심리적인 위축을 가져오기도 한다. 육체의 노화에 절망하며 우울증까지 겪는 사람도 많다. 자존감이 낮아지고, 자신의 존재를 메마른 고목을 바라보듯 보며 하찮게 여긴다. 이러한 부정적인 태도는 생의 활기찬 기운을 애써 외면하며 노화의 길을 스스로 재촉한다. 세계보건기구에서 노화를 질병이라고까지 한 것은 스스로 노화의 길을 재촉하지 말라는, 부정적인 심리적 태도나 생활 습관을 개선하라는 경고이다.

자연스러운 육체의 노화는 섭리이지만, 그 육체에 깃든 마음과 영성에는 노화라는 것 자체가 없다. 마음과 영성은, 더 깊게 더 크게 성장하는 것이 자연의 섭리이다. 오히려 나이 들어감에 따라 사랑의 모습으로 드러난다. 스스로 굳건하지도 못하고 절망하는 모습, 지혜 대신 아집과 독선으로 가득 찬 모습, 주위 사람들에게 냉정하고 배려가 없는 모습과 다르다. 이렇게 된 것은 자연스러운 섭리의 탓이 아니다. 자신의 탓이다.

늘어간다는 것은 죽음에 한 발 더 가까이 다가가는 것임을 부정할 수는 없다. 죽음이 예정되어 있는 삶이지만, 긍정적인 마음으로 삶을 일구어 가는 게 인간이다. 왜 그럴까? 죽음을 기준으로 살아가지 않기 때문이다. 그렇다면 긍정적인 마음가짐을 어떻게 하면 가질 수 있다는 말인가. 어떻게 나의 유한한 삶을 바라봐야 한다는 것일까?

'나는 사랑이다!'라고 외칠 수 있을까

늘어간다는 것은 죽음에 가까워진다는 뜻이다. 인간은 죽음 앞에서 겸허해지고 자신을 되돌아본다. 그러나 죽음이 뻔한 상황에서도 악다구니를 부리기도 한다. 생의 집착일 수도 있고, 드라마에서 흔히 보듯 추악한 탐욕일지도 모른다.

죽음이 코앞에 다가올 때까지 마냥 기다릴 수는 없다. 많은 사람이 죽음으로부터 조금이라도 멀어지려고 영양제를 챙겨 먹고 땀을 뻘뻘 흘리며 운동을 한다. 의학의 눈부신 발달도 죽음에서 어떻게든 벗어나고 생의 시간을 늘려보겠다는 의지의 소산이지 않은가.

의술과 과학의 도움으로 육체적인 죽음의 문턱에서 멀찍이 떨어지고, 노화의 늪에서 벗어난다고 해서 행복할까? 영화 〈하이랜더〉를 보면, 청년인 주인공이 아름다운 여자와 만나 결혼했는데, 시간이 갈수록 사랑하는 아내는 늙어가고 자신은 청년의 모습으로 불로장생한다. 청년은 사랑하는 이가 늙어가고 죽음에 가까워지는 것을 보고 마음이 편할 리 없다. 그의 불로장생은 어쩌면 기회비용이라고도 볼 수 있다. 영원한 삶의 대가로 사랑하는 사람을 잃어야 하는 고통을 치러야만 했다.

영화 〈하이랜더〉는 액션과 상상이 넘쳐나는 영화로 보이지만, 영화가 전하는 메시지는 묵직하다. 불로장생의 존재인 하이랜더들은 오직 한 명만이 살아남을 때 어마어마한 힘을 얻는다. 그들을 죽일 수 있는 것은 그들 자신뿐이다. 그래서 탐욕스러운 하이랜더 한 명이 오랜 세월을 거쳐 다른 하이랜더들을 하나씩 죽이고, 마지막에 주인공과 맞닥뜨린다. 주인공이 죽을 수는 없으니 그 싸움의 승자는 역시 주인공이다.

최후의 1인이 된 하이랜더 주인공이 얻은 힘이 참 묘하다. 상대의 마음을 읽을 수 있는 초능력도 대단하지만, 그보다 이제야 '인간다운 삶'을 살 수 있게 된다. 사랑하는 사람과 함께하고 같이 늙어가는 존재, 즉 '평범한 인간'이 된 것이다.

그런데 우리는 과연 죽음을 기꺼이 맞이할 수 있을까. 영화 〈하이랜더〉를 보면 주인공은 그 오랜 세월을 마치 기꺼이 죽음을 맞이할 수 있는 존재가 되려고 살아온 듯하다. 인간다운 삶, 희로애락이 교차하는 평범한 인생이야말로 가장 행복한 것이라는 메시지를 던져준다. 얼핏 보면 지금 우리가 사는 삶의 모습을 말하는 것처럼 보인다. 현재의 삶에 감사를 느끼고 열심히 살라는 조언을 건네주는 영화일지도 모른다. 그런데 우리의 '평범한' 삶이 저 영화처럼 행복한 것이냐고 묻는다면, 어떤 대답이 나올까.

2020년 3월에 OECD가 〈2020 삶의 질How's Life 2020〉 보고서를 발표했다. 지난 2015년 자료에서 한국은 34개 회원국 중에서 27위에 그쳤다. 5년이 지난 후에 발표한 순위는 여전히 최하위권이다. 생활 수준이나 평균 수명, 낮은 범죄율과 고등 교육 수준 등은 OECD 국가들 가운데 상위권이다. 삶의 만족도가 바닥에 머무는 나라하고 어울리지 않는 순위다.

보릿고개 시절 먹고사는 것만 해결돼도 삶의 곤궁은 해결되고 만족하리라 생각했다. 그렇지만 풍요는 누려도 삶의 질이 높아지지는 않았는가 보다. 자살률 1위라는 지표는, 넘쳐나는 음식쓰레기와 마천루의 화려한 불빛이 무색할 지경이다.

스스로 죽음을 선택할 수밖에 없는 그 처지. 감히 겪어보지 못했기에 그 고립감과 끝 모를 추락감을 쉽게 말할 수 없다. 어느 순간부터 혼자가 됐다고 깨달으면서 아마도 사랑의 부재를 느꼈던 게 아닐까 싶다. 사랑을 느낄 수 없다는 깊은 절망감이 돌아올 수 없는 강을 건너게끔 한 게 아닌지 조심스레 짐작해본다.

죽음까지 이르지 않았더라도 생을 포기하기 직전까지 가보았던 사람들이 하는 말이 있다. 대부분 주마등처럼 스치는 그동안의 인생을 보았다고 한다. 한순간에 희로애락이 눈앞에 스쳐 가지만, 그중에서도 부모의 사랑, 애틋한 사랑이 마지막까지 생명의 끈을 놓지 말라고 한다. 실제로 스스로 목숨을 끊으려는 사람 중에서 그 사랑의 끈을 잡으려 발길을 돌렸다는 경우가 많다.

죽음은 자신의 본 모습을 되돌아보게 하기도 한다. 회광반조回光返照라는 말은 죽음 직전의 사람이 잠깐 정신이 맑아지는 것을 뜻한다. 해지기 직전에 아주 잠시 햇살이 강하게 비치어 밝아지는 자연의 모습에서 따왔다. 사경을 헤매고 정신이 오락가락하다가도 쇠멸 직전에 왕성한 기운을 찾는 것이다. 그래서 이 순간을 두고 자신을 되돌아보는 성찰의 순간이라고도 한다. 의식을 회복한 사람에게, 그 순간 무엇을 깨달았느냐고 물어보면 '욕심으로 살다가 죽는 것, 사랑하며 행복하게 살지 못한 것이 가장 큰 후회'라는 대답이 많다고 한다.

사람은 안타깝게도 죽음 직전에야 자신을 되돌아보거나 사랑의 중요성을 깨닫는가 보다. 그래서 이 순간 사랑을 떠올려야 하지 않을까. 지금 사랑의 삶을 살아보기로 결심을 해야 하지 않을까.

한편, 현재 사랑의 삶을 살아가고 있다고 자신 있게 말할 수 있는 사람이 얼마나 될까. "나는 사랑이다"라고 외칠 수 있는 이를 본 적이 있는가. 요즘 세상에서는 쉽게 보기가 힘들다. 심지어 사랑을 알리고 사랑의 삶을 보여줘야 할 성직자 중에서도 저주와 갈등의 화신처럼 구는 이들이 있다. 사랑 없이 삭막한 삶을 사는 사람들은 오히려 솔직하다고 할 수 있다. 사랑이 없어 힘들다고, 인생이 무미건조하고 미래를 기대하지 않는다고 말이다.

종교의 탈을 쓴 적대와 공멸의 전파자는 너무나 많다. 그들이 퍼붓는 저주의 말잔치에서, 추악한 내면이 고스란히 드러난다. 성직자라는 허울 속에 감춰진 아집과 독선, 배려라곤 눈곱만큼도 없는 냉정함, 재산과 육체를 강탈하려 신마저도 팔아먹는 교활함, 그 영혼이 보이는 퇴화의 아이콘을 숨길려야 숨길 수 없다. 비단 위선적인 성직자뿐만 아니다. 평범한 생활의

외피를 갖춘 개인도 마찬가지다. 마음의 성장이나 영성의 발현 등이 되지 않을 때 사람은 늙는다. 아주 추하게 늙어가는 것이다. 육체의 노화 말고도 정신과 영혼마저도 급격하게 퇴화와 멸망의 길로 들어선다.

아름다운 삶이란 무엇일까

가수 김광석의 〈어느 60대 노부부의 이야기〉를 듣고 있노라면, 서로 손잡고 조용히 산책하는 모습이 떠오른다. 두 사람이 말을 나누지 않아도 그들은 많은 대화를 나누는 듯하다. 바라보는 것만으로 아름다운 삶이다. 늙어가는 인생이라 하지만, 황혼의 아름다움이 깃든 시간을 보낸다.

늙어가는 인생도 아름답다. 이런저런 삶의 굴곡과 성취를 겪으면서 저절로 세상을 이해하는 능력도 향상된다. 나를 둘러싸고 스쳐 지나간 사람들을 통해 인간에 대한 이해와 통찰도 생긴다. 너그러움이라는 포용의 감정도 커진다.

늙어간다는 게 오로지 죽음으로만 향해 가고, 삶의 모든 것이 퇴화로 접어든다고 할 수 있을까. 자연의 원리대로 늙어가는 것을 마냥 거부하고 부정적으로 바라볼 필요는 없다. 지금 사회가 외모지상주의, 안티 에이징 Anti-Aging 을 워낙 강조하다 보니 늙는다는 것을 마치 무슨 허물인 양 대하는 것은 잘못이다.

젊음을 바라보며 예찬하고 그 아름다움을 숭배하는 것은 아마도 가능성 때문일 것이다. 젊다는 이유만으로 앞으로 꾸려나갈 미래의 가능성이 부럽고 아름다워 보인다. 생기 넘치는 외모와 탄력 좋은 피부만 아름다워 보이는 게 아니다. 결과가 어떻게 나오든 간에 확신이 넘치는 미래가 기다리고 있는 삶이 아름답다.

가능성과 희망을 품고 있는 젊음은 영원한 동경의 대상이다. 생의 가장 아름다운 순간이다. 그러나 황혼의 인생이 마냥 추하지 않듯이 젊음도 무조건 아름답지만은 않다. 아름다운 삶은 나이와 상관없이 만들 수 있다. 내가 가진 재산이나 능력도 충분조건일 수 있지만, 필요조건은 아니다. 이해와 포용의 태도가 삶을 아름답게 만든다.

타인을 이해하고 너그럽게 받아들이는 것은 여유로운 삶을 산다는 뜻이다. 경제적으로, 물질적으로 여유로운 것보다 마음의 여유를 말한다. 눈앞의 이익에만 눈이 멀어 주변을 돌아보지 못하는 것은 허울 좋은 가짜 풍요에 불과하다. 가진 것을 언제 빼앗길지 모른다는 막연한 불안감에 시달리는 풍요는 행복이라 할 수 없다. "사랑, 웃기지 마. 이제 돈으로 사겠어. 얼마면 돼?"라는 드라마의 대사도 사랑을 얻지 못하는 부자의 절규이지 않은가.

돈으로 인간을 사고팔 때가 있었다. 그러나 품격마저 살 수는 없다. 품격은 농부가 매일 밭을 일구며 사는 삶처럼 생애 전반에 걸쳐 완성된다. 설령 고매한 타인의 품격을 살 수 있다고 하더라도 내 품격이 같이 올라가는 것도 아니다. 아무리 잘 일궈둔 남의 밭을 샀더라도 다시 잘 가꾸지 못하면 황무지로 전락한다.

추수가 끝나고 해를 넘기면, 흙만 남은 밭에 고랑을 파고 씨를 뿌려 일 궈야 한다. 이 일은 한 해에 그치지 않는다. 봄 여름 가을 겨울이 지나고 또 다시 봄이 시작되면 쟁기를 꺼내 들어야 한다. 그 고생을 하지 않겠다면 두 번 다시 풍요로웠던 밭을 보기는 힘들다.

가진 자일수록 현재보다 미래를 불안해한다. 지금 충분히 가졌다고 해도 미래를 알기가 힘들다. 미래를 알지 못하는 인간의 한계가 불안감을 더욱 키운다. 혹자는 삶이 위대하고 아름다운 이유는 매일 매일 일어나는 작은 일들 때문이라고 했다. 사람들은 소소한 일상에 기뻐하고 슬퍼한다. 미래에 헛된 기대를 품지 않고 현재의 시간을 소중히 보내는 것을 동경한 다. 간혹 평범한 삶을 살고 싶다는 푸념을 하는 이유다.

소소하고 행복한 일상을 누리는 것은 지금의 삶과 자신을 사랑할 때 가능하다. 마구 질주하는 인생을 살고 있거나, 자신의 내면을 들여다볼 여 유조차 없는 사람은 다르다. 그들에게 이런 이야기는 쇠귀에 경 읽는 것밖 에 되지 않을 수 있다. 당장 돈을 벌고 성공해야 하는데 무슨 한가한 이야기 나 늘어놓느냐고 말이다. 그런데 그들은 과연 행복할까?

자본의 시대에 살면서 "돈이 최고다, 돈이 아닌 다른 것을 내세우는 것 은 위선이다!"라고 대꾸할 사람도 있겠다. 하지만 갑자기 들이닥친 코로나 19 팬데믹은 돈이 최고가 아니라는 것을 새삼 일깨워줬다. 이제 돈이 모든 문제를 해결하고 감염의 공포로부터 피할 수 있다고 장담하는 이는 찾기 어 렵다. "얼마면 돼?"라고 아무리 소리 질러봐도 소용이 없다.

인간은 태어날 때부터 욕구를 지녔다. 뭔가 하고 싶고, 또 이루고 싶은 게 늘 있다. 하지만 본능적으로 돈을 찾지는 않는다. 인간은 돈만 벌려고 태어난 존재가 아니다. 많은 사람이 돈 버는 것과 거리를 두고 사는 것만 봐도 알 수 있다. 인간의 욕구가 온전히 돈 버는 것으로만 수렴된다고 볼 수는 없다. 돈은 욕구를 충족하기 위한 도구일 뿐이다.

인간의 욕구와 관련해서 유명한 것은 에이브러햄 매슬로우의 '인간 욕구 5단계'이다. 가장 먼저 느끼는 욕구는 살아남아야 한다는 생리적 욕구다. 내 목숨을 위협하는 모든 위험으로부터 피하고 싶은 안전 욕구도 포함한다. 이 욕구에 따라 자신을 보호할 자산이나 건강 등을 챙긴다. 이 두 가지의 욕구가 충족되어야 그다음 단계인 소속감과 사랑에 대한 욕구를 강렬히 원하게 된다.

사랑의 욕구는 타인과의 관계에서 발생한다. 의미 있는 관계를 만들어서 사회적인 존재로 살고 싶다는 것이다. 생존과 사랑의 욕구는 어쩌면 살아남기 위한 욕구의 범위로 볼 수 있다. 사랑의 욕구도 관계를 맺는 가운데 인정을 받고 소속감을 느끼려는 것이기 때문이다.

욕구는 생존과 보호, 안정 등으로 그치지 않는다. 안정을 확보한 인간은 자신의 가치를 차츰 인정받고 싶은 욕구를 느낀다. 존중의 욕구다. 이 욕구는 타인으로부터 존중받겠다는 낮은 단계와 스스로 자기 존중을 하는 높은 단계로 나뉜다. 타인에게 존중받는 욕구를 넘어 독립적인 존재로 자신을 바라보고 스스로 존중하는 수준으로 나아가는 것이다.

심리학자 매슬로우가 말하는 인간의 욕구 단계의 마지막은 자아실현이다. 이 욕구는 생존 보장이나 결핍 충족과 달리 성장하고픈 욕구다. 인간의 욕구 중에서 가장 높은 단계인 자아실현은 누군가와 비교해서 욕구를 충족하는 것을 뜻하지 않는다. 자아실현을 위해 찾아야 할 비교 대상이 없다. 누구보다 가진 돈이 많아야 한다는 것도 아니고, 경쟁적으로 사회적인 명예나 지위를 따지지 않는다.

자아실현은 내적인 만족을 뜻한다. 스스로 성취하고자 하는 욕망은 남들의 시선을 의식하지 않고 몰입하게 만든다. 내가 정말 하고 싶은 일, 하지 않고서는 미칠 것 같은 일을 하면서 욕구를 충족하는 게 자아실현이다. 그런데 어떻게 하면 이 단계에 이를 수 있을까? 자기 성취로 자아실현을 하는 게 가장 큰 만족을 얻는다는 것쯤은 알겠는데, 내가 뭘 원하는지는 어찌 알 수 있을까?

나 자신이나, 혹은 눈앞에 있는 사람에게 "지금 정말 하고 싶은 게 뭐야?"라고 물으면 머뭇거리는 사람들이 많다. 열심히 일하다가도 "내가 원했던 건 이게 아니야!"라고 하면서도 정작 하고 싶은 게 뭐냐고 물으면 대답을 주저한다. 왜 그럴까. 여러 이유가 있을 것이다. 간절히 꿈을 꾸라고 하지만, 꿈을 꿀 수 없는 사회 탓도 있다. 구조의 문제다. 요즘 젊은 사람들의 절규와 냉소는 참혹하다. 더는 꿈을 꿀 수 없는 불공정한 세상을 원망하고, 노력의 결과가 헛된 바람에 불과했다는 비웃음을 탓할 수만은 없다.

절규와 냉소가 가득한 세상에서 자아실현은 공허하게 들린다. 그러나 이 욕구가 부질없는 것이라 단언하지 못한다. 지금도 자아실현을 이뤘다는 사람이 있고, 또 자아실현을 하려고 세상의 시선 따위는 아랑곳하지 않고 거친 길을 뚜벅뚜벅 걷는 사람도 있다. 그렇다면 이들은 어떻게 그 길을 선택했는지 궁금하다. 이 궁금증을 풀 열쇠는 사랑이다. 자신을 사랑하지 않는 사람이 무슨 수로 자아실현을 꿈꾸겠는가.

에리히 프롬은 《사랑의 기술》에서 서로 사랑을 할 때, '똑같아지는 것'보다 '하나가 되는 것'을 강조했다. 순수한 사랑으로 결합하여 하나가 되는 것. 연인끼리의 사랑 말고도 나와 나 자신과의 관계에서도 적용되는 '하나가 되는 사랑'은 자아실현의 문을 열어준다. 물질적인 자본주의적 사랑은 나르시시즘만 키운다. 자의식의 과잉, 나의 이익만을 위한 사랑, 그 사랑의 명분으로 타인을 도구로 취급하는 것. 이런 거짓된 사랑이 육체적 노화만 한탄하고 마음과 영성의 퇴화를 방치한다.

아름다운 삶이란 육체적인 노화조차 품격 있고 아름답게 여기게 하고, 스스로 그렇게 느끼는 것이다. 자신의 본질을 들여다보고, 그 본질에서 나오는 목소리에 귀를 기울일 수 있는 삶이 바로 아름다운 삶이다. 자신부터 사랑하되, 이기적인 사랑을 하지 않을 때 세상도 사랑할 수 있다. 그래야 마음의 성장과 영성의 발현이 동반하는 삶, 자아실현의 삶으로 들어가는 것이다.

03 나를 찾는 여정을 떠나다

자기계발. 스스로 가꾸고 다듬어 발전을 꾀할 수 있다면 얼마나 좋을까. 하지만 우리 사회에 광풍처럼 불었던 자기계발은 허망함을 남겼다. 자기계발서는 날개 돋친 듯 팔렸다. 그걸 읽지 않으면 그 자체만으로 정글과도 같은 경쟁 사회에서 뒤처진다는 불안을 떨치기가 힘들었다. 싫든 좋든 자기계발의 틈바구니에서 몸부림을 쳐야만 했다.

자기계발서는 대체로 술술 읽힌다. 뭔가 심오한 의미를 담은 현학적인 문장이 별로 없다. 군더더기 없이 깔끔한 '이렇게 하면 성공한다!'라는 메시지가 머리에 콕콕 박힌다. 그런데 어찌 된 일인지 책장을 덮으면 가슴이 텅 빈 듯하다. 내가 속한 조직에서 쓸모가 있는 존재로 인정받고 싶고, 그 누구보다 성공하겠다고 덤볐었다. 그런데 마치 허공에 대고 주먹질을 한 느낌이다.

성공한 사람의 이야기이니 다소 과장은 있을지라도 거짓이라 깎아내릴 마음은 없다. 그러나 누구를 막론하고 통하리라 강조하는 그 오만함과 부적절한 언사는 조금 거슬린다. 그런 책을 읽는 동안에는 '나'는 보이지 않는다. 어쩌면 나와는 무관한 성공담에 부러움만 잔뜩 보내고 있을지 모른다.

사람들이 자기계발서를 읽을 때는 대체로 삶을 엉망으로 보낸다고 느낄 때다. 무엇 하나 제대로 되는 게 없고, 주변의 모든 것들은 내가 잘되는 꼴을 못 보는 듯하다. 사람도 환경도 도와주지 않는다. 이럴 때 펼쳐 드는 책이 자기계발서인가 보다. 이 구렁텅이를 당장이라도 벗어날 답을 얻으려 열심히 읽는다. 하지만 그게 쉬울 리가 있겠는가. 그렇게 된다면 수많은 사람이 성공했을 텐데, 현실은 그렇지 않다.

당장이라도 성공할 수 있는 것처럼 보이는 자기계발서는 진통제에 불과하다. 아픔의 근원에는 접근하지 못하는 임시방편이다. 잠시나마 효과가 있는 듯한 자기계발의 공식은 얼마 지나지 않아 삶의 뒤안길로 사라진다. '나'를 빼놓고 이야기하는 성공 공식은 잠깐의 위로나 자극은 될지언정 삶의 나침반이나 동력은 되지 못한다.

자아실현은 자기계발의 동의어가 아니다. 진정한 '자아', 자신의 '본질'을 찾기보다 성공이라는 물질적인 목표를 동경하는 것만 강조하는 게 자아실현이라 할 수는 없다. 스펙만 탑을 쌓듯 쌓는 것은 자아실현이 아니다. 인간의 욕구 중에서 안전의 욕구이거나 기껏해야 인정의 욕구에 그친다.

자기 이익에만 충실한 자기계발을 통해 목적이 달성되더라도 마냥 웃을 수 없다. 최근 고소득자와 고학력자 중에서 우울증 환자가 증가하는 추세라고 한다. 남들이 보기에 부러움의 대상일 그 사람들이 우울증이라니 대체 무슨 일이 있는 것일까. 개인적인 사유가 있겠지만, 물질적 성공만이 삶의 최종적인 목표나 만족이 될 수 없다는 것만은 분명하다.

진정한 자아실현은 나를 찾는 여정이어야 한다. 그 여정은 무엇보다 스스로 사랑할 수 있을 때 떠날 수 있다. 또 여정의 등불 자체가 사랑이다. 자신을 사랑할 줄 모르는 사람은 자아실현은커녕 삶조차 제대로 꾸릴 수 없다.

사랑의 에너지를 얻다

인간이란 존재를 이해하는 게 왜 이리도 복잡할까. 때로는 아주 고상하고 고차원적인 존재처럼 보인다. 그러다가 한순간에 오로지 생존 본능이나 욕심에 치우친 경멸의 대상으로 전락한다. 도대체 어떤 게 인간의 참모습일까.

온갖 일이 벌어지는 인생처럼 인간 자체도 한 가지 모습으로 규정할 수 없다. 일찍이 철학이나 심리학에서도 인간을 복잡한 모습으로 파악했다. 예컨대 프로이트Sigmund Freud는 이드id와 에고ego, 슈퍼에고super-ego로 인간을 이해하였다. 본능적인 충동의 이드에 지배당하는 인간은 생리적인 욕구만을 좇는다. 이 욕구가 충족되면 에고와 슈퍼에고의 삶을 갈망한다. 생존 본능에 가까운 욕망을 추구하다 어느 순간부터는 자아실현이나 자신의 본질을 찾겠다고 나선다.

앞서 말한 매슬로우의 5단계 욕구는 단계적으로 발생한다. 가장 밑바닥에 깔린 생존 욕구가 충족되어야 그다음 욕구를 가질 수 있다. 쉽게 말해 일단 먹고사는 문제가 해결되어야 관계도 돌아보고 내가 원하는 자아실현이 무엇인지도 찾게 된다. 물론 매슬로우의 욕구 이론이 불변의 진리는 아니다. 많은 심리학자가 반드시 그 단계를 거치는 것은 아니라고도 한다. 중요한 것은 순차적이냐 아니냐의 문제가 아니다. 인간은 다양한 욕구를 가진 존재이고, 그 욕구의 성격과 정도에 따라 삶의 질이 바뀐다는 것이다.

생존 욕망의 이드에 충실한 사람은 자아실현이나 자신의 본질을 찾는 것과는 거리가 멀다. 그래서 자신이 위협을 받는 상황이거나 불리해질 경우 부정적인 방어기제가 작동한다. 반면에 에고, 나아가 슈퍼에고의 삶을 구현하려는 사람은 긍정적인 방어기제를 보여준다. 영화 〈인생은 아름다워〉를 보면, 극한의 상황을 맞이하여 이드와 에고의 경계에 선 주인공이 나온다.

이 영화는 2차 세계대전이 배경이다. 주인공 귀도는 유대인이다. 시골 출신의 귀도는 로마에 와서 사랑하는 도라를 만나 아들 조수아까지 낳고 행복한 나날을 보내고 있었다. 그러나 나치 독일의 유대인 학살 정책으로 아들과 함께 수용소로 끌려간다. 유대인이 아닌 아내는 끌려가지 않았지만 가만있을 수 없었다. 사랑하는 남편과 아들의 뒤를 따라 수용소행 기차를 탄다. 알다시피 당시 유대인들이 끌려간 강제수용소는 '수용'이 아니라 '멸절'의 공간이었다. 그들이 탄 기차의 종착역은 사실 수용소라기보다 죽음의 역이었던 셈이다.

귀도는 다섯 살짜리 아들이 겁먹지 않게 하려고 선의의 거짓말을 한다. 참혹한 수용소 생활을 게임이라고 속인 것이다. 이 게임에서 우승하는 사람에게는 선물로 탱크를 받는다고 했다. 조수아는 수용소 생활 내내 공포와 비참과는 거리가 먼 것처럼 지낸다. 귀도의 의도대로 조수아는 수용소를 온종일 뛰어놀 수 있는 게임세상으로 안다.

조수아를 위한 귀도의 연기는 사랑하지 않는다면 할 수 없다. 죽음의 수용소에서 살아남아야 한다는 극한의 절박감 앞에서는 생존 본능의 이드가 지배할 수밖에 없었을 것이다. 그러나 귀도는 에고의 모습을, 나아가 슈퍼에고의 모습을 보인다. 어째서 이게 가능했을까?

이드와 에고의 경계에서 귀도가 더 높은 상위 자아로 기울 수 있었던 것은 아들에 대한 사랑 덕분이다. 죽음이 눈앞에 닥쳐도 귀도는 조수아를 위한 연기를 멈추지 않는다. 아빠의 애절한 연기 덕분에 조수아는 긴박한 상황조차도 게임으로 알고 즐긴다.

영화의 마지막 장면은 볼수록 애잔하다. 패전의 기색이 짙어지고 연합군이 점점 수용소 쪽으로 진출했다. 독일군은 패전을 예감하고 수용소의 유대인들을 모두 죽이려 한다. 그러자 귀도는 조수아를 숨긴다. 그는 아들에게 숨어서 가만히 기다려야 점수를 딸 수 있다고 하며 아내를 찾아 나섰다. 그 길이 그의 마지막 길이 되고 말았다. 독일군에게 잡히고 만 것이다. 이때 그 유명한 장면이 나온다.

귀도는 마치 장난감 병정이 행진하는 듯한 모습으로 활짝 웃으며 조수아를 바라본다. 그리고 독일군의 총부리에 밀려 골목 안으로 들어간다. 조수아는 아빠의 우스꽝스러운 모습을 보며 키득거릴 뿐이다. 이윽고 골목 안쪽에서 총소리가 울리고, 조수아는 한참 뒤에 숨은 곳에서 밖으로 나온다. 그때 아이 앞에 등장한 연합군의 탱크를 보고, 조수아는 게임에서 승리한 것으로 알고 기뻐한다. 그리고 엄마도 만난다. 그 탱크는 사랑이 가져다준 선물이었다.

귀도는 생존 본능의 이드를 넘어 두려움 대신 사랑을 선택하였다. 이 선택이 영화라서 가능했다고? 그렇지 않다. 실제 2차 세계대전 때 죽음의 수용소로 상징되는 아우슈비츠 수용소에서 인간 존엄을 지킨 사례가 알려졌다. 《죽음의 수용소》로 널리 알려진 빅터 프랭클Viktor Emil Frankl의 이야기도 유명하다.

수용소의 유대인들은 사방을 둘러봐도 죽음의 그림자가 짙게 드리운 현실에서 모두가 체념에 빠졌다. 그러나 빅터 프랭클은 하루 한 모금의 물을 가지고 세수까지 하면서 버텼다. 그가 한가로이 비칠 수 있는 일상을 지켰던 것은 미래의 희망과 더불어 자신에 대한 사랑 덕분이었다. 이드를 극복했더라도 에고에만 머물렀더라면 자의식의 과잉으로밖에 되지 않았을 것이다. 잠시 자존심을 지키려 절망을 견뎌내려 했을지 모르지만, 끝이 보이지 않는 수용소 생활을 끝내 버텨내기란 힘들었지 않았을까.

사랑이 없는 에고의 인간은 자칫 고립과 불행의 덫에 갇혀버릴 수 있다. 또 슈퍼에고의 자아를 찾았다고 해도 완벽한 자아라는 강박에 짓눌리

기도 한다. 그래서 에고, 혹은 슈퍼에고로 나아가는 과정에서 사랑을 선택하는 용기가 필요하다. 사랑은 이기심 또는 강박적 완벽주의라는 덫에 걸리지 않도록 해준다. 내 것만 찾는 이기심이나 타인만을 배려하겠다는 강박적 완벽주의는 둘 다 사랑이 아니다. 사랑은 지금껏 놓지 않으려 했던 것들을 과감히 놓을 수 있게 한다. 이런 사랑의 발현은 우리 주변에서도 의외로 흔히 볼 수 있다.

평생을 부자가 되겠다는 목표로 살아온 남자가 있다. 그 남자는 여러 번 사업을 망치고 하는 일마다 실패를 거듭했다. 파산 직전에 내몰린 그 남자는 더는 자신의 힘만으로 성공할 수 없다는 것을 깨달았다. 그는 불행에서 탈출할 출구를 찾아야 했다. 남자는 돈 많은 집의 사위가 되기로 했다. 그저 부자만 될 수 있다면 어떤 사람이라도 상관없었다.

남자는 원하던 대로 어느 부잣집의 딸과 결혼할 기회를 잡았다. 그러나 결혼 상대를 사랑하는 것은 아니었다. 아무래도 좋았다. 부자만 될 수 있다면, 더는 실패하지 않으면 그만이었다. 그렇지만 결혼식 날짜가 점점 다가오자, 그동안 듣지 못했던 내면의 목소리가 들려왔다. 사랑이 없는 결혼보다 더 중요한 것을 찾으라는 목소리였다.

그 남자는 지금껏 성공과 돈 모으기만이 인생의 전부이자 목표였다. 그의 목표 달성은 이제 얼마 남지 않았다. 그런데 아직 찾지 못한 진실한 사랑을 찾으라는 목소리가 갈수록 크게 들린다. 지금 존재하지는 않지만, 반드시 있다고 느껴지는 그 사랑을 찾아야 한다고 말이다. 지금은 곁에 없지만 왠지 찾아올 것 같은 사랑이다. 그 사랑과 당장 부자가 될 수 있는 결혼

사이에서 선택해야만 하는 순간이 왔다.

이 남자의 고뇌는 에고와 사랑 사이에서 벌어지는 괴로움이다. 부자가 되고 자아를 실현하겠다는 욕구로 만들어진 에고의 욕심을 버리는 게 쉽지 않을 테다. 마치 죽음을 마주하는 고통일지도 모른다. 고뇌에 빠진 이 남자의 모습이 낯설지만은 않다. 영화나 드라마뿐만 아니라 현실에서도 많이 보던 모습이다. 그만큼 사랑의 선택은 우리가 언제든지 마주칠 수 있고, 그 선택은 용기가 없이는 할 수 없다. 엄청난 고통을 감수할 수 있는 용기가 필요한 일이다. 그렇지만 사랑을 선택하여 진정한 나와 나의 인생을 찾을 수 있다면, 인생의 목표를 향해 다시 돌진할 수 있는 추진력을 얻을 수 있지 않을까. 자신의 삶을 주체적으로 살아갈 수 있는 사랑의 에너지를 얻었으니까.

진짜 내 이름은 무엇일까

어느 순간 굴곡진 인생이 원망스러울 때가 있다. 절망이나 좌절에 빠졌다고 깊은 한숨을 내뿜는다. 자신의 삶이 끝없는 추락으로 치달을 때다. 주변이 온통 원망스럽다. 자신의 지나친 욕심을 버리지 못해놓고서는 애꿎게 남 탓만 한다. 충족되지 않은 욕심의 미련만 잔뜩 품고 있을 뿐이다. 본능적이고 이기적인 욕심에 지배당했으니 자신을 성찰할 겨를도 없다. 똑똑하고 잘난 지식의 과잉이 낳은 '헛똑똑이'의 허망함도 자신의 내면을 볼 여유를 주지 않는다.

인생은 의도한 대로 이뤄지기는커녕 걸핏하면 딴 길로 새기 일쑤다. 배운 게 많고 지식을 많이 가졌다고 해서 사랑을 잘 알고 또 찾을 줄 아는 게 아니다. 사랑으로부터 멀어진 사람은 쾌락을 사랑이라 착각하기도 하고, 돈을 좇다가 사기당하고, 사랑이라 착각한 소유욕의 연인관계로 고통을 당한다. 제아무리 똑똑하고 잘난 척해도 사랑 없이 산다면 결핍과 소외를 피하기가 어렵다.

우리 사회에서 가장 피해가 큰 사기 범죄를 저지른 사람 중에 의외로 좋은 대학을 나온 엘리트이자 부유층 출신이 많다. 정치는 어떤가. 국회의원 면면을 보면 저마다 뛰어난 인재라고 말할 수 있다. 하지만 현실은 눈살을 찌푸리게 할 때가 더 많다. 엘리트, 부자, 정치인 등 사회지도층이란 사람들이 어떻게 저런 사기를 저지르는지 한탄만 나온다. 때론 말도 안 되는 막장 짓을 버젓이 하는지 의아하다. 요즘은 SNS를 비롯한 디지털 문화로 거의 실시간에 온갖 일이 밝혀지는 세상이지 않은가.

엘리트 지식인이나 정치인 말고도 이 시대에 사는 사람들은 자의식이 강하다. 대학을 비롯한 고급교육을 받은 이들이 넘쳐나고, 지식과 정보는 감당하기 힘들 정도로 널려 있다. 그러나 교육 수준이 높아지고 지식의 대중화가 됐다고 해서 세상이 평화로워진 것은 아니다. 갈수록 갈등과 대립은 심해지고, 마치 돌아올 수 없는 강을 건넌 것인 양 서로를 증오한다.

지식과 정보의 과잉은 진실과 진리를 알려주기보다 한쪽으로 치우치게 한다. 확증편향의 증상이 심해질 뿐이다. 자신의 선입관을 주장할 수 있는 지식과 정보만 받아들인다. 이 또한 에고의 과잉이다. 다른 사람의 조언이나 사랑의 본질을 찾으려는 겸허함은 찾을 수 없다. 넷플릭스에 〈그래도 지구는 평평하다〉라는 다큐멘터리가 있다. 이 다큐멘터리는 지구가 평평하다고 주장하는 사람을 보여준다. 그는 우주에서 둥근 지구를 볼 수 있는 이 시대에도 여전히 지구는 평평하다는 주장을 굽히지 않는다. 지구가 둥글다는 '사실'을 음모론으로 취급한다. 자신의 이런 주장을 뒷받침하려고 온갖 근거를 끌어댄다. 선입관을 뒷받침하는 근거만 수용하고 자신에게 유리한 정보만 선택적으로 수집하는 것이다.

　주위에서 뭐라고 떠들어도 자기 뜻을 굽히지 않는 사람은 그저 자의식만 강할 뿐이다. 자신을 사랑한다고 할 수 없다. 자신을 정말 사랑한다면 닫힌 귀를 자꾸만 열려고 할 것이다. 아집과 독선으로 자신을 망치려고 하지 않을 테니 말이다. 어렵게 공부하고 방대한 지식을 갖췄다고 해도 빛 좋은 개살구만 잔뜩 쥐고 있는 꼴이다.

　왜 이렇게 사람들은 저마다 잘났다고만 나설까. 어떨 때는 자기모순에 빠져 똑같은 사안을 두고 이랬다저랬다 하는 경우도 쉽게 본다. 자신이 무엇을 추구하는지, 어떤 사람인지 모르고 그때그때 이익에 따라 움직인다. 사랑으로 자신과 타인을 보지 않고 욕심으로 보니 오락가락한다. 이런 사람은 신뢰할 수 없다. 함께하지 못할 사람으로 낙인찍히고 만다.

　자신을 사랑의 눈으로 보면 내가 모르고 있던 본질을 찾을 수 있다. 그리고 그 본질이 마치 이름처럼 나의 마음에 떠오른다. 마치 인디언이 그들만의 이름을 짓는 것과 비슷하다. 나의 본질을 그대로 드러내는 이름이다.

인디언의 이름 짓기는 우리와 다르다. 우리가 이름을 짓는 것과 달리 개인의 특징을 나타내는 이름을 가졌다. 우리처럼 이름 앞에 성이 붙고, 이름에 좋은 뜻을 담는 것과는 다르다. 사실 우리 이름은 앞으로 이런 사람이 되었으면 하는 바람이 담겨 있다. 하지만 인디언들은 현재 자신의 특징과 성향을 드러내는 이름을 짓는다.

한때 영화 〈늑대와 춤을〉이 흥행하면서 우리나라에서도 이런 이름을 짓는 게 유행했던 때가 있었다. '주먹 쥐고 일어서', '머릿속의 바람' 등 독특한 이름을 따라 짓곤 했다. 인디언들은 이처럼 자신의 이름대로 살아간다. 이와 비슷하게 우리도 자신의 본질을 상징하는 이름을 지을 수 있다. 단순한 놀이가 아니라 그 이름을 통해서 사랑으로 본 나의 본질을 찾고, 그 본질에 따라 삶을 살아가는 것이다. 나와 내 주위의 사람들도 허물을 덮는 자, 거름을 주는 자, 철근으로 건물을 짓는 자 등 저마다의 이름을 지을 수 있었다.

자신의 본질, 자신 안에 있는 사랑의 본질을 찾아 이름을 지은 사람, 이런 사람을 만나면 갈등과 대립의 관계는 개선될 가능성이 크다. 그 이름, 즉 사랑의 본질을 찾았다는 것은 타인과의 관계에서도 사랑과 더불어 공평하고 의로운 도의, 즉 공의公義를 제공한다. 편향과 아집의 울타리를 무너뜨리고 서로를 보호해준다. 본질이 드러난 이름대로 살기 때문이다. 자신이 본질을 인식한 덕분에 무엇을 잘하는지와 부족한지를 알 수 있다. 내 삶의 톱니바퀴가 이제야 맞물려 돌아간다. 서로의 사랑으로 부족한 부분을 채워

주며 사랑의 결과를 현실에서 만들어낸다. 이 과정이 혼자만의 행복 추구
가 아닌 함께하는 사랑의 본질을 찾는 여정이다.

04 타인의 시선으로부터 벗어나다

사람은 시선에서 벗어나지 못한다. 어쩌면 일생을 살면서 언제나 시선에 갇혀 있는 것인지도 모른다. 심지어 혼자 있을 때도 시선이 존재한다. 내가 나를 바라보는 시선이다.

시선은 오랫동안 인간의 철학적 사회적 화두였다. 영화만 보더라도 시선을 주제로 한 작품이 많다. 영화 〈트루먼 쇼〉나 〈헝거게임〉은 시선의 권력을 보여준다. 누군가가 언제 어디서나 나를 지켜본다면 행동은 부자연스러울 수밖에 없다. 밥을 먹을 때도 마음 편하게 먹지 못한다. 배가 너무 고파 우걱우걱 먹고 싶은데, 누가 본다고 하니 입을 조금만 벌리고 얌전히 음식을 씹는다.

나를 바라보는 시선이 누구의 것인지 알면 차라리 덜 답답하다. 그런데 실체가 보이지 않는 시선은 권력으로 작동한다. 독재국가의 시민들이 차츰 무기력하고 순종적으로 바뀌는 이유다. 영화 〈헝거게임〉도 배경이 독재국가다. 정부는 수도를 제외하고 모든 곳에서 일거수일투족을 감시한다. 상류층의 향락을 위한 서바이벌 게임도 시선의 지배를 받는다. SF가 그려 낸 미래의 콜로세움인 셈이다.

시선이 무서운 것은 권력의 공포를 느끼게 한다는 것이다. 보이지 않는 시선을 의식하게 되면 나도 모르게 옷매무새를 고치고 말과 행동을 주의하게 된다. 스스로 검열을 하는 것이다. 이 검열에서 자유로운 사람은 시선의 대상이 아니라 바로 주시자이다. 보이는 사람이었다가 보는 사람으로 바뀐다는 것은 마치 권력을 쥐는 꼴이 된다.

시선의 권력은 오래전부터 언급되어 왔다. 영화 말고도 '팬옵티콘 Panopticon'을 거론하면서 말하기도 한다. 팬옵티콘은 제레미 벤담Jeremy Bentham 이 고안한 감옥의 건축양식이다. 죄수를 효과적으로 감시하기 위한 건축양식으로 원형 감옥의 형태다. 감옥의 한가운데 우뚝 선 원형의 감시탑에서 간수들이 모든 죄수를 감시한다. 서로 마주볼 수 있는 구조이지만 감방에서는 간수가 있는지 없는지조차 알 수 없다. 반면에 간수는 360도로 배치된 모든 감방을 들여다보는 게 가능하다. 이를 두고 절대권력에 비유하기도 한다.

시선의 문제가 무겁게 다가오는 것은 이처럼 사람을 옥죄기 때문이다. 누가 나를 바라본다는 것만으로 행동이 위축되고 생각하는 것마저도 눈치를 본다. 이런 삶이 행복할 리가 없다. 조지 오웰의《1984》에서 묘사한 것처럼, 실체가 없어도 그 시선 때문에 모두가 공포에 지배당하고 감시에 순응하며 산다.

디지털 세상이라 하는 요즘 세상에서도 시선은 무섭다. 과거처럼 소수의 무리가 권력을 틀어쥐고 '보는 사람'으로서 시선 권력을 독점하는 것 같지는 않다. SNS의 발달과 보급으로 저마다 서로 바라본다. 시선의 독점이 아니라 만인에게 나눠진 듯하다. 그렇다면 시선의 권력은 해체되거나 혹은 모두에게 분배된 것일까. 혹자는 소수의 권력자가 다수를 감시하는 시선 권력이 시민에게 돌아갔다고 말한다. 하지만 이 말은 시선의 분산이자 동시에 나를 바라보는 시선이 그만큼 더 늘어났다는 뜻도 된다. 그 시선에 굴복해 생각과 행동, 나아가 삶의 방식마저 구속된다는 뜻이기도 하다.

자신을 진정으로 바라본다는 것

시선은 욕망과 깊은 관계가 있다. 욕망은 인간의 기본적인 본성이다. 현대인의 욕망은 갈수록 더 커지고 많아졌다. 먹고 자는 것, 성적 욕구에 더해 인정받고자 하는 것이 추가됐다. 프랑스의 철학자 자크 라캉Jacques Lacan 은 "인간은 타인의 욕망을 욕망한다"라고 했다. 타인으로부터 인정을 구하려는 게 인간이 가진 욕망의 본질이라는 뜻이다.

아무것도 모르는 어린아이가 가족의 울타리를 넘어설 만큼 자라면 다양한 사회적 관계를 맺는다. 성인으로 성장하는 동안 아이는 사회적 관계때문에 인정 욕망은 더 강해진다. 타인으로부터 인정을 받는 것으로 자신의 정체성을 갖춰간다. 인정 욕구는 나 혼자 인정하는 게 아니다. 남에게 내가 뛰어나다고 인정받는 것이 목표다. 내가 가치 있는 사람이라고 주위에서 인정해야 자존감도 커진다. 인정 욕구는 나를 다른 사람과 비교하거나 경쟁, 혹은 투쟁으로 해결된다. 이 비교와 투쟁에서 밀리면 좌절한다.

사회공동체에서 살아가려면 인정 욕구는 필요하다. 관계를 맺고 살아야 하니 내가 남에게 적어도 민폐는 끼치지 않는다는 '인정'쯤은 받아야 한다는 생각은 누구나 한다. 그런데 이 욕구가, 인정받겠다는 욕망이 너무 지나쳐 문제를 일으키기도 한다. 유튜브나 페이스북 등 SNS에서 '좋아요' 평가에 매달려 사회적인 물의가 일어나는 일을 종종 본다. 사실이 아닌 가짜 뉴스를 퍼뜨리고, 자극적인 콘텐츠에만 몰두하는 경우가 많다. 더 심각한 것은 자신이 인정받으려고 혐오나 차별을 끌어들이는 경우다.

혐오와 차별로 인정받고 유명해지자는 것은 사랑은커녕 증오만이 판치는 세상을 만들자는 것과 다름없다. 타인의 시선을 받아 오히려 권력으로 바뀐 자신의 시선으로 사람들을 지배하겠다는 오만이다. 실제로 이런 일은 버젓이 벌어지고 있다. 말도 되지 않는 억지마저도 마치 진실이고 진리인 것처럼 둔갑시켜 사람들을 현혹한다.

어째서 이런 일이 생기는 것일까. 그것은 사랑의 힘이 작용하지 않았기 때문이다. 선한 영향력을 발휘하는 것은 사랑의 힘이 작용하였기에 가능한 것이다. 타인을 사랑으로 바라보고 대할 때 선한 영향력이 생긴다. 그런데 어떻게 마구 퍼줄 수 있는 사랑을 베풀 수 있을까. 타고난 천성이 착해서? 배려가 몸에 배어서? 남을 사랑으로 대하는 사람은 먼저 자신부터 사랑할 줄 아는 사람이다. 자신의 본질에서 사랑을 찾은 사람, 이런 사람은 시선의 굴레에서 벗어나 있다. 오로지 자신의 사랑에 따라 남을 돕는다. 뭔가를 바라거나 시선을 의식하고 사랑을 베풀지 않는다.

시선과 욕망에 강하게 사로잡히면 사랑마저도 자신의 내부에서 찾지 않는다. 유명 작가이자 철학의 대중화에 앞장서는 알랭 드 보통Alain de Botton 은 그의 책《불안》에서 이렇게 말했다.

"우리의 에고나 자아상은 바람이 새는 풍선과 같아, 늘 외부의 사랑이라는 헬륨을 집어넣어 주어야 하고, 무시라는 아주 작은 바늘에는 취약하기 짝이 없다."

에고와 자아상 등은 외부의 시선에 휘둘리기 쉽다. 알랭 드 보통이 "동료 한 사람이 인사를 건성으로 하기만 해도, 연락을 했는데 아무런 답이 없기만 해도 우리 기분은 시커멓게 멍들어버린다"라고 한 말이 왠지 낯설지 않다. 우리가 일상에서 흔히 겪는 일이지 않은가.

나에 대한 반응이 없고 시선이 오지 않다가도 "이름을 기억해주고 과일 바구니라도 보내주면 갑자기 인생이란 살 가치가 있는 것이라고 환희에 젖는 것"이 인간의 평범한 모습이다. 그런데 이 증상이 심해지면 도를 넘게 된다. 시선을 독점하고 관심을 끌어 인정받으려 무리수를 둔다. 자신은 물론이고 주변과 집단을 망치는 경우도 발생한다. 예컨대 정치인이 자극적인 막말을 일삼다가 본인은 물론이고 소속 정당에까지 치명적인 손해를 끼치는 경우다. 타인의 시선을 의식하여 인정 욕망을 충족하려고 선을 넘고 수단과 방법을 가리지 않다가 파국을 맞이한 꼴이다.

자크 라캉과 알랭 드 보통은 인간의 삶은 타인의 욕망, 인정 등 즉 시선의 굴레에서 벗어나지 못한다고 했다. 그런데 흥미로운 것은 이런 현상이 고소득자와 엘리트일수록 더 심하다는 것이다.

뉴욕의 월스트리트는 고소득을 올리는 금융전문가들이 몰려 있다. 이들은 저마다 빵빵한 배경을 지니고 있다. 금수저 출신, 아이비리그 명문대학 졸업 등 대부분 사람이 선망하는 배경과 현재의 직업을 가졌다. 흔히 말하는 남부러울 게 없는 삶을 사는 듯하다. 이런 사람들이 불행이나 불안에 떨며 살 것이라고는 상상하기 힘들다. 하지만 이 집단의 구성원 중에서 많은 이들이 자신의 성공을 그저 사라져버릴 '운'처럼 여긴다고 한다.

남부럽지 않은 삶을 사는 그들은 실력과 노력보다 운으로 이룬 성공이라 생각해서 늘 불안해한다. 언제라도 그 운이 다하여 파멸의 구렁텅이로 빠질지 모른다고 전전긍긍이다. 그들의 이런 현상을 '가면증후군Imposter Syndrome'이라고 부른다. 스스로 사기꾼이라고 여기는 것이다. 이 증상이 심해지면 시선의 포로가 되고 만다. 나탈리 포트만이나 엠마 왓슨, 김연아, 아인슈타인, 미셸 오바마 등 유명 인사들도 이 증후군에 시달렸다고 한다.

가면증후군이 심해지면, 무리수를 던지게 된다. 상사나 고객, 혹은 동료로부터 무리하게 자신을 인정받고자 선을 넘는 행위를 저지른다. 타인의 시선과 평가를 지나치게 의식한 나머지 파멸의 길에 자기 발로 들어선다. 이때 심리학자들은 자신을 진정성으로 바라보는 것이 중요한 치료라고 한다.

시선의 포로가 되고 욕망에서 벗어나지 못하는 게 어쩌면 평범한 우리

네 사는 모습이다. 그렇다고 해서 이 굴레에서 영원히 갇혀 살라는 것은 아니다. 욕망과 시선의 굴레에서 벗어나기 위해서는 "나의 삶을 살자"라는 주문이 필요하다. 타인의 시선에 좌우되어 불안을 느끼는 것도 부질없다. 사실 내가 그리도 의식하는 타인은 정작 내가 의식하는 만큼 나에게 시선을 보내지 않는다. 딱히 나에게 관심을 가지지 않는다고 볼 수 있다. 사실은 누가 나를 어떻게 보느냐보다 내가 나를 어찌 볼지가 더 중요한 것이다.

자신을 진정성으로 바라본다는 것. 그건 또 무슨 말일까. 아마도 자기 스스로가 욕망이나 시선의 포로였다는 것을 외면하지 말고 정면으로 바라보라는 뜻일 테다. 이 또한 용기가 필요하다. 그 용기는 사랑의 눈을 갖췄을 때 비로소 생긴다. 용기가 사랑을 선택하게 하고, 사랑이 용기를 북돋아 준다.

왜 이토록 '참 나'를 찾을까

20세기 중반 무렵, 해마다 5월이 되면 지난가을에 추수한 식량이 떨어져 농촌은 굶어야 했다. 때만 되면 온 나라의 사람 대부분이 겪어야만 했던 궁핍의 시기였다. 지금 우리가 사는 시대는 인류 역사에서 가장 풍요로운 시기라고 한다. 굳이 통계나 수치를 따지지 않더라도 주변에서 '보릿고개'라는 말을 쓰지 않는 것만 봐도 알 수 있다.

이제 우리는 개인의 사정을 제외하고는 굶어야 하는 문제에서 벗어났다. 더는 보릿고개를 걱정하지 않는다. 먹고사는 문제도 해결됐지만, 풍족한 소비와 삶의 여유를 부릴 수 있는 시대에 살고 있다. 그러나 많은 사람이 자신을 불행하다고 여긴다. 이토록 풍족하고 풍요로운 시대에 불행하다고 느끼는 사람들이 왜 이리 많은 걸까?

우리나라는 GDP가 세계에서 12번째이고, 미국의 한 매체에서는 '최고 국가 랭킹'에서 한국이 9위라고 발표했다. 정치, 경제, 군사, 외교 등 전 분야를 종합해서 나온 순위라고 한다. 호주나 부자 산유국인 사우디아라비아보다 더 높은 순위다. 그런데 행복지수는 OECD 중에서 최하위에 머물고 있다. 겉보기에 화려한 국가에 살면서 행복지수는 꼴찌에 불과하다니 아이러니하다. 실제로 주변을 돌아봐도 겉과 속이 부조화하여 안쓰러운 사람이 있다. 번듯한 직장을 다니고 나름 안정적인 소득을 올려도 웃는 낮을 보기 힘들다.

요즘 사람들은 스스로 불행하다고 여기는 경우가 많다. 많은 사회학자와 심리학자들도 불안과 불행의 시대라고 말한다. 사람들은, 내가 사는 세상이 불행과 불공정으로 엉망이라는 생각을 하는 듯하다. 나 자신도 불행의 늪에서 벗어나지 못한다고 불만을 터뜨린 적이 있다. 아무리 손만 뻗으면 먹을 게 있고, 춥고 더운 날씨 때문에 죽을 일은 없는 세상이라도 마음은 상처투성이인 사람들이 많다.

무엇이든 넘쳐나는 시대, 그러나 결핍을 토로하는 세상. 뭔가 앞뒤가 맞지 않는다. SNS의 화려한 사진 뒤에는 시궁창 같은 현실이 가려져 있다.

사람들이 한숨을 내쉬는 결핍은 강한 분노로 이어지기도 한다. 언제부턴가 분노조절장애라는 말이 낯설지 않다. 심지어 사회적인 불안으로 입에 오르내릴 정도다. 강한 분노는 끝을 알 수 없는 체념에 이르기도 한다. 그런데 대부분 불행의 원인을 외부에서 찾는다. 자신의 내면을 들여다보지 않고 외부 탓만 하니 근본적인 문제 해결과는 갈수록 거리가 멀어질 수밖에 없다. 먹을 게 없고 입을 게 부족해서 힘들었던 시절에는 상상도 하지 못했던 시대의 풍경이다.

불안의 시대에서 사람들은 더욱 자신이 누구인지 궁금해 한다. 내가 누구인지, 내 자아상은 무엇인지 찾고 싶어 한다. 사람들은 대체로 남이 나를 어떻게 보는지를 가지고 자신의 모습을 결정한다. 자신의 자아상도 타인의 시선으로 만든다는 뜻이다. 그래서 불안하다. 알랭 드 보통이 불안의 원천을 타인과의 관계에서 찾은 이유다.

타인의 시선으로 규정되는 자아상은 불안을 떨쳐내지 못한다. 타인과의 관계는 늘 새로이 만들어지고 깨지고 하면서 지속과 단절을 반복하기 때문이다. 이렇듯 흔히 사회적인 자아인 에고만 자신의 자아라고 말한다면, 진짜 나를 표현하는 데 한계가 있다. 그래서 에고를 '거짓 나false self'라고 보고, 이와 구분하여 '참 나true self'를 찾는다. 왜 이토록 '참 나'를 찾을까?

영국의 의사이자 정신분석이론가 도널드 위니콧Donald Winnicott은 모든 인간은 내적 중심을 가졌다고 봤다. 이 중심을 '참 나'라고 불렀다. 이와 대척점에 있는 것을 '거짓 나'라고 부른다. '거짓 나'는 나의 내면보다 타인의 욕구에 순응한다. 이 순응은 자신을 보호하기 위한 것이다. 갈등으로 인한 충격으로부터 자신을 보호하려는 '적응'이다. 가령, 지나치게 타인을 의식하여 자신의 감정을 숨기고 반응한다. 연예인들이 이런 경우를 보일 때가 많다. 개인적으로 힘든 일을 겪어도 방송이나 팬 앞에서는 자신의 감정을 억누른다. 온갖 시선과 품평회가 열리는 마당에 속내를 쉽게 드러낼 수 없다. 대중의 반응에 늘 웃음을 지어야 하는 그들의 삶은 '거짓 나'가 가장 많이 발현됐다고 볼 수 있다.

인간은 '관계'를 통해 살아간다. 북적북적 시끄럽고 온갖 희로애락이 판치는 사회를 떠날 수 없다. '거짓 나'는 연예인들만 해당하는 게 아니다. 우리 일상에서도 흔히 볼 수 있다. 몸이 아프거나 마음에 병이 들어도 직장에서는 쉽게 내색을 하지 않는다. 아프다고 하면 징징대거나 나약한 사람으로 낙인찍힐까 봐 애써 웃는다. 힘들게 사는 우리네 인생이다. 그렇다고 해서 '거짓 나'를 마냥 외면할 수는 없다. '거짓 나'는 환경에 적응하는 장점도 있기 때문이다. 인간은 태어날 때부터 이런저런 환경에 노출되어 산다. 그 환경을 무시하고는 살 수 없다. 단순히 외톨이가 되는 것뿐 아니라 생존을 위협받는 상황이 발생할 수 있다. 이런 경우가 심해지면, 사회 부적응자가 되어 공동체에서 살아남기가 힘들다.

'거짓 나'가 어느 정도 필요하다고 해도 이 또한 지나치면 문제다. '참나'가 들어설 자리가 없어진다. 도스토옙스키의 소설 《분신》을 보면, 자신과 똑같은 모습을 하고 나타난 존재로 망가지는 인물이 나온다. 어느 날, 골랴드낀은 자신과 완벽하게 닮은 제2의 골랴드낀을 만난다. 처음에는 흥미로운 이 만남에 빠져들지만, 차츰 자신의 자리를 빼앗는 또 다른 골랴드낀을 미워한다. 사실 제2의 골랴드낀은 주인공의 정신 분열로 생긴 환상이다. 소설의 마지막은 골랴드낀이 정신병원으로 끌려가는 것으로 마무리된다.

소설 속 골랴드낀은 우리 주위에서도 볼 수 있다. 심지어 골랴드낀처럼 정신 분열에 시달리는 경우도 본다. 연예인의 직업을 가진 사람 중에는 '거짓 나'에 압도되어 목숨을 끊는 일도 생긴다. 그들 대부분은 화려한 직업의 이면에 가려진 아픔을 토로한다. 자신의 내면이 처한 상황과 달리 늘 웃어야 하는 '거짓 나'로 인한 고통이다. 아이들도 '거짓 나'의 후유증에 시달린다. 부모의 욕심을 지나치게 드러내고 강요하면, 아이는 그 욕심에 맞추려고 자신을 억압한다.

위니콧은 '참 나'와 '거짓 나'의 부조화를 우려하였다. 둘 다 살아가면서 필요하지만, 부조화가 심할 때는 아무리 성공하고 돈을 많이 벌어도 정신 분열과 같은 자기 파괴가 일어난다는 것이다. 스스로 파멸의 길로 들어서지 않으려면 어떻게 해야 할까. 사람은 누군가의 시선으로 자신을 규정한다고 하지만, 진정한 내면의 자아인 '참 나'를 찾으면 오직 나의 '참 나'의 시선만이 나를 규정할 수 있다.

에고 또는 '거짓 나'는 타인과의 관계를 통해서 알 수 있는 사회적 자아다. 사회적인 시선과 타인의 평가 등 관계를 위해 갖춰야 할 것을 신경 쓴다. 반면에 '참 나'는 내면의 욕구를 포함한 자신을 바라보며 성찰하고 평온을 얻는 순수한 자아다. 자신을 사랑하지 않고서는 찾을 수 없다. 사랑이 없는 에고는 앞서 언급한 것처럼 인정 욕망이나 불행만을 느끼고 외부 탓을 한다. 표층과 심층, 비본래적과 본래적의 차이라고 할 수 있다. 그 차이는 사랑의 유무로 가름 난다. 사랑을 통해 '참 나'를 만나면 나의 사회적인 자아인 에고도 이제 '참 나'의 도구로 쓸 수 있게 되며, 세상을 창조자로서 살 수 있다.

05 사랑과의 만남은 위대한 변화를 만든다

일과를 마치고 창밖 풍경을 보면, 저마다 지친 얼굴로 귀가를 서두르는 사람들로 거리가 붐빈다. 온종일 사무실이나 공장, 식당이나 매장 등에서 일했으니 오죽 피곤할까. 그 모습을 보고 있으니 좋은 대학이나 직장이라는 것도 때로 허망하게 느껴진다. 그토록 죽어라 공부하고 노력해서 얻은 게 노예와 같은 삶일 수도 있겠다는 생각이 저절로 든다.

목을 축일 음료 한 잔을 들고 꿀 같은 휴식 시간을 보낼 때도 허망함은 쉽게 사라지지 않는다. 행복하다고 느꼈던 순간도 알고 보면 그저 지친 일상에서 잠시 쉬어가는 만족감에 불과할지도 모른다. 늦은 나이에 사춘기가 다시 돌아온 걸까?

갑작스러운 감정의 요동과 변화로 생긴 나만의 변덕이라고 하기에는 애매하다. 극심한 스트레스와 우울감을 말하는 이들이 한둘이 아니기 때문이다. 벌 만큼 벌고, 하고 싶은 것은 웬만큼 하며 산다고 생각했지만 그게 전부가 아니었다. 공허하기는 매한가지고, 세상 아쉬울 게 없다고 여겼다가 뒤통수 맞고 영혼이 가출하기 일쑤였다.

사람들은 허무한 실존을 맞닥뜨렸을 때 대부분 외면하려 든다. 어렴풋이 느끼지만, 구태여 직접 대면하듯 들여다보지 않으려 한다. 그러나 자신이 자신을 외면하면 실존의 위기를 극복하기 힘들다. 소크라테스가 처음 말한 것으로 알려진 "너 자신을 알라"라는 말도 실존을 응시하라는 메시지다. 서양철학의 아버지로 불리는 고대 그리스의 탈레스Thales에게 제자가 "사람에게 가장 어려운 일이 무엇이냐?"라고 물었다. 탈레스는 "그것은 곧 자기 자신을 아는 것이다"라고 대답했다. 오래전부터 철학자들도 자기 자신, '셀프self'를 화두 삼아 철학적 반성과 활동을 했다.

비록 철학자가 아니라고 해도 철학적 고민과 활동은 인간 본연의 속성인 듯하다. '내가 왜 이러지?', '도대체 내가 원하는 게 뭐야?'라고 시시때때로 묻는 게 인간이지 않은가. 하루에도 몇 번씩 중얼거리는 이 질문이 곧 철학적 화두였다. 철학은 그리 먼 곳에 있지 않나 보다. 하루에도 여러 번 철학적 화두를 떠올린다. 그런데 이 질문을 던지는 것과 동시에 스스로 대답을 해본 적은 얼마나 될까? 그냥 넋두리로 그치지 않았던가.

열심히 살면 살수록 허무함도 커지는 이상한 세상에 살고 있다. 무엇이 이런 부조화를 낳는지 궁금하다. 더 큰 문제는 허무함을 느끼는 것에만 머무는 것이다. 허무하다는 생각을 떨쳐버리지 못하니 극단적인 생각으로까지 이어진다. 이 세상의 세속적인 기준으로 실패한 자들만 한강을 찾지는 않는다. 갑자기 찾아온, 그러나 오래전부터 내적으로 쌓였던 허무함이 정점에 달할 때 잘못된 선택을 한다.

허무한 실손을 구해내려면 본질을 만날 수 있어야 한다. 즉 셀프가 사랑을 만났을 때, 나의 허무한 현재는 바뀔 수 있다. 갑자기 로또 당첨되듯 하루아침에 인생이 바뀌지 않을지라도 어제와 똑같은 일상이 오늘은 달라질 것이다.

미래는 도착하지 않는다

영화 〈백 투 더 퓨처〉는 매우 흥미로웠다. 과거와 현재, 그리고 미래를 오가며 펼쳐지는 영화적 상상력은 너무나 신기했다. 영화에서 미래세계라고 소개했던 장면에서는 훗날, 그러니까 우리가 사는 오늘날에는 흔히 쓰이는 물건이 상상력으로 빚어낸 미래제품이라고 나온다. 화상통화, 지문으로 문 열기, 드론 등은 1989년에는 그저 상상이었을 뿐이다. 지금은 어떤가. 전혀 새로울 게 없다. 그런데 영화의 이런 신기한 미래보다 더 흥미로웠던 것은 운명의 인위적인 변화였다.

영화는 오리지널과 2편, 3편으로 이어진다. 과거와 현재, 그리고 미래를 종횡무진 오간다. 주인공이 과거와 미래를 여러 번 오간다. 과거를 갔을 때는 어떤 행위가 마치 나비효과처럼 미래를 결정하기 때문에 자신의 실존이 사라지는 것을 막으려 애쓴다. 주인공의 부모가 고등학생이었던 시절로 갔던 주인공은 현재의 부모가 자칫 부부의 연을 맺지 못할까 봐 불안하다. 현재의 부모가 부부가 되지 못하면, 현재의 '나'는 아예 존재할 수 없기 때문이다. 영화는 부모가 부부가 될 가능성이 줄어들 때마다 주인공의 모습, 즉 실존도 희미해지는 것을 보여준다.

과거의 행태로 현재의 운명이 결정된다는 게 재미있어 보이지만, 이것은 영화적 상상이다. 아직은 그 누구도 과거로 타임머신을 타고 돌아가 운명의 변화나 왜곡을 할 수는 없다. 그보다 지금을 어떻게 하느냐에 따라 미래는 바뀔 수 있다. 아니, 정확히 말하자면 지금 그리는 그림대로 미래가 펼쳐질 가능성은 있다. 물론 완벽하게 예상한 대로 미래가 이루어지지는 않을 테지만.

상상 속의 미래는 현실이 된다. 기술은 늘 진화하고 종종 상상 이상의 것을 보여준다. 그런데 정작 인간은 자신의 운명이 어떤 미래를 맞이할지 쉽게 짐작하지 못한다. 영화처럼 미리 그려볼 수 있다면 좋을 테지만, 인생은 그려진 대로만 흘러가지 않는다. 즉 예상한 대로 행복하거나 순탄할 것이라고 장담하기 힘들다.

실존에 주목하라는 말은 온전히 자신과 마주하라는 뜻이다. 자신을 마주하는 것은 언뜻 보기에 쉬워 보여도 선뜻 할 수 없다. 샤워하다가 거울에 비친 자신의 얼굴과 눈을 바라보는 것도 민망해 슬그머니 눈길을 거두지 않는가. 그러나 있는 그대로의 자신부터 바라봐야 성찰이 가능해진다.

실존의 삶, 셀프를 마주하는 것은 자책감과 고통이 따르는 일이다. 지금까지 외면했던 부끄러운 자신과 마주하는 것은 꽤 큰 고통을 가져온다.

누가 뭐라 하지 않았어도 괜히 혼자 얼굴이 붉어진다. 자신을 바라보고 사랑을 찾기 위해서는 그 고통과 부끄러움을 직면할 용기가 필요하다.

어영부영 세월을 흘려보내며 지내는 것보다 자신을 마주하는 것은 괴롭다. 이 고통을 통해 자신의 실존, 셀프를 찾을 수 있다. 이 고통을 참아낼 수 있어야 자신의 삶을 주도할 수 있다. 고통과 위험을 감수할 만한 각오와 용기가 없다면 아무리 지혜로운 조언도 쓸모없다.

이 세상에는 삶의 지혜를 가르쳐주는 안내자와 현명한 자가 넘쳐난다. 그들의 말 한마디에는 주옥같은 의미의 성찬이 담겨 있다. 촌철살인의 한마디를 들을 때마다 무릎을 탁! 치게 만든다. 그 순간만큼은 세상 진리를 다 아는 듯하다. 그러다가 시간이 지나면 "그런데 뭐 어쩌라고?"라는 반발심이 일어난다. 마치 무릎을 꿇고 구루Guru라도 만난 것처럼 굴던 내가 이제는 그 지혜의 말을 냉소적으로 받아들인다.

멋진 말을 노트에 받아 적는다고 하더라도 그냥 받아 적기만 하면 무슨 소용이 있을까. 적더라도 자기 내부의 소리를 들으려 하고 자기 생각을 더해서 적어야 한다. 지혜의 말을 대할 때마다 자기 안에서 한층 더 발전된 변화의 호응이 일어나야 한다. 나의 내면에서 울리는 소리와 지혜의 말이 불꽃이 튀며 만날 때 삶은 변한다. 그 불꽃은 지혜의 말을 그대로 따르는 것도 아니고, 나만의 고집을 부리는 것도 아니다. 새로운 나, 사랑을 찾은 셀프의 목소리를 터뜨리는 것이다.

과거는 지나갔다. 흘려보낸 강물이다. 미래는 알 수 없다. 그러니 현재에 주목해야 한다. 흘러가는 강물은 덧없음을 보여줄 뿐이다. 알 수 없는 미래가 내 바람대로 도착하리라고 생각하는 것도 착각에 빠진 삶이다. 과거와 미래보다 현재의 진실과 실재를 깨닫는 것이 훨씬 더 중요하다. 그런데 사람들은 과거를 원망하고 부질없이 허황한 미래만 꿈꾼다. 그 기대에 어긋난 미래가 현실이 될 때는 걷잡을 수 없는 불안과 허무에 빠지는 것이다.

불안과 허무에서 벗어나려면 무엇보다 현재의 자신을 바라보고 내면에서 울리는 소리를 들을 수 있어야 한다. 명상이나 참선 등을 떠올릴 수 있겠지만, 일상에서도 자신을 바라보는 것과 귀 기울이기는 얼마든지 가능하다. 또 그렇게 해야지만 일상의 소소한 일들도 하나씩 풀어갈 수 있다. 다이어트를 할 때도 지금 나의 상황을 더하고 뺄 것도 없이 그대로 바라보는 것부터 시작하지 않는가. 내 모습이 어떤지, 내면에서 어떤 소리를 내는지 모른 채 그저 계획만 짠다고 될 일이 아니다. 작심삼일이라는 말이 괜히 생기지 않았다. 늘 하던 생활의 패턴, 즉 자신의 일상의 참모습을 무시하고 초등학생 방학계획표처럼 짜봤자 소용없다. 방학 끄트머리에서 늘 후회하던 것과 다를 게 없으니까.

부질없는 과거의 끝자락과 알 수 없는 미래에 휘둘리지 않아야 한다. 현재를 바라보며 지금의 나를 대면하는 것. 이럴 때 진정성을 스스로 느낄 수 있다. 그리고 누가 봐도 나의 진정성은 굳이 말하지 않아도 인정받고 존중된다. 그렇게 나와 사랑의 접점을 찾아간다.

제자리에 머무는 아름다운 꽃

인간이라는 존재는 어찌 보면 매우 허약하다. 지구에서 모든 종을 압도하고 지배하는 듯 보이지만, 코로나19 팬데믹처럼 한순간에 종말의 위기에서 허덕인다. 온갖 기술과 과학의 발달로 뛰어난 존재인 양 굴지만, 조금이라도 빈틈이 보이면 한순간에 무너지는 게 인간이다.

인간은 여러모로 취약한 존재다. 제아무리 지구의 지배자인 것처럼 굴어도 위기 앞에서는 종말의 공포에 벌벌 떤다. 불완전하고 한계가 뚜렷한 생명체인 인간은 기댈 곳이 필요하다. 우상과 같은 대상을 만들어 의지하는 것은 오랜 인류 역사와 함께 이뤄졌다. 불안과 불완전함을 떨쳐내려는 인간의 몸부림은 지금 이 세상에도 이어진다. 미래가 어떻게 될지 몰라 돈에 목숨을 건다. 좋은 대학을 나와 똑똑하다고 인정받는 사람조차 금융사기에 속수무책으로 당하기도 한다. 사기꾼의 현란한 말도 우상숭배와 다름없이 믿어야 하는 주술이었다.

우리 사회는 다양한 우상이 존재한다. 사기로 돈을 번 경제사범도 우상이다. 사람들은 사기꾼이 휘황찬란한 차림새와 고급 외제 차, 명품 아파트를 슬쩍슬쩍 내보이는 것에 빠져든다. 시키는 대로 돈을 투자하면 나도 저렇게 살 수 있다는 생각에 꼭꼭 잠가둔 지갑을 마구 열다가 나락에 빠진다. 사회를 뒤흔들어 놓은 대형 사기 사건을 다룬 뉴스를 보면, 똑똑하다는 대학교수도 피해자 명단에 올라 있다. 똑똑하다고 해서 우상숭배나 사기당하는 것에 자유롭지는 않나 보다.

보이스피싱이 기승을 부리자, 나름 똑똑하다는 이야기를 듣던 피해자는 "멍청하게 그딴 말에 속냐?"라고 손가락질을 당한다. 그런데 당한 사람들의 이야기를 들어보면, 속는 건 한순간이라 한다. 마치 귀신에 홀린 듯 당하고 말았다고 하소연을 쏟아낸다. 불안은 인간의 가장 큰 약점이다. 불안한 틈을 비집고 들어와 속여버리니 눈 뜨고 당할 수밖에 없다.

사기까지는 아니더라도 인간은 뭔가에 지배받고 산다. 돈이나 권력에 지배당하는 경우는 흔한 일상이다. 돈 몇 푼에 고개를 숙이고, 직장이나 사회에서 갑을관계는 이제 놀랄 일도 아니다. 명예와 권력, 돈 등에 의해 지배당하는 것을 기꺼이 감수하는 것도 일종의 우상숭배다. 쾌락에 빠져 현실의 고통을 잊어버리는 것도 마찬가지다. 마약에 빠져 허우적거리는 사람은 아예 자신을 잃고 완전히 종속된 것이다.

요즘 '힐링'이나 '소확행', '워라밸' 등의 말이 유행이다. 돈을 많이 벌고 명예를 쌓느라고 망가진 자신을 챙기겠다는 소망의 표현이다. 나를 억압하고 지배하는 것으로부터 자유를 얻겠다는 소박한 선언이다. 처음에는 이 거친 세상에서 살아남으려 돈과 권력에 기댔다. 하지만 기대면 기댈수록 종속당하고 지배당하는 괴로움이 크다.

열심히 일해도 왜 이리 불행하냐고 한탄만 해서는 문제가 해결되지 않는다. 내가 무엇 때문에 불행한지 차분하게 스스로 물어봐야 한다. 괴롭고 힘들다고 외면하면 자신을 옥죄는 불행의 사슬이 더 조여질 뿐이다. 내가 누구에게, 혹은 무언가에 의해 종속의 관계인지 따지고, 파보고, 탐구해야 벗어날 길을 찾을 수 있다.

인간은 태생부터가 불완전하고 나약한 존재다. 코로나19 팬데믹으로 다시 주목받는 소설《페스트》의 작가 알베르 카뮈는 인간을 부조리不條理한 존재라고 했다.《페스트》에서는 코로나19로 실감한 전염병의 극단적인 상황을 보여주는데, 이때 인간은 무력하기 짝이 없다. 인간이 아무리 애를 써도 죽음은 피하지 못한다. 인간은 늘 더 나은 삶을 위해 노력하고 희망을 품는다. 그 바람을 이루려면, 조리에 맞게 모든 일을 완벽하게 수행하거나 영원성을 획득해야 한다. 하지만 인간은 죽음이라는 피할 수 없는 결과를 맞이해야 한다. 그래서 카뮈는 '부조리'를 말했다.

카뮈의 '부조리'는 어찌 보면 희망이 없는 미래가 기다린다는 이유로 허무주의를 연상시킬 수 있다. 그러나 카뮈가 말하고 싶은 것은 애초부터 부조리한 인생이지만 '인간'이기를 포기하지 말라는 것이다. 인간에게만 주어지는 능력을 갖추고 삶에 충실하라고 말이다. 헛된 미래나 영원의 희망을 품고만 살지 말라는 것이다.

지금의 삶에 충실하려면 자신과의 관계를 정립해야 한다. 타인과의 관계 이전에 나와의 관계가 올바로 성립되어야 지배와 피지배의 관계에서 벗어날 수 있다. 자신부터 존중해주고, 스스로 사랑할 수 있어야 한다. 과거의 내가 아직도 나를 지배한다면, 그 망령에서 벗어나는 게 중요하다. 자다가 불현듯 생각이 나서 이불을 차는 것과 같이 과거의 실수나 실패에서 벗어나지 못할 때가 종종 있다. 그러나 그때의 나와 지금의 나는 다르다.

실수했든 실패를 겪었든 간에 스스로 용서할 줄 알아야 한다. 이미 지나간 과거의 허물을 곱씹으며 가슴을 친다고 해서 그 과거가 바뀌는 게 아니다. 자신을 더 아끼고 사랑한다면 지난 과거는 떠나보내는 게 좋다. 사랑으로 자신을 바라보면, 지난 과거의 허물 따위 담담하게 대할 수 있다. 과거의 나는 지금의 내가 아니다.

자신을 사랑할 줄 안다면, 인생의 주인공으로서 삶을 꾸려간다. 아픈 상처와 허물마저도 감싸 안고 지금보다 나은 미래를 만들 지렛대로 삼는다. 자신을 사랑하니 자책과 자해에 가까운 행위로 스스로를 망가뜨리지도 않는다. 스트레스나 화병의 근원을 제거한다. 일시적으로 기분을 전환하는 것과 다르다.

'참 나'를 찾은 사람은 미래가 두렵지 않다. 덧없는 기대와 비현실적인 희망을 품지 않겠지만, 본성의 실현을 위해 살아간다. 카뮈가 말한 '인간다운' 삶을 산다. 자신을 사랑의 눈으로 보게 되면, 사랑의 존재로 미래를 맞이한다. 사랑을 발견하고, 자신을 사랑의 눈으로 보게 되니 사랑의 존재로 다시 태어난다.

나와 늘 함께하는 것은 그 누구도 아닌 자신이다. 나를 사랑할 줄 알면, 더디 가더라도 괜찮은 인생을 살 수 있다. 한 발짝도 움직이지 못해도 괜찮다. 제자리에 머물고 있어도 아름다운 꽃이 되어 향기를 퍼뜨린다. 그 향기에 사람들은 호감을 느낀다. 알레르기 반응을 일으키는 사람은 '참 나'를 찾지 못하고 우상숭배와 불안에 시달리는 사람이다.

자신을 사랑할 줄 알아야 한다. 그래야 타인의 사랑도 저절로 찾아온다. 제자리에 머무는 꽃이라 해도 꿀벌이 날아와 꿀을 먹고 수분受粉하여 새로운 꽃, 새 생명을 낳는다. 사랑을 얻으려 애쓰고 구걸하지 않아도 된다.

자신을 온전히 사랑하고 에고의 부정적인 면모를 벗어버리는 사람은 타인의 시선에서 벗어난나. 그 누구에게도 기대지 않고 전적으로 자신을 책임지기 때문에 미래를 만들어 갈 수 있다. 내 인생을 창조하는 자로서 삶을 사는 것이다.

자신을 사랑할 줄 안다면, 인생의 주인공으로서 삶을 꾸려간다.

아픈 상처와 허물마저도 감싸 안고 지금보다 나은 미래를 만들 지렛대로 삼는다.

자신을 사랑하니 자책과 자해에 가까운 행위로 스스로 망가뜨리지도 않는다.

스트레스나 화병의 근원을 제거한다. 일시적으로 기분을 전환하는 것과 다르다.

Chapter 02

사랑과 마주하기

06 아픈 상처에서 사랑의 관계가 시작된다

첫사랑을 다루는 영화나 드라마를 보면, 안타까운 장면으로 서로 엇갈리는 사람이 많이 등장한다.

누군가를 좋아해서 고백하고 싶다. 그런데 하필이면 내 절친이 상대방을 좋아한다. 혹은 차마 말을 건네지 못해 타이밍을 놓친다. 이런 장면들은 상투적이라고 할 정도로 많이 나온다. 너무나 자주 보던 장면이라 지겹다고 할 수 있지만, 실제로 빈번하게 일어나는 일인 것도 사실이다. "좋아해"라는 말 한마디 못해 발길을 돌려야 하는 배우의 모습은 여전히 안타깝다. 그깟 한마디 말이 뭐가 그리 어렵다고 오랜 세월 미련을 버리지 못하고 지내야 할까.

첫사랑의 실패와 짝사랑의 여운은 꽤 오래 간다. 풋사랑의 아련한 기억은 중년이 되어도 잊히지 않는다. 그나마 사랑의 추억은 애틋하다. 가슴속에 가시가 콕 박힌 것처럼 잊을 만하면 떠오르는 아픈 기억도 있다. 시간이 흘러 잊은 줄 알았는데, 첫사랑의 아련한 기억만큼이나 불쑥불쑥 튀어나와 가슴을 헤집는다.

마음속 상처는 세월이 약이라고 대개 그냥 묻어버리는 게 좋다고 여긴다. 그렇지만 묻는다고 해서 그 상처가 사라지고 치유되는 게 아니다. 첫사랑이 쉽게 잊히지 않듯이 트라우마로 남는다. 상처를 제대로 치료하지 않고 봉합만 해버렸으니 언제든지 곪을 수 있다. 사랑 고백에서도 용기가 필요한 것처럼 상처를 대하는 것도 용기가 있어야 한다. 고통스럽다고 호소하며 아픔을 나누거나 의지할 곳을 찾는 것은 당연하다. 그래해도 자신의 고통을 타인에게 떠넘길 수는 없다. 잠시 위로해줄지언정 문제 자체를 해결해주지 못한다.

고민을 들어주는 것만 해도 큰 도움이 되는 건 맞다. 어쭙잖은 해결책을 제시하는 것보다 문제 당사자가 마음을 추스르는 시간을 가지도록 해주는 게 훨씬 낫다. 그런데 자신의 고통을 토로하고 호소하는 게 아니라 누군가 대신 해결해주기만을 바란다면 상대방의 경청도 빛을 잃고 만다.

인생의 상처는 마냥 덮어둬서는 안 된다. 곪을 대로 곪아버린 상처는 썩어버려 생명을 위협하기도 한다. 안타깝게도 마음의 병으로 생을 끝내려는 사람들이 생기는 이유다. 눈에 보이지 않는 상처라서 가끔 잊고 지내기도 하지만, 마치 겉으로 볼 수 없는 암세포처럼 차츰 커져 나를 집어삼켜 버린다. 또는 주변과 세상을 원망하는 불씨로 바뀌어 주변을 다 태워버린다.

마음에 덧난 상처는 외면하지 말고 제대로 마주해야 한다. 마주하는 용기는 나를 사랑하는 용기로부터 비롯한다. 사랑의 용기로 마주할 때, 상처는 오롯이 드러난다. 문제를 알아야 풀 수 있듯이, 상처도 온전히 드러나야 치유할 수 있다. 상처를 마주하고 치유를 시작하면서 동시에 원망스러웠던 세상도 다시 바라본다. 아마도 그 세상이 나를 사랑한다는 것을 깨닫게 해줄 것이다. 상처와 시련이 나를 키워주는 자양분이라는 것을 그때야 이해하게 된다. 그 아픈 상처에서 사랑의 관계가 시작하는 것이다.

꿋꿋이 버티는 건 사랑의 관계이기 때문이다

사랑의 확인은 관계를 통해 쉽게 알 수 있다. 내가 누구를 사랑하는지, 혹은 누가 나를 사랑하는지는 관계로 짐작한다. 보기만 해도 설레거나, 별다른 이유도 없이 나에게 잘해주는 사람이 있다면 사랑이라는 단어를 떠올린다. 굳이 사랑이라 말하지 않아도 느낌만으로도 사랑의 관계를 알 수 있다.

연애의 감정으로 사랑하는 것 말고도 다양한 사랑이 이루어진다. 가족과 형제, 친구와 이웃 등 여러 관계에서 사랑의 꽃이 피어난다. 심지어 인류애조차도 공동체라는 관계망에서 발생한다. 이렇듯 사랑은 관계로부터 시작하고 그 범위도 다양하다. 기독교의 박애와 불교의 자비도 홀로 하는 게 아니다. 상대방, 즉 관계에서 경계의 벽을 허물고 밀접하게 만드는 게 사랑이다.

사랑의 본질은 나를 사랑하는 것이라 했다. 관계에서의 사랑도 우선 나와의 관계에서부터 시작한다. 나를 사랑하지 않는데, 어찌 남을 온전히 사랑할 수 있을까. 나부터 사랑해야 세상도 아름답게 보인다. 실패와 좌절로 자신을 하찮게 여기는 사람에게는 아름다운 풍경의 세상도 구질구질한 쓰레기로 가득 찬 세상으로 보인다.

자신을 사랑하지 않는 사람은 관계에서도 요렇게 재보고 저렇게 따지면서 자신의 이익만을 떠올린다. 마음속에 사랑이 들어 있지 않고 계산기만 작동하는 꼴이다. 계산기를 두드리며 사람을 대하니 상대방도 진정성으로 대하지 않는다. 관계에서 사랑은커녕 불신과 의심이 난무한다.

계산으로 이루어진 관계는 지배와 종속 같은 힘의 역학만이 작동한다. 강한 자 앞에서는 한없이 약하고, 약자 앞에서는 군림하는 것에만 능숙하다. 화를 자주 내는 사람을 봐도 대체로 자신보다 약한 자들 앞에서 버럭 내지를 때가 많다. 이런 사람이야말로 자신감은 찾아볼 수 없다. 당당하다면 강자와 약자의 구분 없이 주변 사람을 대할 테니까. 굴종과 지배의 위치를 재빨리 오가야 하니 주변의 반응과 행동에 민감하게 군다. 자신의 이익만을 챙기려고 하니 조직이나 집단에서 갈등의 원인이 되기도 한다.

관계의 한자어를 보면, 열쇠 관關과 이을 계係로 이루어졌다. 열쇠로 문을 열어야 이어진다는 뜻이다. 그런데 내가 상대방을 불신하고 문을 걸어잠가놓는다면? 열쇠마저 내놓지 않고 들어오라고 한다면? 굳게 닫힌 이 문은 내가 열쇠로 열어야 한다. 그런데 나조차도 그 열쇠를 찾지 못하고 있으니 문은 닫힌 채 녹이 슨다. 관계는 그렇게 어그러지고 만다.

관계를 이어줄 열쇠는 남이 찾아주지 못한다. 내가 찾을 수밖에 없다. 문을 열기 위한 열쇠는 내 안에 있다. 남과의 관계보다 먼저 내가 나와의 관계를 맺어야 찾을 수 있다. 열쇠의 주인이 나이기 때문에 내가 나를 알아야 하고, 또 열쇠가 어디 있는지 물어야 한다. 내가 나에게 열쇠의 행방을 물으려면, 나부터 사랑할 수 있어야 한다. 그 열쇠는 사랑 안에 보관되어 있기 때문이다. 내 안의 사랑을 찾으려 할 때 열쇠도 보인다.

내 안의 사랑을 찾지 못하고 사랑을 갈구하는 것은 어쩌면 헛된 짓이다. 자신을 사랑하지 못하는 사람은 소유욕과 탐욕의 관계를 사랑이라 착각한다. 집착과 소유욕으로 얼룩진 관계는 '데이트 폭력'과 같은 파국만이 기다린다. 온전히 놓아줄 용기가 없으니 폭력과 집착의 지옥을 만들어낸다. 이 지옥에 갇혀 살고 있으니 세상마저도 온통 불구덩이 지옥으로 다가온다. 아무도 믿지 못하고, 내 것을 빼앗으려 드는 악의 무리만 눈에 들어온다.

소유욕과 탐욕으로 점철된 관계를 벗어날 방법은 오히려 나를 사랑하는 것이다. 나를 사랑하지 않으면서 남을 사랑할 수 없다. 쌀도 없으면서 밥을 짓겠다고 나서는 꼴과 다르지 않다. 나를 사랑하는 것을 나르시시즘과 혼동해서도 안 된다. 자신을 사랑한다는 것을 이기주의라고 착각하지 않아야 한다. 나를 스스로 존중하고, 그 누구보다 자신을 배려하고 관심과 애정을 쏟는 것이다. 자기애를 충족하기 위해서 타인을 수단이나 대상으로만 삼는 게 이기주의다.

지나친 나르시시즘에 빠져 사랑의 관계를 갑을관계로 만드는 것도 경계할 일이다. 흔히 '자뻑'이라 부르는 자기애로부터 나오는 소리는 유혹의 속삭임이다. 내면으로부터 울리는 사랑의 목소리에 귀를 열어야 한다. 그렇게 나를 사랑하면, 세상과도 사랑으로 관계를 맺는다. 그 사랑이 내 생각과 감정을 변화시켜 말과 태도에서 표출되기 시작한다. 그리고 주변 사람과 세상에 사랑의 관계라는 유기적인 관계를 맺는다.

사람은 관계를 떠나 살 수 없다. 즉 인생의 희로애락도 관계를 통해 생기거나 해소된다. 역경이나 즐거움, 행복과 불행, 허무와 환희 등은 결코 홀로 겪을 수 없다. 사람과 사람, 세상과 나, 자연과 우리의 관계에서 이러한 감정이나 상황을 겪는다. 때로 쓰나미처럼 몰려와 나를 휩쓸어버릴 수도 있다. 이때 꿋꿋하게 버티고 관계를 만들어가려면 사랑이 필요하다.

사실에 사랑을 더하면 진실이 된다

한순간에 나락으로 떨어진다는 말이 있다. 남부럽지 않을 부귀영화를 누리다가 어느 순간에 모든 것을 잃을 때는 정신을 온전히 부여잡기도 힘들다. 이 세상이 끝난 것처럼 보이고, 더는 살아갈 희망도 품지 못한다.

나도 한때는 돈을 벌겠다는 생각에 사로잡혀 보낸 적이 있었다. 의사이면서 경영자이니 병원도 키워야 하고, 오래 힘들게 공부했으니 부족함이 없는 생활도 누리고 싶다는 욕구에 사로잡혔다. 당연히 미친 듯이 일했다. 돈도 제법 모았고, 모은 만큼이나 흥청망청 쓰기도 했다. 서울 강남에서 피부과 원장으로 있으니 마음만 먹으면 돈 버는 게 불가능하지 않았다.

돈을 벌면서 알게 된 게 있다. 돈이 목적일수록 똑똑해지기는커녕 오히려 멍청해진다. 요리조리 돈 버는 구석을 찾아가는 게 제법 똑똑한 것처럼 보인다. 그런데 헛똑똑이다. 세상에서 가장 똑똑한 것처럼 굴지만, 마치 눈가리개를 한 경주마처럼 볼 수 있는 시야도 좁다. 바로 옆에서 위험신호가 울려도 듣지도 보지도 못한다. 그러다가 한순간에 망한다.

한창 잘 나가다가 거꾸러지면, 그동안 쌓아 올린 부와 명예는 순식간에 사라진다. 부자는 망해도 3대는 간다는 말도 옛말이다. 지금껏 경주마처럼 앞만 보고 질주했던 모든 것이 신기루와 같다. 이제 오아시스에 거의 다 다랐다고 생각했는데, 정작 손을 뻗어보니 신기루처럼 사라진다.

돈을 벌면서도 돈 자체가 목적이면 천박한 삶에서 벗어나기 힘들다. 마음속은 지옥이다. 돈이 목적으로 자리 잡으니 사람은 도구가 된다. '천박한 자본주의'라는 말이 괜히 나온 게 아니다. 사람이 사람을 천대하고 도구로 부리는 삶은 관계도 파괴한다. 저 혼자 잘난 척할 뿐이니 홀로 외떨어져 끊임없이 주변을 의심한다. 신경쇠약에 걸린 환자와 다르지 않다.

부자가 되는 게 인생의 최종 목적이라면 그것을 이뤘을 때 누가 봐도 행복해야 한다. 그러나 돈 많은 부자 중에서 마약이나 알코올 중독에 걸리는 이들이 심심찮게 뉴스에 등장한다. 남 부러울 게 없어 보이던 그들이 무엇 때문에 마약과 술에 찌들까? 자신을 파괴하는 짓을 서슴지 않고 하는 이유는 대체 뭘까?

돈이 사랑을 대신해줄 수 없다. 돈이 세상의 본질을 꿰뚫어 보는 지혜의 눈을 갖춰주지도 않는다. 마약과 술로 스스로 파괴하는 사람은 지독한 이기주의자일 뿐, 자신을 사랑하는 것이 아니다. 자신의 쾌락에는 민감하지만, 타인의 고통에는 둔감하다. 영화 〈베테랑〉에 나오는 재벌 3세 조태오는 오로지 자신만을 생각하는 인물이다. 마약과 유흥에 탐닉하고 사람을 한낱 도구나 노리개로만 여긴다.

조태오는 회사와 계약이 된 화물차 기사를 부당하게 계약해지하고, 임금도 제대로 주지 않았다. 이를 항의하는 기사를 불러 그깟 몇백만 원으로 자신을 괴롭힌다며 그 유명한 "어이가 없네"라는 대사를 한다. 그리고 마구 구타를 하고 죽음으로 내몬다. 이 영화는 당시 우리 사회를 떠들썩하게 한 한 재벌 3세의 폭행과 일탈을 소재로 삼았다고 한다. 실제로 매 한 대에 얼마를 주겠다며 마구 폭행한 사건이다.

자신을 사랑한다면 돈이 목적이 될 수 없다. 그런데 실물인 돈은 어느덧 환상이자 우상이 됐다. 돈 되는 일이라면 내 영혼마저 팔아버리겠다고 덤벼든다. 심지어 종교에 가까운 숭배의 대상으로 사람들 머리 꼭대기에 올라서 있다. 사람이나 세상을 평가할 때, '돈이 되냐 안 되냐'가 평가의 기준이다. 이쯤 되면 돈은 거래의 수단으로만 볼 수 없다.

인생의 목적이 된 돈은 사람을 타락시킨다. 돈만 좇는 사람들을 보고 손가락질하는 이유가 있다. 돈으로 세상을 바라보면서 사람을 대하니 도덕적으로도 좋지 않은 모습을 보인다. 이게 도가 지나치면 범죄로까지 이어진다. 종종 뉴스에 나오는 어느 재벌가의 갑질을 보면, 영화 〈베테랑〉이 상상 속의 이야기가 아니라는 사실에 소름이 돋는다.

돈의 지배를 받는 관계는 사람이 그저 기계의 부품과 다를 게 없다. 차라리 기계 부품은 낫다. 갑의 천대와 욕설, 심지어 폭행을 당하지 않아도 되니 말이다. 욕을 해도 기계가 알아들을 리 없다. 하지만 사람은 다르다. 욕설 한마디가 마음속에 깊은 생채기를 낸다. 인간의 존엄을 잃어버리게 하고, 삶의 밑바닥으로 추락하게 만든다.

돈이나 물질을 숭배하는 배금주의 혹은 물질주의는 한순간의 쾌락을 좇아 신기루 같은 삶을 사는 것에 불과하다. 지금은 돈이 많다고 거들먹거려도 사람이 모인다. 하지만 망하면 결국은 쫓겨나고 버려지는 삶이다. 자본주의 사회에 살면서 이익을 추구하고 사유재산을 불리는 게 뭐가 나쁘냐고? 그게 나쁘다는 게 아니다. 돈을 벌더라도 나와 다른 사람의 존엄을 훼손하지 말자는 것이다.

돈을 버는 과정에서 잊지 말아야 할 게 있다. 나를 사랑하고 주변을 사랑해야 한다. 사랑을 알지 못하면 그 어떤 것의 본질과 진실을 알 수 없다. 명예와 부가 생겼더라도 지속적이고 존중받는 가치로 바꾸지 못한다. 그저 높은 자리에 앉아 있는 양반, 돈 많은 부자로만 받아들여진다. 주위의 냉소적인 시선을 받는 부자와 권력자가 영원히 행복을 누릴 수 없다. 시간이 얼마나 걸리느냐가 다를 뿐, 역사를 통해 이러한 사례를 무수히 목격하였다.

나와 타자 모두를 사랑의 눈으로 보면 각각의 본질을 알게 된다. 그리고 세상의 본질도 보인다. 존재에 사랑을 더하면 본질이 보인다. 사실에 사

랑을 더하면 진실이 된다. 그 진실이 세상을 바라보는 지혜의 눈을 만들고,
내가 세상을, 세상이 나를 사랑하게 만든다.

07 사랑의 눈으로 자신을 바라보다

　'사랑의 눈'으로 자신을 바라본다는 게 어떤 의미일까. 혹시 거울에 비친 내 얼굴을 애정 어린 눈빛으로 본 적이 있는가? 힘겹게 잠에서 깨어나 거울을 보니 푸석한 얼굴과 헝클어진 머리카락이 씁쓸하게 느껴진다. 내 얼굴에서 인생의 절망이 묻어나는 듯하다.

　활기보다 절망의 기운이 느껴지는 얼굴을 물끄러미 바라보는 게 때로 곤혹스럽다. 불편한 마음을 굳이 꺼내고 싶지 않아 외면한다. 내 얼굴을 외면하기 시작한 순간부터 '참 나'의 사랑도 멀어진다. 일상은 불안과 불확실성으로 가슴이 두근댄다. 내가 지금 잘하고 있는지, 잘 사는지, 무시는 당하지 않는지 하루에도 몇 번이나 되묻는다. 자꾸만 어두운 그림자가 드리운 뭔가에서 벗어나지 못하는 것 같다. 하루하루가 답답하고 초조하다.

　돈을 많이 벌고 사회적인 지위가 있다고 해서 불안은 해소되지 않는다. 가질수록 빼앗길까 봐 전전긍긍하고, 사람들을 곱게 볼 수 없다. 이제 불안에 더해 의심까지 늘어난다. 유명해지고 부자일수록 찾는 사람이 많아진다고 좋아할 일이 아니다. 잠깐의 인기를 즐길 수는 있지만, 그 인기가 나의 본질을 뜻하거나 평가 척도가 될 수 없다. 되레 나를, 나의 재산을 이용하고 탐할까 봐 경계한다.

내가 좀 성공했다고 해서 찾는 사람들이 있다. 그중에서 나의 지위와 재산을 보고 찾아온 사기꾼도 있을지 모른다. 자신을 사랑할 줄 아는 사람은 '사랑의 눈'으로 그들을 구분한다. 돈과 명예의 포로가 되어 시야가 좁아질 만큼 어리석지 않다. 잠깐 지니고 있다가 떠날지 모를 재산이나 사회적 위치를 보고 접근하는 사람쯤은 구별이 된다. 지금 자신이 가진 부와 명예 따위는 잠시 가지고 있는 것이라 여기기 때문이다. 일시적인 나의 상황에 불과할 뿐이지, 지금의 부와 명예가 영원히 지속할 것이라고 착각하지 않는다.

지금 가진 것에 스스로 현혹되지 않은 사람은 자신의 본질을 부와 명예, 혹은 가난이나 불명예와 동일시하지 않는다. 본질을 부나 가난 같은 일시적인 현상과 구분한다는 것이다. 어쩌면 현실을 직시하고 있다고 볼 수 있다.

껍데기에 불과한 인생의 군더더기에서 벗어나는 게 그렇게 어려운 것일까? 잠시 곁에 있다가 물러갈 현상들에 휘둘리지 않으려면 사랑의 눈이 있어야 한다. 용기를 내어 자신을 정면으로 응시한 후, 사랑의 눈으로 자신을 바라보아야 한다. 그리고 자신의 본질을 찾아내야 한다. 이게 어렵다고 피한다면 늘 쫓기고 불확실한 미래에 휘둘릴 수밖에 없다.

사랑의 눈으로 자신을 발견하는 것이 어렵다고 토로할 수 있다. 하지만 사랑의 눈으로 자신의 본질을 찾아 답답한 인생을 벗어나려는 게 죽을 만큼 힘들다고 하는 것은 억지고 핑계다. 죽음 직전에야 어리석은 지난날을 깨닫는 게 아니다. 극적인 인생의 반전을 겪어야지만 할 수 있는 게 아니다.

사랑의 눈으로 자신을 발견하는 것은 그저 어느 한순간 담담히 자신을 들여다보는 시간을 가지는 것으로도 충분하다. 잠시 리셋을 하듯 나를 바라보는 것은 명상시간만큼이나 일상에서도 할 수 있다. 자신을 발견한 후에는 이제 사랑이 정의하는 자신의 이름, 자신의 본질의 이름을 지을 수 있게 된다.

자신을 바라보는 네 가지 도구

사람들은 저마다 "나는 누구냐?" 하고 묻는다. 흔히 영화나 드라마에서 보는 기억상실증에 걸린 인물이 "Who am I?"를 외치는 것을 말하는 게 아니다. 내 이름 석 자를 알고, 지금까지 살아온 인생을 전부 기억하고 있어도 '나는 누구일까?'를 곰곰이 생각해본다.

이름과 살아온 이력을 알고 있어도 내가 누구냐고 왜 물을까? 대체로 현재의 삶에서 뭔가 변화를 원할 때 내가 누구인지 묻는다. 가만 생각해보면, 인생의 전환기를 맞이할 무렵에 이 질문을 많이 던진다. 고등학교 졸업을 앞두고 성인으로서 어떻게 살지 고민할 때 '나는 누구인가?'라고 묻는다. 직장생활을 오랫동안 잘하다가도 뭔가 새로운 일에 도전을 하고 싶을 때도 이렇게 묻는다.

내가 누구냐고 묻는 것은 지금의 나를 냉철히 파악하려 할 때다. 새로운 뭔가에 도전을 하기 위한 동기를 가지려고 묻고 또 묻는다. 새삼스럽게 깨달음을 얻겠다고 나서는 것은 현재의 자신에 대한 뭔지 모를 아쉬움 탓이다. 아마도 이 질문을 한 경험은 한 번쯤 있었을 테다. 그런데 질문은 쉽게 던지지만, 대답은 쉽지 않았으리라. 이 질문의 대답이 쉬웠다고 말하는 사람은 자신이 원하는 대로 수월하게 인생의 변화를 이루었을 테니까.

질문은 쉬워도 대답은 어려운 이 명제는 사실 자아 성찰을 뜻한다. 성찰하는 게 쉬운 일은 아니다. 많은 사람이 자아 성찰을 위해 어려운 철학서를 파고들고 종교적 명상에 빠져들어도 깨달음은 쉽게 찾아오지 않는다. 답을 구하는 게 어려워도 아예 무시할 수도 없다. 그래서 자꾸만 묻는다. 잠들기 전에도 떠올려보고, 일이나 공부를 하다가도 머릿속 가득 물음표를 띄워본다.

물음표가 쌓일수록 이 질문은 차츰 걱정거리로 바뀐다. 답이 구해지지 않으니 사서 걱정하는 꼴이 돼버린다. 내가 누구인지 질문을 던지고 답을 구하는 과정에서 서서히 발전하고 성숙해지리라 기대했던 게 무너진다. 질문은 돌고 돌아 결국 내가 누구인지 모른다는 대답만을 얻는다. 허무하다. 내가 나를 모른다는 황당한 현실이 씁쓸하다.

나를 알아가는 과정도 공부할 때처럼 답을 구하는 공식과 같은 게 있다. 그 공식은 점을 보는 것처럼 무언가 미신에 기대는 것도 아니고, 나에 대해 타인이 평가해주는 것도 아니다. 내가 나를 바라보고 질문을 던지는 과정이다.

그 누구도 아닌 내가 나를 바라볼 때는 아무런 계산이나 기대가 없어야 한다. 담백하게 나를 바라보는 게 우선이다. 자신을 바라보며 내가 누구인지 찾는 방법은 네 가지 도구가 있다. 먼저 자신의 과거를 담담히 돌이켜본다. 심지어 심장을 도려내는 듯한 괴로운 과거라도 무덤덤하게 남의 일인 양 마주한다. 그래야 제3의 눈으로 볼 수 있다. 제3의 눈으로 본다는 것은 마치 나를 아끼는 친구가 나도 미처 모르는 나의 모습을 발견하고 이야기해주는 것과 같다. 잘났든 못났든 나의 특징을 찾을 수 있다.

과거를 본다는 건, 다시 과거의 굴레에 스스로 얽어매라는 뜻은 아니다. 그저 내가 누구인지 알기 위해 지나온 궤적을 살펴보라는 의미다. 그 궤적을 따라 살피면서 내가 미처 몰랐던 나의 모습을 짐작할 수 있는 실마리를 찾는다. 인생의 목표를 향해 앞만 보고 열심히 살면서 올곧게 나아갔다고 생각하지만, 잠시 뒤를 돌아보면 굽이굽이 고갯길과 꼬부랑길이 이어져 있는 것을 알 수 있다. 기차나 배를 타고 갈 때 앞만 보면 곧게 가는 듯하지만, 뒤를 보면 이리저리 왔다 갔다 하며 지나온 궤적을 볼 수 있듯이 말이다.

두 번째로는 자신의 현재를 보는 것이다. 과거를 돌아봤으니 시간의 흐름에 따라 현재를 본다. 거울 앞에서 독백하는 시간을 가져보는 것이다. 독백은 알다시피 혼자 중얼거린다. 그런데 이 효과가 좋다. 연극을 보면 독백 장면이 자주 나온다. 독백 장면이 나오면 관객들이 초집중한다. 뭔가 꼬이거나 극의 절정으로 치달을 때 무대 위의 배우는 독백을 쏟아낸다. 〈햄릿〉의 주인공 햄릿 왕자가 "사느냐 죽느냐, 그것이 문제로다…"라는 독백을 읊으면 관객들은 낮은 신음을 터뜨린다.

독백하듯 자신과 대화하는 게 꽤 어색하긴 하다. 외국인들은 한국 사람이 혼자 중얼거리는 모습을 보면 신기하단다. 가끔 "어, 내 스마트폰이 어디 있지?"라며 입 밖으로 소리 내어 말하고는 물건을 찾을 때가 있지 않은가. 이 정도는 같은 한국인끼리는 아무렇지 않다. 그런데 뭔가 모를 중얼거림을 내내 하는 사람을 보면, 같은 한국인이라도 오싹할 때가 있다. 그러니 가장 좋은 자기와의 대화는 혼자 욕실 거울을 보며 대화하는 것이다.

처음에는 자신과의 대화가 어색하고 쑥스럽다. 대화를 이어가기가 힘들다. "넌 누구냐!"라며 영화 대사처럼 비장한 물음만 던지기도 우습다. 이때 독백의 의도를 떠올릴 필요가 있다. 나를 알겠다는 의도에서 시작한 문답이다. 이제껏 그 어려운 철학책의 화두를 붙잡고 있느라 애를 먹었다면, 아주 간단한 기초적인 질문으로 시작하는 게 좋다. 괜히 자신도 이해 못 하는 철학적 화두를 던져놓고 헤매지 않아야 한다.

욕실이나 조용한 방 안에 거울을 두고 그 앞에 앉는다. 그리고 뭔가 적을 것을 준비한다. 내가 뭔가 적어 놓은 이것이 '비전 노트'이다. 비전 노트는 나의 길잡이가 되어준다. 이 비전 노트에는 미래를 어떻게 살겠다는 바람이 담겨 있다. 그래서 비전이라고 부른다. 현재의 나를 알기 위해 던진 질문은 대체로 지금 부족해 보이는 자신에 관하여 묻는 것이다. "왜 이 모양일까?", "뭐가 부족한 거지?", "대체 문제가 뭐지?"라고 묻는다. 이 물음을 던지고 스스로 대답한다는 것의 의미는 질문에 담긴 그 부족함을 채울 미래를 기대하는 것도 포함한다. 그리고 "내가 잘하는 건 뭐지?", "내가 다른 사람과 다른 특별한 개성은 뭐지?"라는 긍정적인 질문도 내가 누구인지 아는 데 도움이 된다는 건 말할 필요도 없다.

비전 노트에 적을 첫 대화는 "내가 가장 좋아하는 것은?"이라는 물음이다. 자신이 좋아하는 것, 하고 싶은 것, 원하는 것 등이 무엇인지 솔직하고 직관적으로 적는다. 아무런 자기검열이 없이 메모한다. 누구의 시선이나 나의 솔직한 바람을 검열할 이런저런 기준을 처음부터 떠올리지 말아야 한다. 나 혼자서 자신과의 솔직히 대화를 나누는데, 그 어떤 존재나 기준이 끼어들면 대화가 원활할 리 없다.

내가 원하고 좋아하는 것을 좀 더 직관적으로 파악하는 방법이 있다. 텍스트보다 이미지를 활용하면 된다. 검색을 통해 관련 이미지를 찾아 출력해서 보드 같은 것에 붙여놓는다. 이것을 '비전 보드'라고 한다. 가령 한적한 시골에서 살고 싶다면 구체적으로 내가 원하는 시골 풍경을 찾아본다. 그냥 시골이 아니라 산으로 둘러싸여 앞에는 냇물이 흐르는 곳이 좋겠다면, 이런 풍경 이미지를 찾아서 출력한다.

현재 주변 사람들과 나눈 대화를 살펴보는 것도 좋다. 나와 좋은 관계를 유지하는 사람뿐만 아니라 왠지 모를 껄끄러운 관계, 혹은 분명 화가 나는 대상이 있어도 구체적인 이유를 모를 때가 있다. 또는 나의 오해에서 비롯되어 관계가 어그러진 사람도 있을 테다. 불편한 관계 탓에 내 속이 쓰라리지만, 대화를 나누어 그 이유를 물어본다. 무엇이 아쉬웠는지, 어떤 노력이 필요한지 정리해보면, 관계의 개선뿐만 아니라 현재의 자신을 객관적으로 볼 수 있다.

세 번째로는, 자신의 인생에서 가장 극적인 순간을 떠올린다. 단순한 기쁨이나 슬픔을 넘어선 뭔가를 느꼈던 순간을 되살려본다. 그 순간은 어쩌면 신비로웠던 때다. 가령, 아무리 세상이 절망스러워도 새벽녘 동트는 순간에 바깥을 내다보며 느껴보지 않았는가? 이 세상은 생명의 기운이 가득하다는 극적인 신비로움을 말이다.

인생에서도 희로애락으로 단순하게 구분할 수 없는 극적인 순간이 있다. 마치 시간이라도 멈춘 듯한 그 순간이 누구에게나 찾아온다. 그때의 특별한 감정을 떠올려보면, 아무래도 가장 자신의 본질에 가까운 순간을 대면한 것일 수 있다. 이때 느꼈던 환희는 월급이 올랐을 때의 기쁨과는 다르다. 그 극적인 순간은 자신의 가슴에 뿌듯이 타오르며 도저히 내가 한 것 같지 않은 듯한 느낌을 준다. 평생 잊히지 않을 그 순간을 회상해본다.

네 번째로는 어린아이로서의 자신과 이야기를 나누어보는 것이다. 먼저 '사랑해'라고 고백한다. 어쩌면 낯간지러운 행위라고 손을 내저을 수도 있다. 뭐 어떤가. 누가 보는 것도 아닌데. 사랑을 고백할 때 이미 낯간지러운 짓을 시작했으니 좀 더 오글거려 보자. 어린아이의 목소리로 물어보는 것이다. 뭘 좋아하는지 뭘 싫어하는지 물어본다. 그리고 대답도 어린아이의 목소리로 하는 것이다. 어린아이는 가장 순진하고 인간 본성에 가장 가깝다. 이유나 목적을 따지지 않고 지금의 이 순간에 충실하다.

성인의 자아로 머물러 있으면, 아무래도 물질적 욕망이나 결핍이 현재의 나를 지배한다. 어떻게 하면 먹고살 수 있을지, 또 성공할지 골똘히 생각한다. 물질적 욕망은 현재의 나를 그 욕망의 잣대로 비교하고 평가한다. 그렇지만 이 평가는 대체로 부정적이다. 지금 돈이 많아도 만족하지 못하다고 생각하는 게 인간이다.

불확실한 미래를 생각해보니 긍정과 만족보다 부정과 불안이 더 커진다. 이런 경향은 갈수록 더 심해진다. 노후준비를 따지는 사회, 비정규직과 같은 불안정한 조건 등은 미래를 대비해야 한다는 강박을 낳고, 그 강박의 이면에는 불안이 도사리고 있다.

세상 물정 모르는 어린아이가 돈을 따지고 노후를 떠올리지는 않는다. 일부러 어린아이의 목소리를 내라는 이유다.

사랑의 이름을 짓는 구체적인 방법

과거의 나, 현재의 나, 극적인 순간의 나, 어린아이로서의 나를 돌아보았다. 이 네 가지 도구를 통하여 많은 질문과 대답이 적힌 리스트가 있을 것이다. 이 리스트를 가지고 자신의 이름을 지어보자. 이 긴 리스트를 들고서 어떻게 내 이름으로 정할 수 있는지 의아할 수 있다. 그러나 그 과정은 어렵지 않다. 이제부터는 리스트에 더하는 과정이 아니라, 리스트에서 하나씩 빼는 과정이기 때문이다.

사랑의 이름을 짓는다는 것은 나의 진짜 존재를 밝히고, 이를 인지하는 것이다. 가슴에 깊숙이 감춰져 있어 환경에 따라 변하지 않는 것, 영속적인 것을 찾는 것이다. 생각이나 판단, 감정의 부분을 벗겨 내어도 남아 있는 것, 이성과 감성 너머에 있는 것을 찾는 과정이다.

네 가지 나의 '흔적'에서 자신의 사랑의 이름을 찾는 것은, 껍데기를 벗겨내어 '핵'만을 남기는 과정이라고 할 수 있다. 먼저, 생존 본능에 해당하는 것을 지워본다. 위태로운 상황이 아니었으면 그렇게 동물처럼 하지 않았을 것이니, 이건 영속적이지 않은 껍데기인 셈이다.

다음은 사회적인 자아인 에고로 인한 모습을 지운다. 내가 사회에서 살아남고 성공하기 위해서 쓴 가면이다. 일시적으로 그 상황에서 쓴 것이니 그 가면을 벗는다.

가면을 벗고 나면, 이제 극적인 순간의 나를 바라보자. 그 순간은 생존 본능과 사회적인 에고를 잠시 넘어선 순간이다. 그 순간이 사랑의 본질과 가장 가까운 신성한 순간이다. 그 순간을 순수한 어린아이의 짧은 말로 표현해보자.

이제 자신의 삶에서 영속적으로 관통하는 한 가지 특징, 가슴에 사랑으로 울리는 그 신성한 부분을 상징적으로 표현하여 '~ 하는 자'라고 정의해보자. 이것이 자신의 사랑의 이름이다. 내가 주위 사람의 이름을 지어보니 '거름을 주는 자', '철근으로 건물을 짓는 자' 등이 나왔다. 물론 거름을 주는 자가 실제로 정원사가 아니다. 철근으로 건물을 짓는 자도 마찬가지다. 자신의 삶에 흐르는 사랑의 특징을 상징적으로 표현한 것이다.

'~ 하는 자'의 형식, 현재진행형으로 이름을 짓는 이유가 있다. 이 이름이 영속하는 나의 존재를 표현하기 때문이다. 영속한다면 과거뿐만 아니라 현재의 시점에서도 현재진행형이기 때문이다.

이 이름은 일생에서 가장 가치 있는 순간과 연결되어 있어서 가슴에 와닿아야 한다. 가치 있는 순간은 아주 고통스러운 상황에서 문득 깨달은 것일 수 있다. 나처럼 평생 용서하지 못할 사람에게 용서한다고 말한 순간일 수도 있고, 아니면 자신의 불행을 이겨내겠다고 결심한 순간일 수도 있다. 뭔가 포장을 하거나 겉으로 내세우려고 만드는 이름이 아닌 것이다. 오히려 감추고 싶은 아픔의 이름이다.

나의 경우는 '허물을 덮는 자'라는 이름으로 정리됐다. 이 이름은 뭔가 자랑하려고 지은 게 아니다. 만약 내가 책을 쓰기 위해 예시로 들지 않았다면 그저 내 가슴에만 묻었을 것이다.

사랑의 이름을 짓는 것은 에고와 에고 사이 벌어진 틈을 찾는 것과 같다. 에고는 남이 바라보는 시선을 의식해서 만들어지는 사회적 자아다. 그 사회적 자아는 내가 집에 있을 때, 회사에 출근할 때, 쇼핑하러 갈 때 다 다르다. 사회적으로 필요한 모습이 상황마다 다른 것이다. 이 에고들은 필요에 따라 쓴 가면에 지나지 않아, 나의 '참 나'를 완전히 가리지 못한다.

내가 사회적인 시선이 아닌, 고요히 자신을 사랑으로 바라볼 때, 그 단단한 에고의 틈 사이로, '참 나'의 빛이 새어 나온다. 에고의 그 벌어진 틈을 찾아 마치 지도에 점으로 위치를 표시하듯 인식하게 하는 것이 사랑의 이름을 짓는 것이다. 내가 사랑의 '참 나'로 바로 갈 수 있게 인식하게 된다. 이름이라는 것은 추상적인 개념과는 다르다. 한 존재를 가리키는 대명사이다. 나의 사랑의 이름은, 세상에 드러난 '참 나'의 존재에 이름이다. 내 안의 '참 나'를 가리키는 대명사인 셈이다.

이 이름을 통하여 나의 존재를 규정하면, 앞으로 내가 갈 길이 보인다. 불확실한 미래라고 하지만, 적어도 내가 갈 인생의 길을 그릴 수 있다. 열심히 그린 지도를 들고 내 갈 길을 가면 된다. 가다가 길을 잃지 않을까 걱정 안 해도 된다. 내 인생의 지도에 시작점이 표시되어 있지 않은가! 나의 사랑의 이름 말이다. 그 이름이 나의 두려움을 없애고 불안해하며 흔들리는 나를 잡아 세울 수 있다. 사랑을 선택한 그 용기가 삶을 꾸려갈 용기로 바뀌어 한층 더 발걸음을 가볍게 해준다.

한편, 나의 이름을 찾을 때 주의해야 할 것은, '나는 누구인가?'라는 추상적인 질문만 자꾸 되뇌면, 자칫 '의미 포화' 상태에 빠질 수 있다는 것이다. '의미 포화'는 어떤 단어를 반복해서 말할 때, 그 단어의 의미 해석에 둔감해진다는 뜻이다. 위험신호라도 자꾸만 반복해서 나타나면 둔감해지는 것과 같다. 나에게 던진 질문도 질문으로만 그치면 '의미 포화'에 빠진다. 질문에 둔감해지다가 지겹고 귀찮아져 버린다.

공허한 물음과 선뜻 구체적인 대답을 하지 못하는 상황이 반복되면, 애초에 내가 던진 질문조차 무엇인지 잊어버린다. 의미 없는 물음과 침묵의 대답은 나라는 존재의 의미를 더 미궁에 빠뜨릴 수 있다. 점점 질문의 횟수는 줄고 어느덧 이전의 일상과 다를 게 없는 반복으로 돌아선다. 내가 가야 할 길을 담아야 하는 지도를 그리기는커녕, 그 지도를 그릴 마음의 종이

마저도 구겨서 갖다 버리고 만다.

　내가 누구인지 찾는 과정에서 이것저것 질문을 던지고 대답하는 것을 즐길 수 있어야 한다. 나를 찾아가는 여정의 길은 산티아고 순례길만큼이나 진지하게 시작하지만, 나중에는 처음 놀이동산에 갔을 때처럼 즐거워진다. 처음에는 더하는 과정으로 여겨져 진지하고 무겁게 여겨지겠지만, 결국은 빼는 과정으로 즐겁고 가벼워진다.

08 나를 아는 생각의 힘을 갖추다

우리는 소음의 시대에 살고 있다. 특히 도시에 살면서 고요함이나 적막함의 순간을 느끼는 게 어렵다. 아니 불가능에 가깝다. 한밤중에 홀로 집에 있어도 소음에서 벗어날 수 없다. 바깥이 조용해도 집안의 전자제품이 내는 나지막한 소리가 거슬린다. 바깥 소음이 시끄러울 때는 아예 들리지 않던 소음이 깊은 밤에는 머리를 울릴 정도로 크다.

가끔 조용하고 고요한 시간과 공간을 가지고 싶을 때가 있다. 아무에게도 방해받고 싶지 않고 고즈넉한 순간을 누리고 싶다. 그 시간을 가질 수만 있다면 미뤄뒀던 고민거리도 정리하고, 마음속에 엉킨 실타래도 풀 수 있을 듯하다. 그런데 정작 고요한 상황이 됐다고 해서 저절로 실타래가 풀리지 않는다.

복잡한 머릿속을 정리하는 건 언뜻 쉬워 보인다. 그런데 한순간이라도 머릿속은 조용히 흘러가는 생각의 물결을 만들어내지 못한다. 급류가 흐른다. 머릿속을 정리하는 것을 생각하는 행위로 이해한다면, 그 거친 물결이 이해된다. 생각한다는 것은 뭔가 지식을 얻는 것이다. 인간이 지식을 구한다는 것은 지적 호기심보다 욕망에 가깝다. 우리가 평소에 생각이라는 것을 할 때는 대개 뭔가를 얻으려고 할 때다.

인간은 동물과 다르게 문명의 발전을 통해 살아남았다. 즉 자연에 맞춰 적응하는 것보다 자연을 지배하고 이용하기 위해 온갖 지식과 기술을 발전시켰다. 그 덕분에 지구 생태계에서 가장 높은 위치에 있다. 그 대가는 종말에 가까운 지구 파괴다. 반세기 안에 인구의 3분의 1이 사는 지역이 사하라 사막과 같은 기온으로 바뀐다고 한다. 기후변화는 인간의 탐욕 때문이라는 것을 부정하는 사람은 없다. 코로나19 팬데믹을 겪는 동안, 지구 곳곳에서는 사라졌던 멸종 위기의 동물이 돌아왔다. 매연에 가려진 히말라야산맥도 보인다. 인간이 활동을 멈추니 지구의 생명이 살아났다.

혼자서 조용히 생각해본다는 게 오로지 이익을 위한 것이라면 자칫 엉뚱한 결과를 낳는다. 스스로 망치는 짓을 끊임없이 하는 꼴이 될 수도 있다. 생각한다는 것이 단지 타인과의 관계에서 우위를 가진다거나 내 이익에 초점이 맞춰진다면 피폐해지는 삶을 막을 수 없다. 온종일 뭔가 얻을 궁리로 머리를 굴리며 1년 365일을 보내면 피곤하지 않은가. 요즘 '멍 때리기'가 유행한다. 머리를 비우라는 것, 생각이라는 것을 하지 말라는 것이다.

이런 '생각의 차이'를 알게 된다면 피곤한 머리 굴리기에서 벗어날 수 있다. 머리가 피곤하고 마음이 피폐해진다고 해서 아예 생각 자체를 멈출 수는 없다. 다만 생각한다는 것의 의미를 바꾸어야 한다. 지식을 구하는 생각이 아니라 나를 아는 '생각의 힘'을 갖춰야 한다. 자신을 사랑의 눈으로 바라보는 '생각의 힘' 말이다. 선입견이나 산만한 잡념이 개입되지 않은 자연스러운 상태에서 이루어져야 한다.

가만히 있어도 머리가 복잡한 것은 끊임없이 떠드는 '뇌의 재잘거림' 때문이다. 우리의 뇌는 한순간도 쉬지 않고 생각을 늘어놓고 떠들기 일쑤다. 이러한 방해를 극복하려면, 늘 자신을 사랑의 눈으로 바라보면서 수렴과 집중의 과정을 거쳐야 한다. 그래야 온전히 '참 나'를 바라볼 수 있다. '생각의 차이'가 주는 수렴과 집중이라는 '생각의 힘'이, 지성과 영성이 조화를 이루는 삶, '참 나'의 삶으로 이끈다.

수렴과 집중이라는 돋보기로 나를 보다

생각의 차이를 깨달은 사람은 뭔가를 재며 살지 않는다. 돈을 많이 벌겠다고 앞뒤 가리지 않고 덤벼드는 것도 마다한다. 그렇게 아등바등해도 목적을 이루는 사람은 사실 드물다. 1%와 99%로 나뉘는 양극화의 사회구조에서 욕심만으로는 더 힘들다. 그러나 불나방이 불에 뛰어들듯 많은 사람이 부와 명예, 권력을 '뒤쫓는다.' 이 모든 것들은 내가 뒤쫓는 것이 아니라 나의 뒤를 따라오는 것으로 생각하지 못한다. 아무리 애써도 잡히지 않는 신기루에 인생의 모든 것을 걸고 있으니 늘 허망할 따름이다. 때로는 다가갈수록 멀어져간다.

인생은 자로 재듯 규정할 수 없다. 장 보러 마트를 가더라도 내 뜻대로 되지 않는다. 10분 거리에 있는 곳을 가려고 해도 예상치 못한 교통체증에 걸려 30분이 걸린다. 한 치 앞을 내다보지 못하는 게 인생이다. 아무리 꼼꼼하게 설계도를 그려도 집은 내 바람대로 짓게 되지 않는다. 욕심을 부려봐도 내 뜻대로 되지 않는 게 우리의 삶이다.

우리의 인생은 논리와 계획으로 설명할 수 없다. 삶은 늘 혼돈이다. 이 세상은 카오스의 세계이고, 엔트로피 법칙으로 삶을 이해해야 한다고 말한다. 하지만 인간은 참으로 오만하다. 어떤 공식이나 학문이 정립되면 절대불변의 진리라고 떠든다. 그러나 역사에서 확인할 수 있듯이 그 오만은 여지없이 깨지고 만다. 한때 뉴턴의 고전역학은 아무도 이의를 제기할 수 없는 과학적 진리였다. 뉴턴의 절대시간과 절대공간은 아인슈타인의 상대성 이론이 등장하자 빛바랜 묘비로 전락했다. 하이젠베르크의 불확정성 원리는 뉴턴의 고전 물리학이 갖는 결정론적 사고를 뒤집었다.

움베르토 에코의 《장미의 이름》에는 자신이 진리라고 믿는 것만 완고하게 고집하는 이의 비극적인 결과가 잘 나온다. 윌리엄 수도사는 연쇄살인 사건이 벌어진 중세 수도원을 조사하러 왔다. 그는 눈이 먼 늙은 수도사 호르헤가 범인임을 알아챘다. 호르헤는 수도원 장서관의 책 중에서 아리스토텔레스 《시학》 2권의 희극 편을 찾는 젊은 수도사들을 연달아 살해했다. 전통적인 교리를 지키겠다는 아집 때문에 벌어진 연쇄살인이었다.

윌리엄은 호르헤에게 왜 젊은 수도사들이 이 책을 읽는 것에 대해 그토록 경계했느냐고 물었다. 호르헤는 윌리엄의 물음에 반문한다. 웃음은 잠시라도 두려움을 잊게 하는데, 두려움을 잊으면 죄 많은 인간이 어떻게 되겠냐고 되묻는다. 호르헤는 웃음이 인간을, 수도사를 타락하게 만든다고 굳게 믿고 있었다. 호르헤의 아집은 자신의 삶뿐만 아니라 애꿎은 젊은 수도사의 목숨마저 앗아갔다. 절대진리라 믿었던 것에 사로잡힌 비참한 말로다.

호르헤의 완고한 모습에서 윌리엄은 악마의 흔적을 발견했다. 윌리엄은 호르헤를 보며 악마의 세 가지 모습을 말한다. 영혼의 교만과 미소를 모르는 신앙, 의혹의 여지가 없다고 믿는 진리 말이다. 악마의 세 가지 모습은 중세가 아닌 지금도 곳곳에서 볼 수 있다. 그중에서 절대불변의 진리에 사로잡힌 도그마, 즉 독단적인 신념이나 학설을 고집하는 것은 심심찮게 본다.

삶은 늘 혼돈이다. "삶은 이런 거다", "이 공식대로 살아야 한다"와 같은 도그마에서 벗어날 수밖에 없다. 아무리 가두어놓고 규정하려 해도 삶은 엔트로피 법칙에서 알 수 있듯이 무질서다. 애초부터 흐트러진 삶을 산다. 너무나 자연스러운 현상이다. 역설적으로 이러한 엔트로피 법칙 때문에 삶은 스스로 질서를 찾아가야 한다. 그 질서는 자신을 알아가는 과정에서 찾을 수 있다.

나를 알아가는 첫 단계는 혼란스럽다. 자신의 내면을 들여다보라는 이야기를 많이 하지만, 말처럼 쉽지 않다. 처음에는 예상한 것과 달라 당황한다. 내면은 고요한 호숫가의 풍경처럼 있을 것 같지만, 뜻밖에도 온갖 소음으로 소란하다. 자신의 내면에서 나오는 소리도 마구잡이로 쏟아진다.

혼자 명상이라도 할라치면, 갖은 잡념이 끼어드는 경험을 해봤을 테다.

내 안의 소리를 가만 놔두면 잡념만 늘어난다. 그 잡념이 자신의 본질을 가리는 장막이다. 이 장막을 걷어내는 과정이 바로 나를 알아가는 과정이다. 잡념을 불러일으키는 것은 대체로 자신의 욕망과 관련이 있다. 지금 결핍을 느끼거나 더 소유하고 싶은 욕구 등이 이런저런 잡념을 만들어낸다. 잡념을 없애기 위해 마음을 비우라는 주문을 하는 것은 욕망을 잠시 마음에서 지우라는 말과 같다.

바닷가 밤하늘의 뭇별만큼이나 수많은 생각의 파편이 내 안에서 쏟아진다. 그 수많은 파편의 조각 중 드물지만 다이아몬드 원석처럼, 자신에겐 영원한 가치를 가진 것이 있다. 그 원석을 제외한 나머지 파편들은 다 버려라. 그 귀한 원석에만 생각을 수렴하고 집중하는 것이 '생각의 힘'이다. 그 원석이 정제되는 과정을 통해 다이아몬드로 드러나는 것처럼, 나의 빛나는 본질이 드러나기 시작한다. 욕심을 버리고 나를 사랑의 눈으로 바라볼 때, 수렴하고 집중하는 '생각의 힘'이 나의 본질, '참 나'를 드러낸다.

지성과 영성의 경계에서 조화를 찾다

현대 과학의 힘은 이루 말할 수 없을 정도로 위대하다. 하루가 다르게 과학은 진보를 거듭하며 세상을 바꾼다. 과학의 발전에 따라 지식의 양과

질은 무한 증식의 양상을 보여준다. 예를 들어 서점에 신간이 나오는 것도 과거와는 사뭇 다르다. 하루에도 수백 권의 책이 쏟아진다고 한다. 대형서점에 깔린 책들을 보고 있으면, 인간이 밝혀내지 못한 미지의 세계는 없는 듯하다.

지식은 오랫동안 밝혀지지 않은 DNA의 염기서열을 밝혀냈다. 그리고 DNA 분석을 통해 인간의 평균 수명도 알아냈다. 인간의 평균 수명은 38년이라 나왔다고 한다. 그런데 의학 기술의 발달과 생활양식의 변화 등으로 평균 수명이 두 배 이상으로 늘어났다. 인간은 한 번 알게 된 지식으로 새로운 지식을 찾아내고, 그 지식으로 또 다른 지식을 구한다. 지성은 인간의 수명을 늘릴 만큼 인간만의 위대한 특성이다.

지성의 힘이 위력을 발휘하는 현대는 인류의 문명 발달이 한층 더 빠르고 생활은 풍요롭다. 지식의 시대, 아니 지식 과잉의 시대에 살고 있다. 차고 넘치는 지식은 '홍수'에 비유한다. 잠깐 한눈파는 사이에 지식은 따라잡을 수 없을 정도로 증가한다. 내가 알고 있던 진리는 어느새 오류로 바뀌기도 한다. 하루가 다르게 지성이 지배하는 사회의 변화를 체감한다. 현대 사회의 지성은 특히 과학 기술과 논리가 우선이다. 과학적인 근거와 검증이 있어야 하고 논리적이어야 한다.

이 시대의 지식이 가지는 논리는 다분히 자본주의적이다. 즉 효율성과 '돈이 되느냐'가 논리의 기준이다. 청년들이 사회에 첫발을 뗄 때, 학교에서 배운 것과 다른 기준의 사회에 당황한다. 사람이 가장 소중한 존재라고 배웠는데, 직장과 사회에서의 사람 목숨은 파리목숨과도 같다. 학교에서 배운 지식의 배경은 정직과 노력이었다. 그러나 사회에서는 요령과 꼼수가 마치 비밀스러운 지식인 양 전수된다.

지식의 위선적인 모습은 우리 사회의 분열과 갈등에서도 엿볼 수 있다. 인쇄술의 발명으로 지식이 보급되고, 인터넷의 발달로 누구나 지식인의 면모를 갖췄다. 그런데 어찌 된 게 이 세상에는 가짜뉴스가 판친다. 잠깐만 다른 정보나 언론 보도 등을 대조해봐도 가짜라고 들통나지만, 이미 그것을 진실로 받아들인 사람은 꿈쩍도 하지 않는다. 심지어 석사, 박사에 전문가라는 사람들도 가짜뉴스를 의심하기는커녕 마구 퍼뜨린다.

가짜뉴스는 지식이 편향을 만날 때 발생한다. 아무리 엉터리고 거짓이라 해도 내가 믿고 싶은 것만 취하는 확증편향이 갈수록 심해지고 있다. 확증편향의 대표적인 사례는 제2차 세계대전 때 일본의 하와이 진주만 침공을 들 수 있다. 당시 미국의 정보기관 담당자는 침공 이전에 여러 가지 위험 징후를 보고받았다. 그러나 담당자는 일본이 진주만을 침공하지 않을 것이라고 확신하고 있었다. 그 확신에 따라 자신이 보고 싶은 것만 보고, 듣고 싶은 것만 듣는 확증편향을 보였다. 그 결과는 끔찍한 진주만 침공과 수많은 사상자였다.

확증편향은 일상에서도 흔히 나타난다. 심지어 점심때 음식 메뉴를 정하려고 해도 내 고집을 내세우며 그 고집을 밀어붙일 근거만 갖다 댄다. 지성이 쌓는 완고함과 단절의 벽은 자신마저도 속이는 단단한 거짓의 세계를 만든다.

지성의 오만은 나를 알아가는 과정에서 두드러진다. '알아가는' 과정은 인식하는 것으로 곧 지성의 영역이다. 그런데 확증편향과 같이 먼저 제대로 자신에게 묻지도 않은 채 이떤 사람이라고 규정해버린다.

그릇된 지성으로 자신을 규정하는 경우는 의외로 많다. 자칫 내가 누구인지 잘못 알게 할 수도 있다. 예컨대 혈액형으로 성격이 어떻다고 말하는 것이다. 아직도 혈액형에 따라 성격이 다르다는 것을 과학적 상식으로 알고 있는 사람들이 많다. 그러나 혈액형과 성격은 관계가 없다는 게 '팩트'다. 한국심리학회를 비롯해 과학계에서도 혈액형과 성격은 아무런 상관관계가 없다고 밝혔다. 그래도 여전히 A형은 소심하니, B형은 변덕이 심하니 하면서 제멋대로 사람의 성격을 규정한다.

혈액형과 성격의 상관관계를 장난으로 하는 건데 왜 이리 호들갑이냐고 물을 수 있다. 그런데 제국주의 시대의 일부 국가는 이 혈액형 분류로 순혈주의와 우월성 이론을 내세워 인종과 민족을 차별했다. 그 결과는 알다시피 집단 학살과 가혹한 식민 지배였다. 잘못된 지식을 무조건 믿으면, 자신뿐만 아니라 타인에 대해서도 엉뚱한 결과를 낳을 수 있다.

과도한 지성과 그릇된 지성의 덫에서 벗어나려면 지성과 영성의 조화가 필요하다. 인식과 논리의 과정을 통해 머리로 아는 것이 지성이라면, 영혼의 언어인 사랑으로, 가슴으로 아는 것이 영성이다. 인간은 태생적으로 논리적이지 않다. 이 사회는 온갖 부조리와 비합리가 들끓는다. 지성의 오만에 빠진 내가 스스로 겸허하게 바라보려면 사랑의 눈으로 내 안을 들여다볼 수 있어야 한다. 아무리 과학이 발달했다고 해도 '참 나'를 과학의 힘으로만 찾는 것은 불가능하다.

세포 유전공학과 뇌 관련 연구의 권위자인 마티유 리카르Mattieu Ricard는 히말라야에서 40여 년 동안 지내며 명상수행을 하였다. 그는 자아와 관련해 흥미로운 대화를 남겼다. 뇌과학자는 뇌 속에서 촘촘한 신경망을 관찰할 수 있지만, 자아를 찾을 수는 없다고 했다. 즉 내면의 나를, 내 안의 사랑을 찾지 못한다는 것이다.

뇌를 훤히 들여다본다고 해서 내면을, 본질을 본다고 할 수는 없다. 반면에 사랑의 눈으로 자신을 바라보면, 역동적인 강의 흐름과도 같은 '참 나'를 발견할 수 있다. 사랑의 눈으로 본다는 것은 영혼의 언어인 사랑의 과정, 영성을 통해 본질을 드러내는 것을 말한다. 나를 안다는 것은 인식과 논리의 과정, 지성을 통한 이해를 말한다. 합치면 사랑의 눈으로 보고 나를 안다는 것은 사랑이라는 과정을 통해 영성으로 드러난 '참 나'를, 인식과 논리라는 지성의 과정을 통해 머리로도 이해하는 것이다.

지성과 영성은 나를 아는 과정에서 서로 대척점에 있는 것이 아니다. 지성과 영성 모두 '참 나'를 찾고, 또 나와 타인이 이해하기 위해서 서로 보완적인 관계인 것이다. 한쪽에 치우치거나 한쪽을 배척하지 않고, 지성과 영성이 조화를 찾을 때 그 깨달음을 나도 이해할 수 있고 타인에게도 이해시킬 수 있다.

09 사랑은 최선의 나를 만든다

"빛나는 나를 소중한 내 영혼을 / 이제야 깨달아 So I love me / 좀 부족해도 너무 아름다운 걸"

BTS의 진이 부른 '에피파니Epiphany'라는 곡의 가사 중 일부 구절이다. 자신을 있는 그대로 바라보고 인정하며 사랑하겠다는 뜻이다. 에피파니를 사전에서 찾아보면, '평범한 일상 속에서 갑자기 경험하는 영원한 것에 대한 감각이나 통찰'을 뜻하는 말이라고 한다. 그리스어로는 귀한 것이 나타났다는 뜻이라고 하고, 기독교에서 신의 존재가 현세에 드러난다는 의미로 사용하였다고 한다. 갑작스레 등장한 기적과 같은 일이 벌어지는 것처럼 나의 본질을 아는 것도 갑자기 이뤄질 수 있다.

어느 날이었다. 깨달음은 불현듯 찾아온다는 말처럼 나도 내 본질을 한순간 알게 됐다. 앞서 스쳐 지나가듯 말한 대로 '허물을 덮는 자'라는 것을 깨달았다. 자신의 본질을 깨닫는 것은 자신을 진정으로 사랑하지 않으면 불가능하다. 자신을 사랑하지 않으니 자신에게 관심이 없고, 자신에게 관심 없는 사람은 자신에 대해 잘 모른다. 내가 누구인지 알지 못하면 인생의 괴로움도 쉽게 풀지 못한다. 자꾸만 남이 도와줄 것이라 기대만 한다. 그러나 타인은 자신의 문제를 매번 해결하지 못하고 부르는 나를 한심하게 볼 뿐이다. 전원 코드가 빠진 것은 생각하지 못한 채 컴퓨터에 전원이 안 켜진다고 바쁜 프로그래머를 부르는 꼴이다.

내가 누구인지 깨닫는다는 것은 자신의 정체성과 지향하는 가치를 안다는 것이다. 정말 '아무 생각 없이' 살고 싶다는 사람도 알고 보면 자신에 대해 끊임없이 고민한다. 현재 상황이 꼬일 대로 꼬여서 어떻게 할지 몰라도 생각은 멈추지 않는다. 왜 이런 일을 당하는지, 어떻게 살아야 하는지, 내가 누구인지 등 너무 복잡하다. 그래서 잠시 머리를 비우고 싶어 아무 생각 없이 살고 싶다는 것이다. 그러나 숨이 붙어 있는 한, 생각 없이 살 수도 없을뿐더러 자신에게 물음을 던지지 않을 수도 없다.

나를 알아가는 과정을 어렵게 여기지 않아도 된다. 선문답이나 참선과 명상, 수련 등 고차원의 영역에서만 이뤄지는 게 아니다. 어쩌면 퍼스널 브랜딩을 하는 것과 비슷하다. 마케팅 영역에서 하는 SWOT 분석을 통해서도 자신을 알아갈 수 있다. 강점Strength과 약점Weakness, 기회Opportunity와 위기 Threat 등을 차분하게 정리하다 보면, 어느덧 나에 대해 알고 나를 둘러싼 상황도 파악할 수 있다.

퍼스널 브랜딩의 과정을 빌려 나를 아는 것은 어떤 목적이 있어서가 아니다. 오히려 목적을 먼저 설정하고 분석을 하면 선입견이 개입될 수 있다. 나를 알아가는 과정의 방법으로만 활용하는 게 좋다. 가령 나를 알려고 할 때, 당장 돈을 많이 벌어야 한다는 목적이 끼어들면 그 목적에 기울어지게 분석할 수밖에 없다. 나를 안다는 것은 성공에의 족쇄를 또다시 채우자는 게 아니다. 내가 어떤 사람인지, 어떤 가치를 품고 살아갈지 스스로 정립하는 과정이라는 것을 잊지 말아야 한다.

오프라 윈프리는 "당신이 진짜 누군지를 더욱 분명하게 알아가게 되면, 처음으로 무엇이 자신에게 최선인지 더 나은 판단을 할 수 있다"라고 했다. 그의 말처럼 내가 누구인지 아는 것은 무슨 일을 하더라도 나를 온전히 던져서 할 수 있도록 시도하는 것이다. 나는 사람들의 허물을 덮는 자라는 '참 나'를 알게 됐다. 허물을 덮는 자는 먼저 자신의 허물을 덮는다. 그런데 자신의 잘못을 은폐하듯 무작정 덮는 것이 아니다. 그 잘못을 직시하고 다시는 그런 잘못을 짓지 않겠다고 다짐한다. 동시에 자신을 용서하고 더욱 사랑하는 것이다. 다른 사람에게도 냉정하게 사리를 따지지 않는다. 그보다 사랑의 힘과 가치를 먼저 믿으면서 허물을 덮는다는 뜻이다.

허물을 덮는 게 나의 본질이기 때문에 싸워서 이기거나 무리한 설득으로 상대방을 피곤하게 하지 않으려 한다. 그보다 허물을 덮어주는 사랑의 행위로 상대방 스스로 자신을 알아가게 해주려 한다. 그저 모른 척하는 것과는 다르다. 이처럼 자신의 사랑의 이름은 자신의 존재 이유이다. 그리고 자신을 세상에 펼쳐 보이는 시작점이기도 하다.

나의 이상향을 찾아라

오프라 윈프리의 말처럼 내가 진짜 누구인지 어떻게 알 수 있을까? 또 무엇이 자신에게 최선인지 어떻게 판단을 할 수 있을까? 막연한 질문으로 들릴 수 있다. 너무나 막연해서 질문을 떠올려 놓고는 금세 포기하고 만다. 사실 이 질문의 해답을 찾아가는 게 쉬웠다면, 이토록 '나'를 나도 모르겠다 며 한숨 쉬는 사람들이 많지 않았을 테다.

오랜 명상 수련과 참선, 묵상 등의 경험이 있으면 좋다. 하지만 그렇지 못한 사람이 많다. 그래서 퍼스널 브랜딩 과정을 활용해봤으면 한다. 이미 셀럽들은 자신을 브랜드로 내세운다. 또 회사, 학교 등 조직에 몸담은 사람 중에서도 나름 영향력을 갖추거나 인지도가 있는 이들은 퍼스널 브랜딩을 하는 셈이다. 본인이 의도하든 안 하든 간에 퍼스널 브랜딩으로 자신의 존 재가치를 세상에 드러낸다.

퍼스널 브랜딩은 나도 누군가처럼 되고 싶다거나 모방하는 것이 아 니다. 즉 원조가 있고, 그 원조의 클론으로 존재하는 것을 목표로 하지 않는 다. '퍼스널'이라는 말이 붙은 것처럼 나만의, 그 누구도 아닌 나를 드러내는 브랜드이어야 한다. 이미지 메이킹이나 스타일링, 말하기와 같은 그 사람 의 보이는 특징뿐만 아니라, 그 사람이 선보이는 유무형의 서비스, 상품 등 퍼스널 브랜드에 따른 결과는 독창적이어야 하는 게 기본이다.

나만의 브랜드를 만들어야 한다는 것은 누군가를 따라 하는 것으로는 완성될 수 없다. 나의 이미지, 말하기 습관, 스타일 등의 특징을 포착해낼 수 있어야 한다. 그렇다면 당연히 '나'에 대해서 잘 알아야 한다. 혹자는 퍼스널 브랜딩을 잘하려면 인문학적 질문을 던질 수 있어야 한다고 말한다. 나를 알기 위한 질문, 나를 알리기 위한 질문을 던질 수 있어야 하기 때문이다.

요즘 SNS를 보면, 퍼스널 브랜딩을 한다면서 온갖 이미지로 자신을 치장하는 경우를 종종 본다. 뭔가 전문가라는 이미지를 내세우는데, 정작 고급 외제 차와 명품으로 꾸민 모습만을 보여준다. '나는 성공해서 이런 물질적인 부를 누리고 있어. 그러니 내 말을 믿고 나를 따라와. 내가 권하는 상품이나 서비스를 이용하면 너도 이렇게 될 수 있어'라고 세뇌하듯 말한다. 그런데 이미 사람들은 그 이미지가 허세와 과장, 그리고 심한 경우 빚으로 치장한 것이라는 이면의 모습을 알고 있다. 이런 게 퍼스널 브랜딩이라고 할 수 있을까.

나에 대해 아는 것은 정말 내가 가고자 하는 삶의 방향과 길을 찾고자 하는 것이다. 그 과정에서 부와 명예가 따른다. 쇼와 진실의 경계는 이렇게 나뉜다. 자신의 사랑의 이름처럼 자신의 정체성을 찾은 사람이라면, 자신의 노력과 열정을 다한다. 그 결과에 따른 부와 명예를 얻은 모습도 솔직하게 보여준다. 이것은 진짜 자신을 찾은 퍼스널 브랜딩의 완성된 모습이다. 그런데 자기 자신에게 거짓말을 하듯 가짜인 자신의 모습을 보이고 허세만 닮으려 하는 사람이 많다. 이런 사람이 돈 이야기를 하면 어색하고 거부감이 생긴다.

퍼스널 브랜딩의 출발은 자신의 존재 이유를 아는 것이다. 내가 누구인지 아는 것으로부터 퍼스널 브랜딩은 시작한다. 이미 자신의 사랑의 이름을 아는 사람, 내가 누구인지 아는 사람은 좌절의 위기에서도 쉽게 꺾이지 않는다. 그 위기를 새로운 도전과 배움의 기회로 삼는다. 그저 좋은 마음으로 세상을 바라보자는 식의 낙관주의와는 다르다. 자신을 사랑의 눈으로 바라볼 수 있으니 제3의 눈으로 보는 것처럼 파악하는 게 가능하다.

사랑의 눈으로 퍼스널 브랜딩을 하려면, 내 안에 집중해야 한다. 먼저 퍼스널 브랜딩의 첫 번째 과정인 '탐색'을 하는 것이다. 사람들은 대체로 앞으로의 바람만을 생각한다. 무엇을 하고 싶다거나, 어떻게 되고 싶다는 바람만을 좇는다. 내가 누구인지 모른 채 무엇이 되고 싶다고 하니 그 괴리감은 매우 크다. 도달하지 못하는 이상향을 바라보며 더 허망해지는 꼴이다.

퍼스널 브랜딩은 추상적인 바람이 아니라 구체적인 자신의 모습을 찾는 과정이다. 그리고 나만의 이상향과 연결하는 다리를 찾는 일이다. 그래서 자기분석을 해야 한다. 추상적으로 "도대체 난 누구냐!"라고 옥박지를 일이 아니다. 나의 정체를 스스로 자세하게 알아가는 과정이고, 새롭게 바뀐 내가 살아갈 세상을 만드는 일이기도 하다. 퍼스널 브랜딩에서는 자신의 강점이나 관심을 가지는 것이 무엇인지 아는 것부터 하라고 권한다. 처음엔 뚜렷하게 강점과 전문성이 두드러지지 않아도 괜찮다. 자꾸만 나를 이끌고 가려는 게 무엇인지 알아도 충분하다. 그리고 내 주변의 사람이 어떤 사람인지 살펴보는 것도 필요하다. 친구를 보면 그 사람을 알 수 있다는 말이 있지 않은가. 퍼스널 브랜딩에서 나와 관련한 시장조사를 하는 것과 비슷하다.

내가 어떤 사람이 되고 싶다는 막연한 바람은 잠시 잊는 게 좋다. 그저 좋은 사람, 유능한 사람 등으로 그려 놓으면 뜬구름 잡는 소원만 내세우게 된다. 그보다 정말 내가 누구인지, 또 그 본질에 따라 어떻게 살려는지 진지한 고민을 내놓아야 한다. 그 고민의 뿌리는 깊어야 하고, 어디로든 자유롭게 뻗어갈 수 있어야 한다.

자유로이 자신의 내면을 넘나들며 내가 누구인지 하나하나 들여다본다. 이 과정은 공식의 계산이나 통계 분석처럼 이루어지는 것이 아니다. 어느 순간에 깨달음으로 알게 되기도 한다. 그러나 그 순간의 깨달음은 멍하니 있다가 갑자기 찾아오지 않는다. 나에 대한 고민, 나를 알려는 의식적인 노력이 진행되는 와중에 찾아온다.

퍼스널 브랜딩의 마지막은 나에 대한 분석이 끝나고, 그 분석에 따라 사람들에게 어떻게 나를 드러낼지 정하는 것이다. 큰 회사 브랜드의 네이밍, 슬로건, 로고 등을 만드는 것처럼 나의 퍼스널 브랜드를 만든다. '참 나'의 퍼스널 브랜딩은 앞서 말한 것처럼 '참 나'의 이름을 세상에 펼치는 것이라 할 수 있다.

나는 '허물을 덮는 자'라는 사랑의 이름을 가지고 있다. 직업은 피부과와 성형외과에 해당하는 진료를 보는 의사로 병원을 운영한다. 그 병원을 나의 영어 이름인 '스탠리'라고 지었다. 나는 '허물을 덮는 자'로서 신체적 '허물'인 주름이나 반점, 국소지방, 처진 살을 없애주는 시술과 진료를 한다.

또한 '허물을 덮는 자'로서 사업도 확장하였다. '스탠리 스마트 커버링'이라는 회사를 설립하여 화장품을 만든다. 주름을 커버해서 가려주는 화장품에 대한 다섯 건의 특허 신청, 상표등록 신청 등을 하였고, 이미 제품을 개

발 중이다. 그리고 이런 신체적인 허물 뿐만 아니라 마음의 허물을 덮고자
하는 마음에서 이 책을 쓰고 있다. 스탠리의 슬로건은 '나를 알고 나를 사랑
하고, 주변을 사랑하고 결국 사랑하는 세상을 만들겠다'이다. 이 슬로건은
스탠리 로고에 반영됐다. 사랑을 뜻하는 하트 모양 안에 사람의 중심에서
사방으로 사랑이 퍼지는 것을 의미하는 십자로 모양을 둔 것이다.

스탠리 로고

　　현재 자신이 하는 일, 자신의 존재가치, 개인적인 특성 등을 사랑의 눈
으로 보면 누구나 퍼스널 브랜드를 시작할 수 있다. 사랑의 눈으로 퍼스널
브랜딩을 하는 것은 그저 애정의 눈으로 자신을 보라는 것으로 그치지 않는
다. 자신을 넉넉하게 품기만 하는 자기애는 자신이 받은 상처만을 위로하
는 것밖에 되지 않는다. 삶의 발걸음을 내딛지 못하고 제자리에만 머물러
수동적인 존재로 남게 된다.
　　제자리에 멈춘 삶은 죽은 것과 다를 게 없다. 수동적이고 현실에 매몰
된 상황에서 벗어나 자신의 이상향을 찾아야 한다. 소크라테스의 제자이자
고대 그리스의 철학자인 플라톤은 이데아를 내세웠다. 플라톤이 말하는 이
데아는 비물질적이고 영원을 뜻하며 세계를 초월하는 절대적인 참 실재다.

물질적이고 감각적인 존재는 영원하지 않다. 감각에 호소하는 경험적 사물의 세계는 이데아의 그림자를 베긴 것에 불과하다.

'참 나'를 찾는 퍼스널 브랜딩은 이데아, 즉 항구적이고 초월적인 실재實在와 맞닿는 나 자신을 찾고 이를 세상에 드러내는 것이다. 시공을 초월하는 정신적인 영원의 존재이자, 변화가 없이 한결같은 모습을 유지하는 초월적 실재는 바로 사랑의 본질이다. '참 나'의 퍼스널 브랜딩은 결국 사랑의 본질이 나를 통해 다른 사람도 알 수 있도록 발현한 것이라고 할 수 있다.

내 미래가 눈앞에 나타나다

사랑의 눈으로 나의 본질을 깨닫는 순간, 마치 진리의 깨달음이나 학문적 성취의 희열과 같은 기분을 느낄 수 있다. 그러나 희열을 만끽하는 것만으로 그친다면, 한때의 호접지몽胡蝶之夢에 불과하다. 장자의 나비가 된 꿈처럼 '나와 사물이 하나라는 깨달음'이라도 얻으면 그나마 다행이다.

자신의 본질을 사랑의 눈으로 바라보고, 그 본질을 깨달았다면 달라진 인생을 맞이할 때가 됐다. 물론 이 순간부터 갑자기 인생이 확 바뀌지는 않는다. '참 나'를 발견했으니 변화의 시작, 긍정의 미래가 열리는 순간이다. 이제부터 레고블록을 쌓듯 자신의 현재를 다지고 미래를 준비한다.

내 본질을 깨달았으니 어떤 미래를 맞이하고 싶은지도 구체적으로 떠올려본다. 원하는 미래를 가리는 안개를 걷어내고 뚜렷한 앞날의 세계를 그려본다. 마음속에 한 번쯤 떠올리는 것으로는 부족하다. 생각이란 것은 새장 속에 새와 같다. 잠깐 문을 열어 놓으면, 금세 새는 날아가 버린다. 생각도 잠시 머릿속에 머물 뿐이다. 그새 딴생각을 하면, 담아뒀던 생각의 많은 부분이 흔적도 없이 사라진다. 그래서 메모를 하고 녹음을 하는 등 기록을 남겨야 한다.

아직 이뤄지지 않은 미래를 상상하는 게 쉬워 보이는 듯해도 어렵다. 앞으로 어떻게 될지 모르니 막막하다. 하지만 놀이하듯 이런저런 상상을 하면 된다. 돈이 드는 것도 아니고, 시간을 마구 잡아먹는 것도 아니지 않은가. 다만, 놀이라 해도 일회성 장난으로 그쳐서는 안 된다. 내가 어떻게 살아야 할지, 어떤 모습이었으면 좋을지를 구체적으로 떠올린다는 게 장난스러울 수는 없다. 물론 너무 무게를 잡고 인생의 고뇌를 쏟아부으면 부담스럽다.

당장 눈앞에 펼쳐지는 미래를 한번 그려보는 방법이 있다. 영화나 드라마에서 실제 촬영을 하기 전에 만드는 스토리보드가 있다. 이 보드는 대본과 달리 구체적인 촬영 신을 그림으로 그려 놓는 것이다. 영화 〈기생충〉의 봉준호 감독도 스토리보드를 꼼꼼하게 그려 영화를 만드는 것으로 유명하다고 한다.

스토리보드는 감독의 머릿속에 담겨 있던 영화의 장면들을 시각적으로 옮겨놓은 것이다. 눈으로 보는 스토리보드는 감독뿐만 아니라 스태프의 준비와 배우들의 연기에 큰 도움을 준다. 이제 내 인생도 영화처럼 만들어

가야 한다고 생각한다면, 더욱 잘 만들기 위한 사전 작업이 있어야 하지 않을까. 감독이 스토리보드를 만들 듯이 내 인생의 스토리보드를 그려보는 것이다. 인생의 미래를 담아보는 비전 보드도 실제 현실로 이루어질 가능성이 크다.

앞서 내가 원하는 모습을 그려보는 비전 보드를 말한 적이 있다. 비전 보드는 내가 어떻게 되고 싶은지 그 비전을 보드에 정리하는 것이다. 비전 보드를 만들려면, 먼저 내가 누구인지와 무엇을 원하는지 성찰하는 과정이 우선되어야 한다. 이 과정에서 내가 깨달은 사랑의 눈은 비전 보드를 만들 때도 당연히 반짝인다.

비전 보드는 내가 되고 싶은 비전을 정리한 판이다. 그 판은 스토리보드처럼 시각적으로 구현되는 게 좋다. 이유는 두 가지다. 먼저 직관적인 비전을 세우기 위한 것이다. 아무래도 생각이 길어지면, 애초의 바람이 다소 왜곡될 수 있다. 처음 가졌던 직관적인 바람보다 현실적 조건이나 미래의 이익 등 이래저래 끼어드는 잡념들이 많아진다. 둘째는 글로 정리하는 것은 좋지만, 글로 쓴 보드는 한눈에 들어오지 않는다. 깨알 같은 글씨로 적어놓는 여러 비전이 직관적으로 보이지 않아서 차츰 관심을 잃게 된다.

비전 보드는 생각의 이미지를 밖으로 끄집어내는 것이다. 머릿속에 떠오른 생각의 구절들도 이미지로 뽑아낸다. 어릴 적 방학 계획표를 짤 때를 떠올려보자. 그때 스케줄러처럼 짜지는 않았다. 커다란 원을 그려놓고 시간을 한눈에 들어오도록 나눴다. 비전 보드도 마찬가지다.

비전 보드는 콜라주를 만들 듯 내가 원하는 모습이나 환경과 관련한 이미지를 모아서 붙여놓는 게 좋다. 나도 서재 방에 커다란 보드를 붙여놓고 거기에 내가 원하는 이미지를 출력해서 콜라주처럼 만들어놓았다. 예컨대 아직 미혼이라 사랑하는 연인이 있었으면 하는 바람이 있다. 그 바람을 아주 구체적인 형상과 이미지로 떠올려 비슷한 이미지를 뽑았었다. 건강을 위해 운동해야겠다는 바람도 딱 어울리는 이미지를 찾아 뽑아서 붙였다. 명상이나 기도 중에 떠오르는 이미지를 찾는 것도 중요하다. 명상이나 기도 중 떠오른 이미지는 그때는 무슨 뜻인지 잘 모를 수 있다. 하지만 비전 보드에 붙여놓고 자주 보면, 어느덧 그 뜻을 알게 된다.

내가 만든 비전 보드

이미지를 찾는 것은 그리 어렵지 않다. 포털 사이트 검색창에다가 내가 생각하는 이미지를 몇몇 단어나 문장으로 써서 검색하니 이미지가 줄줄이 나온다. 이렇게 찾은 이미지를 콜라주로 만든 비전 보드를 매일 아침저녁으로 본다.

비전 보드는 사랑으로 가꿔갈 자신의 미래를 시각화하는 것이다. 사랑의 미래는 비전으로 그려볼 수 있다. 이 그림은 내가 앞으로 꾸려갈 사랑의 미래이기 때문에 나를 업그레이드하는 첫걸음이다. 비전 보드의 이미지는 더 나은 미래를 향한 방향과 목표이기도 하다. 사랑의 이름을 찾아 앞으로 이룰 업그레이드된 인생이다.

'죄는 과녁에서 빗나가는 것'이라는 말이 있다. 사랑으로 이 세상을 살아가는 동안, 무지와 에고의 욕심으로 인생의 과녁에서 종종 벗어날 때가 있다. 현실의 법을 어겨 전과자가 되는 죄를 짓는 게 아니라 해도 내 인생에, 자신에 대한 죄를 짓는 셈이다. 내가 살고 싶은 인생의 과녁을 찾은 뒤에도 그쪽으로 향하지 않는다면 인생의 낭비다.

사랑의 이름을 찾으면 저절로 과녁도 찾게 된다. 이 이름을 찾지 못해 과녁의 행방도 모르기 때문에 인생을 낭비한다. 살면서 가장 답답한 것은 도대체 내가 겨냥해야 할 과녁이 어디에 있는지조차 모를 때다. 어떻게 생겼는지도 모른다. 방향을 상실한 화살은 그저 허공을 나르다가 아무 의미도 찾을 수 없는 땅에 떨어지고 만다. 어디로 가야 할지 모르는 배는 아무리 크고 웅장해도 난파선 신세를 피하지 못한다. 정처 없이 바다 위를 떠돌다가 유령선이 되는 운명을 피하지 못한다. 인간이라고 다를 게 없다.

사랑의 이름은 그 자체가 과녁이다. '허물을 덮는 자'라는 나의 사랑의 이름은 과녁을 분명히 보여준다. 나와 내 곁에 있는 이들의 허물을 덮어야 하는 목표와 비전이 생긴다. 자신의 본질을 뜻하는 사랑의 이름이 인생의 방향을 가리킨다. 그리고 이름을 가지는 순간부터 오히려 이름처럼 살지 않는 게 더 어렵다. 이 이름이 나를 나타내는 것이기 때문이다. 고양이를 개라고 불러도 개처럼 행동할 수 없다. 고양이는 고양이라 부르면서 고양이처럼 행동할 때 자연스럽게 보인다.

사랑의 이름을 가지고 나면, 마치 언약으로 반지를 맞추듯 업그레이드된 미래의 나와 약속을 한다. 즉 사랑의 본질로 이루어질 나의 미래의 모습을 만들겠다는 나와의 언약식이다. 그런데 사랑의 이름을 모르면 과녁도 모를 테고, 가야 할 과녁이 안 보이니 업그레이드, 즉 더 높은 다음 단계의 비전을 시각화하지 못한다. 여전히 뿌연 안개에 가린 삶을 사는 셈이다.

사랑으로 업그레이드되는 삶은 사랑의 이름을 찾은 이들에게 놀라운 선물로 찾아온다. 내가 '허물을 덮는 자'라는 것을 깨달았을 때였다. 이름의 의미를 두고 평생 남의 허물만 덮는 게 아닌지 걱정하기도 했다. 그러나 사랑이라는 위대한 본질은 이런 우려를 금세 날려버린다. 남을 위한 인생이 아니라 나에게 상상도 하지 못한 선물을 준다.

사랑의 이름대로 산다는 것은 오히려 나를 위한 삶을 재창조한다. 허물을 덮는 자는 사랑을 드러내는 자로, 불행을 막는 자는 행복을 만드는 자로, 거름을 주는 자는 큰 나무의 주인으로, 철근으로 건물을 짓는 자는 영원한 가치를 짓는 자로 바뀐다. 각 사람이 찾은 자신의 사랑의 이름이 업그레이드되는 단계에 도달한다. 자신과 자신을 감싸는 환경이 업그레이드되는 것이다. 업그레이드된 자신의 새로운 삶을 살 수 있는데, 한 번밖에 살 수 없는 인간이 그렇게 살아보지 못한다는 게 얼마나 아쉽겠는가.

나의 처음 사랑의 이름인 '허물을 덮는 자'는 업그레이드된 단계의 이름인 '사랑을 드러내는 자'와 마치 언약으로 나눈 반지처럼 한 짝인 것을 알 수 있다. 타인이 보기에는 같은 자리에서 같은 행위를 하는 것으로 보이나, 부정적인 것을 부정하는 존재에서 긍정적인 것을 더 긍정하는 존재로 바뀐 것이다. 이 차이는 마치 지옥에 있다가 천국에 갑자기 올라간 정도의 차이가 있다. 그 정도의 차이가 느껴질 정도로 자신과 환경이 업그레이드된다. 이제야 역경과 고난이 나를 옥죄는 고통의 사슬이 아니라 나를 바로 일으켜 세우는 채찍질이었음을 알게 된다.

이 업그레이드를 가져온 매개체가 비전 보드이다. 자신만의 천국과 희망의 미래가 담긴 것이 이 비전 보드다. 위대한 사랑의 본질이 나에게, '너의 미래는 이럴 것이다'라고 도장을 찍은 증명서와 같다. 이 비전 보드는 안 지켜도 되는 방학 계획표와는 다르다. 애써 달성해야 하는 억지스러운 목표도 아니다. 내가 달라지고 세상도 달라졌다. 저절로 삶의 질이 바뀌는 것을 체험하며 하나씩 이루게 된다. 이렇듯 업그레이드가 된 나의 본질 덕분에 모든 것이 감사한 세상으로 보인다. 이 단계의 내 이름인 '사랑을 드러내는 자'는 '허물을 덮는 자' 대신에 내가 불리고 싶은 이름이다. 누가 나를 만나면 '사랑을 드러내는 자'라고 불러주었으면 좋겠다고 할 정도이다.

사실 '참 나'를 알게 된 순간부터 저절로 내가 희망하는 미래의 목표로 다가간다. 나도 예전에는 이런저런 막연한 바람이 많았다. 사랑을 찾고 싶고, 돈을 왕창 모으고 싶고, 또 건강도 챙겨야지 하면서도 시간만 흘려보냈다. 어쩌다 돈을 들여 운동해도 작심삼일이었다. 그런데 '참 나'를 발견하고 사랑의 이름을 가지고 비전 보드를 만든 뒤에야 제대로 이뤄졌다.

칼 융은 '동시성 현상', 즉 싱크로니시티synchronicity를 말했다. 싱크로니시티는 체험자나 당사자에게 중요한 의미를 갖는 우연의 일치가 일어나는 것을 뜻한다. 이런 사건을 겪으면서 각성이나 깨달음을 얻는다고 한다. 마치 어떤 인생의 길을 선택하여 갈 때 우연처럼 나를 돕는 상황을 알아차리는 것이라고도 볼 수 있다. 비전 보드와 삶의 일치도 우연처럼 보이지만, 실은 사랑의 원리가 이루어지며 얻게 되는 필연적인 결과다.

철새들은 한곳을 목표로 편대를 지어 날아간다. 뒤따라가는 철새들은 앞에서 날고 있는 철새를 그저 따라가기만 하면 목적지에 도달한다. 앞서 날고 있는 새들 덕분에 공기의 저항도 훨씬 덜 받고, 다른 새들의 공격도 받지 않으면서 아주 효율적으로 이동한다. 만약 지금 내 인생의 길이 사랑의 본질이 제시하는 목적과 맞는다면, 그 길을 가는데 우연히 다른 사람에게 큰 도움을 얻게 되거나, 상황이나 환경이 유리하게 흐르는 것을 자주 경험한다. 애쓰지 않아도 철새들의 이동처럼 좀 더 쉽게 인생의 길이 펼쳐진다.

반대로 지금 내 인생의 길이 사랑의 본질이 제시하는 목적을 위배한다면, 오히려 주변 사람에게 큰 배신을 당하거나, 상황이나 환경이 불리하게 흐르는 것을 경험할 수도 있다. 이를 알아채서 인생의 길을 바꾸는 지혜도 필요하다. 그러나 자신이 자신의 사랑의 이름을 알고, 그 이름을 반영하는 삶을 산다면 그런 일은 쉽게 일어나지 않으니 걱정하지 않아도 된다.

창의성은 어디서 나올까

한때 '창조'라는 말이 유행했다. 곳곳에 '창조'라는 말이 끼어든 온갖 문장이 구호로 내걸렸다. 뭔가 새로운 것을 만들어내면 대박이 난다는 말로 요란을 떨었다. 그런데 혹자는 실체가 없이 구호로만 소비하는 창조를 탐탁지 않게 생각하기도 한다. 창조라는 단어가 불신과 속임수, 모호함의 상징으로 전락했다고 고개를 내젓는다.

그동안 창의성과 창조는 경제나 조직, 교육 등에서 많이 언급됐다. 창조적인 경제, 창의적인 조직, 창의성 인재 등 구호처럼 남발하였다. 그래서 지금 경제가 창조적이고, 또 웬만한 조직은 구호처럼 창의적인지는 잘 모르겠다. 인재를 뽑는다고 창의성을 요구하면서 정작 그런 사람을 '또라이'로 취급하는 건 아닌지…. 무엇보다 창의성이나 창조를 어떤 생산물로 여기는 경제적인 논리와 관점은 내던져야 하지 않을까.

무에서 유를 찾는 게 창조다. 지금까지 듣지도 보지도 못한 무언가를 만들어내는 것이다. 완전히 새로운 것을 만들어내는 것이 창조라면, 사실 인간이 할 수 있는 게 아니다. 창조는 신의 영역인 셈이다. 우리가 창조적일 수는 있을지언정, 창조 자체를 할 수 있는 것은 아니다. 그런데도 왜 이리도 창조와 창의성을 따질까. 우선, 내가 속한 집단에서 무척이나 창의성을 요구한다. 창의성이 없으면 인재로도 인정받지 못하고, 무슨 일을 할 때도 구닥다리 취급을 당하기 일쑤다. 입사뿐만 아니라 입시 면접에서도 창의성을 따진다. 그렇다 보니 창의성이 더는 창의적이지 못할 때가 많다. 창의적인 질문이라는 것도 뭔가 정답을 정해놓고 묻기도 한다. '창의성'이라는 간판만 내걸고 전혀 창의적이지 못한 상품을 파는 가게를 운영하는 꼴이다.

창의와 창조는 비슷한 것 같으면서도 다른 개념이다. 둘 다 예전에 보지 못했던 새로운 것을 내놓는다. 그런데 창조는 결과물로서 말하는 것에 반해 창의적인 것은 과정을 뜻한다고 볼 수 있다. 그래서 창의성은 질문의 대답보다 그 질문을 해석하고 풀어가는 과정이 중요하다. 창조라는 말에 매달리면, 결과물에 집착하게 된다. 그러나 창의성은 과정을 주목한다. 과정 없이 도깨비방망이 휘두르듯 결과를 바라지 않는다.

창의성을 만들려면 과정이 중요하다. 그렇다고 해서 무작정 '경험'에만 초점을 맞춘다고 해서 저절로 생기지 않는다. 무엇을 하든 간에 내면에 잠들어 있는 영성과 영감을 깨우는 과정이어야 한다. 사실 아무것도 하지 않아도 내면의 '참 나'를 찾는 것만으로도 창의성을 키울 수 있다. 이와 관련하여 흥미로운 연구사례가 있다.

지난 2001년, 뇌과학자 마커스 라이클Marcus Raichle은 뇌 활동을 연구하다가 뜻밖의 사실을 발견했다. 사람이 아무것도 하지 않아도 뇌는 활발하게 움직인다는 것이다. 그러니까 우리가 흔히 이야기하는 '멍 때리는', 즉 멍하게 있을 때 창의성과 관련한 뇌의 활동이 이루어진다고 한다.

일이나 공부를 하다가 꽉 막혀 답답한 경험은 누구나 한다. 도저히 진척이 없어서 잠시 머리를 식힌다고 아무 생각도 하지 않고 싶다. 그런데 갑자기 그 순간, 멍하니 있는 바로 그때 뭔가 떠오른 경험을 해본 적이 있을 것이다. 마커스 라이클은 이때의 뇌를 '디폴트 모드 네트워크default mode network'라고 했다. 아무 생각이 없을 때를 컴퓨터를 켜려고 할 때의 초기화된 상태인 디폴트에 비유한 것이다.

머리가 디폴트 모드 네트워크가 되면, 뇌는 오히려 특정 부위에서 활발하게 활동하면서 활성화가 이루어진다. 우리가 명상이나 참선, 혹은 반복되는 단순한 작업의 시간을 견뎌낸 뒤에 뭔가 깨달음과 영감이 생기는 이유다. 수도승들이 청소 같은 일에 매달리는 것도 사실 참선과 같은 효과를 낸다. 이 과정을 살펴보면, '참 나'를 찾는 내면의 여행과 매우 닮았다. 즉 조각조각 나뉜 지식이나 흔히 말하는 스펙 쌓기로 창의성이 나오는 게 아니다. 지성을 넘어 영성의 힘이 닿아야 한다는 것이다. 창의성은 지성이 아니라 영성, 영성에서 생긴 영감으로 얻는 것이다.

명상이나 영성 훈련의 효과는 요가나 참선, 수도원의 묵상 등으로 이미 잘 알려져 있다. 학벌이나 물질적 부가 창의력을 보장하지 않는다. 주위에서 공부 잘하는 사람보다 엉뚱한 사람이 창의적일 때가 있지 않은가. 엉뚱하다거나 기발한 생각을 잘하는 사람들은 대체로 틀에 박힌 교육과정과 성적에 구애받지 않는다. 지금도 만인의 롤모델로 추앙받는 사람들은 정규교육을 중도에 포기하고 자신만의 창의력, 자신만의 '참 나'를 찾은 사람들이 많다. 흔히 말하는 '빽'으로 성공을 바라지 않았다.

사랑으로 자신의 '참 나'를 찾은 사람은 자신의 존재를 이데아로 이상화하고 그것을 이미지화하는 과정을 통해 현실화시키는 데 탁월하다. 자신을 사랑하기 때문에 자신의 '참 나'가 어떤 이상을 추구하는지 스스로 잘 안다. 그리고 그 이상을 비전 보드를 만드는 것처럼 이미지화, 즉 현실에서 발현할 수 있는 형태로의 시각적인 표현을 잘한다. 비전 보드에 내가 이루고 싶은 것이 잘 드러난 이미지를 찾아 붙여놓는다. 비전을 나타내는 이미지를 자주 바라보니 칼 융의 싱크로니시티처럼 저절로 현실화를 이루게 된다.

인생의 목표는 자신의 본질의 법칙에 따라 정해야 한다. 그게 창의적이고 또 생산적이다. 나의 본질과 상관없는 목표나 목적은 허울 좋은 욕심인 경우가 많다. 그리고 이루어지더라도 행복하지 않다. 어떤 사람들은 본질과 동떨어진 욕심을 좇느라 자신을 망가뜨리는 일도 서슴지 않는다. 집이나 다리, 건물을 지을 때 가장 큰 목적은 안락하거나 안전하게 그 기능을 수행하는 건축이어야 한다. 그런데 건축의 이익만을 생각하면 어떻게 될까. 다리와 건물이 무너지고 집의 지붕이 새는 것처럼 본질의 법칙에서 벗어난 목적은 불행을 초래한다.

인간의 창의성이 가장 많이 발휘된 분야는 아이러니하게도 전쟁이다. 지금 우리가 사용하는 인터넷만 해도 초기에는 군사용 목적으로 개발되었다고 한다. 멀게는 고대의 공성 무기와 같은 전쟁용 무기 개발에 창의성이 발휘되었다. 그중에서 몇몇 기술이 사회적인 쓰임새로 활용되었다. 창의성을 인류의 파멸과 살상으로 발휘했어도 문명의 발달과 편리함으로 바꿔 사용한다. 인류의 창의성이 가지는 궁극적인 목적은 현실에서의 사랑의 발현, 사랑을 이 세상에서 표현하는 것이기 때문이다. 내 병원의 스탠리 로고도 돈을 많이 벌겠다는 것을 뜻하지 않는다. 나를 사랑하고 주위 사람들을 사랑하며 결국 사랑하는 세상을 만들겠다는 것이다.

내가 사랑받지 못했다고 해서 이 세상에 사랑이 존재하지 않는 게 아니다. 부자로 태어나지 않아도 부자가 된 사람은 많다. 사랑이 없는 집안에서 태어났다고 해서 평생 사랑을 알지 못한 채 사는 것도 아니다. 사랑을 깨닫고, 사랑의 창조성을 경험하면 현실에도 믿기 힘든 정말 아름다운, 멋진 현실이 펼쳐진다. 사랑이 창조한 멋진 현실에서 즐기는 듯한 인생, 주인공의 인생을 사는 것이다.

10 사랑은 약속 없이 찾아와
나의 존재를 바꾼다

사랑은 갑작스레 찾아올 때가 있다. 그렇게 다가오는 사랑은 느닷없다. 갑자기 찾아온 사랑은 당황스럽기도 하고, 너무나 기쁜 나머지 환희의 눈물을 흘리게도 한다. 이런 사랑은 대체로 순수하다고 여겨지는 사랑이다.

내가 어떤 목적을 가지고 사랑을 구할 때는 구걸에 가깝다. 목적을 이루려 찾는 사랑은 유혹의 기술에 지나지 않는다. 아픔도 환희도 느낄 수 없는 사랑이다. 계산기 두드리다가 고장이 났다면서 다시 새로운 계산기를 찾을 뿐이다. 이런 사랑은 얼마나 허망한가. 그렇지만 사람들은 이 허망한 결과를 알면서도 덤빈다.

소유욕의 사랑이 불행을 초래할 수 있다는 사실은 엄청난 깨달음이 아니라도 안다. 당장 드라마나 영화를 봐도 이런 경고를 날리는 작품은 얼마든지 볼 수 있다. 인간은 감정의 존재다. 감정은 방종이나 타락으로 이끌기도 한다. 과녁을 향해 날아가기는커녕 옆으로 새고 중간에 추락한다.

사랑은 백마 탄 왕자나 숲속의 잠자는 공주에게 찾아오는 연인의 사랑처럼 운명적인 것도 있다. 그러나 사랑은 사실 나의 의지와 상관없이 주어진다. 애써 찾으려 할 때는 되레 찾기가 힘들다. 나를 돌아보고 돌봐주는 사랑도 마찬가지다. 무작정 나를 사랑하자고 마음먹는다고 해서 '참 나'가 불쑥 나타나지 않는다.

'참 나'를 찾는 사람은 왜 사랑을 찾아야 하는지, 지금 찾으려 하는 사랑이 정말 사랑인지 생각해봐야 한다. 나를 사랑한다는 것이 나르시시즘으로 빠져 호수에 비친 내 모습을 사랑한다고 중얼거리고 있는 건 아닌지 말이다. 연인을 사랑한다는 게 알고 보니 집착과 소유욕일 수 있는 것처럼 나를 사랑한다는 것도 실체는 다를 수 있다. 나르시시즘이거나 혹은 자기연민을 사랑이라 착각한다.

사랑은 나의 상황에 따라 어떻게 찾아오는지 알 수 있다. 나의 외로움을 달래줄 사랑, 누군가의 도움을 애절하게 원하는 사랑 등 구체적인 사랑의 형태를 찾는다. 내가 어떤 상황에 놓였는지 알고 나면 간절히 원하는 사랑을 떠올리게 된다. 그렇게 떠올린 사랑은 생명줄과도 같다. 절실한 사랑을 원할 때는 대체로 가장 힘들 때일 테니까. 특히나 허무하고 좌절할 때 생의 이유를 절박하게 원하는 것도 알고 보면 사랑을 갈구하는 것이다. 이 사랑마저 얻지 못하면 체념과 절망의 나락으로 빠지게 된다. 그러나 '참 나'의 사랑을 찾는 사람은 체념보다 나의 본질과 삶의 이유를 찾게 된다. 그리고 그 사랑의 힘으로 자신을 돌아본다.

가장 힘들 때, 타인의 위로보다 스스로 하는 위로와 사랑이 필요하다. 사실 내가 처한 곤경과 어려움을 누군가 대신 해결해줄 가능성은 거의 없다. 고민을 누군가에게 털어놓는 것만으로도 큰 도움이 된다는 것은 나 말고 문제해결사를 구할 수는 없다는 뜻이기도 하다.

나를 향한 나의 사랑도 불쑥 찾아온다. 나를 찾는 과정을 가졌기 때문에 찾아오는 사랑이지만, 방정식 풀 듯 어떤 문제를 풀면 반드시 찾아오는 것이 아니다. 한 단계를 거치면 다음 단계에서 등장하는 것도 아니라서 예상치 못한 시점에서 찾아올 수 있다. 이렇게 불현듯 찾아온 사랑이 나를 바꿔 놓는다. 사랑의 눈을 뜨게 하고, 그 눈으로 나와 세상을 보니 지금껏 보던 것과 달라 보일 수밖에 없다.

사랑의 날개를 달다

요즘도 담벼락이 길게 늘어서 있는 골목을 가면, 온갖 벽화가 맞이한다. 새도 그려져 있고, 비행기, 구름 등 포근한 동네를 떠오르게 하는 그림이 곳곳에 있다. 그림 구경하는 맛이 제법 쏠쏠하다. 저만치 떨어진 곳에서 젊은 사람들이 모여서 사진을 찍는 게 눈에 띈다. 뭔가 해서 봤더니 어느 벽화 앞에서 다양한 자세를 취하고 있다. 무슨 그림인가 봤더니, 천사의 날개를 커다랗게 그려 놓은 벽화였다.

사람들은 벽화 속 하얀 날개를 자신의 어깻죽지에 달아놓은 양 한껏 즐거운 표정이다. 렌즈를 향해 자세를 취하면서 하늘을 날려고 뒤꿈치를 살짝 올린다. 단지 날고 싶은 욕망 때문에 그러는지 궁금했다. 구름 위를 나는 기분을 느끼고 싶으면 비행기라도 타면 될 텐데. 연인이 번갈아 가며 사진을 찍는다. 다들 날고 싶은 욕망보다 천사와 같은 순수한 사랑을 꿈꾸는 게 느껴진다. 이런저런 계산과 이해관계가 끼어들 수 없는 사랑을 나누고 싶다는 바람이지 않을까.

나를 사랑하는 것도 순수해야 한다. 어떤 욕망을 이루겠다는 전제가 붙는 사랑은 이미 변질한 사랑이다. 사랑이라 부를 수 없는 관계의 기술에 불과하다. 나를 속이는, 최면을 거는 것밖에 되지 않는다.

아무리 순수한 사랑이라고 해도 욕망이 끼어들면 파멸을 피할 수 없다. 영화 〈잉글리시 페이션트〉는 오로지 사랑만을 좇는다고 해도 그 사랑이 소유욕이 될 때 벌어지는 비극을 보여준다. 영화의 두 남녀 주인공은 우리가 흔히 말하는 불륜의 관계다. 여자는 결혼한 상태고, 남자는 그 여자와 사랑에 빠졌다.

둘의 사랑은 보는 내내 안타까움을 불러일으킬 정도로 사랑 그 자체로 보인다. 즉 그 어떤 속물적인 이해관계가 끼어들지 않은 남녀 간의 사랑이다. 그러나 아픈 사랑이다. 한 사람의 아내를 다른 남자가 사랑하는 것은 어쩔 수 없이 고통을 감수해야 한다. 아마도 둘은 이 관계의 파멸을 예감한 듯하다. 어느 날, 여자가 묻는다. 무엇을 가장 싫어하냐고. 그러자 남자는 "소유. 소유 당하는 것. 여기서 나가면 날 잊어요"라고 한다. 사실 이 소유를 가장 원하는 것은 남자였다.

둘의 운명은 비극으로 치닫는다. 여자의 남편이 둘의 관계를 알고 말았다. 남편의 질투 때문에 두 사람은 비행기 사고를 당한다. 그 사고로 여자는 크게 다치고, 남자는 그녀를 사막의 동굴에 남겨두고 구조를 요청하러 떠난다. 다행히도 영국군을 만나서 구조를 요청하지만, 영화의 배경이 되는 시대는 제2차 세계대전 때였다. 영국군은 남자를 스파이로 의심하고 가둬버린다. 당연히 남자는 여자를 구하려 애쓰다가 자신의 아내라고 한다. 그런데 이 거짓말이 올가미가 되고 말았다.

영국군이 조사해보니 남자의 말이 사실이 아닌 것으로 드러났다. 그 긴박한 순간에 남자는 여자를 자신의 여자로 갖고 싶었던 욕망을 드러냈다. 그 욕망은 구조의 타이밍을 놓치게 했고, 여자는 사막의 동굴에서 홀로 외로이 죽고 말았다. 소유의 사랑은 이렇듯 파멸을 낳았다.

나를 사랑하는 것도 욕심, 욕망이 끼어들면 파멸의 길로 갈 수 있다. 그보다 자신의 본질을 사랑하는 것 자체를 알지 못한다. 이런 사람들은 '참 나'의 본질을 사랑하는 사람이 이해되지 않는다. 실제로 내가 나에 대한 사랑을 깨닫고 난 뒤부터 많이 듣는 말이 선뜻 이해하기가 힘들다는 것이었다.

'허물을 덮는 자'의 본질을 깨닫고, 그 본질에 따라 나와 사람들을 사랑하는 모습은 이해타산과는 거리가 멀다. 그러나 우리가 사는 세상은 부모와 자식 간에도 계산기를 두드리게 한다. 그러니 내가 사람들의 허물을 덮으려는 게 오해를 사기도 한다. 뭔가 꿍꿍이가 있거나, 아니면 모자라거나.

모자란 사람이 병원을 운영하는 것은 불가능하지 않을까. 의사로서 환자를 진료하고, 병원장으로서 병원을 운영하고, 화장품 특허를 내는 것, 지금처럼 사랑에 관한 책을 쓰는 것 등은 덜떨어진 사람이라면 할 수 없다. 나는 그것과는 무관하게 그저 허물을 덮는 자로서 나와 주위 사람들을 사랑으로 대할 뿐이다. 이런 나를 보고 이해가 되지 않을 수도 있다. 특별하다고 말하는 이들도 있었다. 그러나 내게는 너무나 자연스럽다.

'참 나'를 찾고 나면, 사랑은 대가를 치르지 않고 받는 선물처럼 다가온다. 노력이 없어도 이루어지는 사랑의 특별함은 누구에게나 찾아올 수 있다. 아이가 태어나면, 그 아이는 별다른 노력이 없어도 부모와 가족의 사랑을 대가 없이 듬뿍 받는다. 하지만 자라면서, 어른이 되면서 사랑은 대가를 치러야 하는 경우가 많다.

남보다 삶의 어려움을 덜 느끼게 하는 뭔가가 마음에 떠오른다면, 그게 바로 나에게 주어진 사랑이다. 대가를 지불하기는커녕 사랑의 세례를 듬뿍 받은 그것. 이 사랑은 깨닫는 순간부터 받아들일 수밖에 없다. 실존, 존재의 의미는 사랑과 결부할 때에야 비로소 알 수 있다. 그때야말로 구속과 속박에서 벗어날 수 있는 진짜 천사의 날개를 달게 된다.

늑대소년은 인간일까 늑대일까

영국의 소설가 J. 러디어드 키플링J. Rudyard Kipling이 쓴 《정글북》의 늑대소년은 인간일까, 아니면 늑대일까. 소년이 정글에서 자랄 때는 외모만 인간의 형태를 갖췄을 뿐이다. 동화 속의 모글리는 사람의 아이다. 늑대 부부가 처음 발견하고 데리고 와서 키우면서 모글리는 인간의 정체성보다 늑대의 모습으로 자란다. 당연히 인간의 말을 할 리가 없고, 인간사회의 관계성에 대해서도 무지하다.

모글리는 잠시 인간 마을에 돌아가 지내지만, 정글에서 자신을 괴롭히던 호랑이 쉬어 칸이 마을 사람까지 물어가자 물소를 이끌고 가서 쉬어 칸을 없앤다. 그리고 다시 인간 마을로 돌아오는데, 마을 주민들은 그를 호랑이 인간이라고 오해하고 쫓아낸다. 어쩔 수 없이 정글로 돌아간 모글리는 몇 년을 그곳에서 보낸다. 그러다가 나중에 다시 인간 마을로 돌아가고, 인간의 삶을 살아간다. 이렇게 정글과 마을을 오갔던 모글리는 단지 공간을 바꾼 게 아니었다. 야생의 짐승과 같은 존재에서 인간의 존재로 바뀐 것이다.

정글과 마을, 인간사회와 동물 무리를 오간 모글리는 동화 속이니 저렇게 살아남았지 않았을까. 전혀 다른 종의 무리를 오가는 게 어디 쉬운 일인가. 인간도 낯선 '인간' 동네를 갔다가 적응하지 못해 생고생하는 경우가 많다. 더군다나 나름 안락하고 평온한 환경에서 지내다가 갑자기 불편한 곳으로 가면 더 힘들어한다. 원래부터 그곳에 사는 사람들은 전혀 불편함을 느끼지 못해도 말이다.

인생이 다운그레이드되면, 말로 다 하지 못할 만큼 괴로운 상황을 맞게 된다. 우스갯소리로 경차를 타다가 중형차를 타면 기분이 좋지만, 중형차를 타다가 경차를 타면 고생한다고 하지 않는가. 이런 경우를 종종 본다. 그게 단지 경제적인 실패와 몰락으로 힘겹다는 것만을 말하지 않는다.

사람은 저마다 맞는 옷이 있다. 꽉 낀 옷, 작은 옷, 큰 옷 등 제 몸에 편하게 맞지 않는 옷을 입으면 일상이 피곤하다. 조금이라도 편하게 일상을 보내려면 나에게 맞는 옷을 입어야 한다. 삶도 마찬가지다. 하지만 사람들은 옷장에 더 넣을 공간이 없을 정도로 제 몸에 맞는 옷을 고르면서 삶에서의 제 옷을 찾는 것은 외면한다.

인간은 종이 같을 뿐, 제각각이다. 앞서 말한 허물을 덮는 자, 불행을 막는 자, 거름을 주는 자, 철근으로 건물을 짓는 자 등 저마다 각자의 본질의 이름을 가지고 있다. 그 본질을 알게 될 때 비로소 인생의 추락을 막을 수 있다. 〈잉글리시 페이션트〉의 남자 주인공도 자신의 본질이 있었을 테다. 남의 아내인 여자 주인공을 자신이 가지겠다고 소유의 대상으로 여기는 순간, 모든 것이 일그러졌다. 본질을 가리는 욕심 때문에 인생의 추락, 사랑하는 이의 죽음을 겪어야만 했다.

남자 주인공은 '알마시'라는 자신의 이름이 있어도 사람들로부터 '잉글리시 페이션트', 즉 영국인 환자로 불리었다. 여자 주인공의 죽음 이후에 극심한 화상을 입고 자신이 어디 사람인지, 어떤 사람인지 이름조차 밝히지 않고 병원에 누워 있었다. 본질을 잃어버린 사람의 상징인 듯 보인다.

늑대소년은 야생에서 자랄 때 생존과 기본 욕구만 지닌 존재였다. 인간으로서 말하거나 생각할 수 없는 야생의 동물과 다를 게 없었다. 잉글리시 페이션트는 인간이지만, 자신의 본질을 잊어버린 채 병상에서 누워 있는 이름 모를 환자이다. 둘 다 인간의 형태를 가졌지만, 인간이라고 부를 수 없는 존재에 불과하다.

늑대소년과 알마시를 보면, "실존은 본질에 앞선다"라는 사르트르Jean Paul Sartre의 말이 생각난다. 사르트르의 말과 정반대로 본질이 앞선다는 것은 존재의 이유가 우선이라는 뜻이다. 예컨대, 의자는 의자가 있어야 하는 이유, 재료, 크기 등 구상이 먼저 만든 이의 머릿속에 그려져 있어서 제작된다. 이럴 때 의자는 실존보다 본질이 앞선다고 할 수 있다.

사르트르는 인간의 실존이 본질과 무관하게 이 세상에 던져졌다고 한다. 그래서 그 유명한 "인생은 BBirth와 DDeath 사이에 있는 CChoice이다"라는 명언까지 내놓았다. 즉 의자는, 자기가 의자로 만들어졌다는 것을 모른다. 하지만 다른 사람이 자신에게 엉덩이를 대고 앉는 것을 느낀다. 의자는 다른 사람이 엉덩이를 대고 앉는 '존재'가 자신이라고 자신의 존재를 밝힐 수 있다. 물론 의자를 만든 제작자가 '의자라고 만든 것'이라는 것을 애초에 이해하지 못했더라도 말이다.

실존이 앞선다는 것은 인간 스스로 의미를 부여하면서 자신이 왜 존재하는지 밝히라는 것이다. 즉 내 본질을 스스로 찾아야 한다는 말이다. 그 본질을 찾는 사랑의 눈으로 자신을 바라보며 스스로 사랑할 수 있어야 가능한 일이다. 본질보다 실존이 앞서기 때문에 늑대소년 모글리와 잉글리시 페이션트 알마시도 '인간'이다. 그러나 인간의 본질은 찾지 못한 인간이다.

인간사회에 들어오면서 차츰 인간의 본질을 찾은 늑대소년은 마침내 본질과 실존이 만나는 순간을 맞이했다. 모글리가 자신을 사랑하지 않았다면, 사랑을 자각하지 않았다면 정글의 생존경쟁에 휘말려 야수의 생을 살았을 테다. 반면에 잉글리시 페이션트, 즉 알마시는 이름마저도 지워진 존재로만 남은 삶을 보낸다. 그러나 알마시도 자신이 사랑했던 여자가 남긴 글을 읽어달라는 마지막 부탁을 간호사 한나에게 한다. 죽음 직전에야 다시 한번 사랑했던 그 순간, 자신의 본질이 가장 빛나게 드러났던 그 순간을 떠올린 것이다.

동물의 생에서 인간의 생으로 바뀐 늑대소년은 자신의 '인생'을 만들어갈 수 있게 됐다. 즉 비전을 만들 수 있는 것이다. 비전을 앞으로 이뤄졌으면 하는 바람으로만 생각해서는 안 된다. 자신의 본질과 실존이 만나는 순간부터가 비전이다. 이 비전을 볼 수 있을 때, 늑대소년 모글리는 사랑으로 인간의 삶을 살 수 있게 된 것이다.

사랑의 비전은 긍정의 인생이다. 그러니 부정적인 표현을 하는 것은 좋지 않다. "~을 안 한다"라거나 "~은 안 된다"와 같은 표현은 사랑의 긍정성과 확장성을 가로막는다. 이건 사랑이 아니라 구속이다. 새로운 사랑의 인생을 펼쳐가는데, 또다시 구속한다는 것은 결국 거짓 사랑을 찾은 꼴이다.

늑대소년이 인간이라는 본질을 깨닫는 순간, 존재는 생존 욕망의 굴레에서 벗어날 수 있었다. 나 혼자 어떻게든 살아남으려고 발버둥 치는 야만의 삶을 떠나는 순간이다. 진짜 나를 알고 사랑하게 되니 그제야 주위가 눈에 들어온다. 배가 부르면 주위를 돌아본다는 말이 틀린 건 아니다.

'참 나'를 알고 사랑하는 사람은 자신에게 일어나는 일을 무한히 감당할 줄 안다. 또 그 상황과 사람을 품을 수 있는 존재로 바뀐다. 넉넉한 사랑의 존재다. 허물을 덮는 자인 내가 사랑을 드러내는 자로 바뀌는 것처럼 말이다. 이런 변화를 느낄 때 놀라웠다. 그 어떤 자기계발의 성공 방정식을 따라 한 것도 아니었다. 그저 내면의 본질을 정면으로 바라보게 되자 저절로 일어난 변화다.

사랑으로 인한 변화는 나만의 가능한 것을 찾게 하고, 그 무게가 무겁지 않다고 받아들인다. 비전에 맞는 자신을 만들어가며, 자신의 가치를 스스로 업그레이드한다. 이러한 기회는 모두에게 찾아온다. 그런데 아직 자신의 이름, 자신의 존재를 밝히는 이름을 찾지 못했다고 해서 포기할 필요는 없다. 사실 이 모든 이름의 실체는 바로 '사랑'이다. 그 사랑을 내 안의 '참나'가 품는 것이다.

내 본질을 알게 됐지만, 그 본질을 아직은 정확하게 설명하지 못한다고 해서 낙담하지 않아도 된다. 'God is love'라는 말처럼 사랑은 절대자와 같다. 인생에서 절대자를 만났으니 두려울 게 뭐가 있겠는가. 사랑을 찾았으니 나의 존재가 바뀐다는 것을 받아들이고 인생의 전환점을 맞이하는 게 중요하다. 허술한 존재에서 날개를 단 듯한 소중한 존재로 변했으니 말이다.

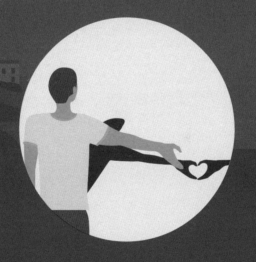

Chapter 03

사랑은 무엇인가

11 사랑의 문이 열리다

'헬조선'이라는 말처럼 가슴을 아리게 하는 말이 없다. 꿈같은 시간을 보내도 모자랄 청춘의 시간, 그러나 현실이 헬, 지옥이라니 얼마나 서글픈가.

어떤 사람은 이 지옥과도 같은 현실을 벗어나려고 발버둥 치다가 비극적인 선택을 하기도 한다. 세상에서 말하는 '성공 방정식'은 모두에게 적용되지는 않는다. 성공한 이들의 방정식으로 산다고 해도 극소수의 성공과 다수의 실패라는 결과가 있다는 것을 이제는 안다.

헬조선을 벗어나면 모든 게 해결되는 것도 아니다. 지난 2011년, 현대 자본주의의 심장이라 할 수 있는 미국 뉴욕의 월스트리트에서는 성난 군중의 함성이 울려 퍼졌다. '월가를 점령하라!Occupy Wall Street!'라는 그들의 구호는 세계 경제 수도에서 어쩌다 일어난 일회성 시위가 아니었다. 사람들은 성난 목소리를 거두지 않았다.

가을에 시작한 시위는 미국 전역으로 퍼지더니 캐나다, 일본, 한국, 유럽 등 전 세계로 번졌다. 그들이 외친 것은 아침마다 방값이나 끼니 걱정을 하지 않게 해달라는 절규였다. 단 1%의 부자만이 부를 장악하고 99%의 사람들이 가난과 불행을 겪어야 하는 현실을 규탄했다. 어느 한 나라만의 문제가 아니라 정치 이데올로기를 넘어선 전 세계의 분노였다. 헬조선은 사실 어느 나라에도 존재하는 현실의 지옥인 셈이다.

청년의 미래가 지워져 버렸다는 이 위기는 현실을 지옥으로 여기게 만든다. 그러나 이대로 지옥의 불길로 내 삶을 던져버릴 수는 없는 노릇이다. 현실의 지옥을 천국의 삶으로 바꿀 방법을 찾아야 한다.

사랑은 지옥이 아니라 천국에 어울린다. 천국에 가면 사랑을 하는 게 아니라 사랑을 하기에 천국이다. 살아남아야 한다는 절박한 이유 앞에서 팔자 좋은 사랑 타령을 하자는 게 아니다. '참 나'의 사랑은 낭만적이라기보다 삶의 동력을 찾는 것이다.

나 자신을 사랑하는 것, 나르시시즘이 아닌 '참 나'를 찾아 사랑하는 게 쉽지 않다. 자신의 사랑을 찾기만 하면 되는데, 많은 사람이 그러지 못하고 좌절하고 방황한다. 나와 타인 모두의 삶의 본질인 사랑을 찾아야 하는데, 실존이나 감정보다 한 차원 더 높은 개념이라 쉽게 찾지 못한다. 눈앞에 보이는 것만 좇는 물질적인 삶에 지배당할수록 더 찾기가 힘들다. 내면의 본질보다 외면의 화려함과 부에 눈이 가려졌기 때문이다.

현재의 삶에 뭔가 문제가 있다고 여겨지면, 그 모든 문제를 풀 열쇠를 찾는 첫 번째 시도는 자신의 내면과 마주하는 것이다. 그리고 새로운 나를 만들 용기를 내는 것이다. 헬조선에서 허덕인다고 생각하는 사람들은 대부분 자존감이 낮다. 낮은 자존감으로 자신을 수치스럽게 생각하고 못마땅해 한다. 나를 용서하고 사랑하며 수용해야 한다. 그 수용은 용기가 필요하다. '과거의 나는 내가 아니다'라고 말하는 용기 말이다. 그 용기는 나에게서 시작하지만 퍼지고 퍼져서 온 사회를 변화시킨다.

거울에 비친 자신의 얼굴과 눈을 정면으로 응시할 때, 나와 사회를 변화시킬 사랑이 찾아온다. 의자가 묵묵히 앉은 이의 무게를 받아들이고 감당하듯, 자신의 사랑의 이름을 감당한다. 모두가, 아니 적어도 절반만이라도 자신의 사랑의 이름을 감당하려고 할 때, 헬조선이라는 지옥은 사라진다. 우리의 그 사랑이 현실에서 천국을 가져온다.

BTS가 알려준 사랑의 열쇠

요즘 삼촌 팬클럽의 힘이 대단하다는 것을 들은 적이 있지만, 내가 아이돌 그것도 남자 아이돌인 방탄소년단에 빠질 줄은 몰랐다.

중년의 나이에 아이돌 그룹을 좋아하는 게 왠지 어색하다. 그들의 음악은 빠른 템포인 데다가 속사포처럼 쏟아지는 랩의 가사를 알아듣기가 힘들다. 그런데 방탄소년단, 즉 BTS가 내 마음을 사로잡은 건 한 편의 뮤직비디오였다. 'Love yourself'의 'prologue' 동영상이다. 우연히 유튜브에서 보게 됐는데, 보는 동안 딴 데로 눈길을 돌릴 수 없었다.

뮤직비디오에서 모든 멤버는 저마다 트라우마를 안고 산다. 호석이의 어린 시절, 부모는 놀이동산에 호석이를 데리고 간다. 호석이가 좋아하는 초콜릿을 옆에 두고 부모는 호석이에게 눈을 가리고 열까지 세라고 한다. 호석이가 눈을 가리던 손을 떼는 순간, 부모는 옆에 없었다. 어린이들의 천국인 놀이동산에서 호석이를 버린 것이다. 다른 멤버의 사정도 별반 다를 게 없다.

석진은 말 잘 듣는 좋은 아이가 되어야 한다는 아버지의 압박에 시달려 원하지 않는 고자질쟁이가 됐다. 윤기는 화재로 어머니를 떠나보냈고, 그 사실을 감추고 만다. 지민은 어릴 적 부모와 함께 소풍 갔다가 성적인 것으로 연상되는 트라우마에 시달리게 되는 일을 겪었다. 태형은 가정폭력에 시달리다가 아버지를 살해하였다. 정국은 애정이라곤 눈곱만치도 없는 부모 때문에 집이 아닌 거리를 배회한다. 남준도 지독한 가난과 병든 아버지로 인해 살아남아야 한다는 강박에서 벗어나지 못한다. 이들의 상처는 예사롭지 않다. 그러나 낯설지도 않다. 그 상처들은 정도의 차이가 있을 뿐, 많은 이가 겪어봄 직한 아픔이다.

뮤직비디오에 나오는 모두의 아픔은 치유를 받아야 한다. 정국은 친구들의 불행이 안타까워 자신을 희생한다. 친구들이 겪는 불행의 요소들을 없애고 행복하게 살도록 돕는다. 그 덕분에 모두가 불행의 늪에서 벗어나지만, 그 대가를 치러야만 했다. 다른 친구들의 행복을 위해 정국의 희생은 피할 수 없었다.

정국을 제외한 나머지 친구들은 차츰 자신들의 바뀐 운명이 가짜이자 가상의 세계라는 것을 깨닫는다. 그 순간, 행복의 세계도 무너지고 만다. 정국은 아마도 친구들을 위해 자신을 희생하는 것, 그러니까 타인을 위한 희생이라는 사랑을 베풀었을 테다. 그러나 친구들은 뒤늦게 깨닫는다. 자신의 불행을 끊어줄 사람은 남이 아닌 바로 자신이며, 자신을 사랑해야만 가능하다는 것을 말이다.

멤버들은 자신의 모습을 제대로 바라보고 사랑하는 법을 알게 되고 불행을 정면으로 맞선다. 나는 BTS의 이 뮤직비디오를 보고 하염없는 눈물을 흘렸다. 그토록 불행하다고 한탄하던 나, 호석이의 사연과 자연스레 겹치는 나의 어린 시절 기억들, 지금까지 살면서 받은 여러 아픈 상처들, 그리고 내 인생의 어려운 시련들…. 그러나 돌파구는 보이지 않았었다. 인생은 한 방이라며 로또를 바라듯 뭔가 행운이 찾아오거나, 혹은 누군가가 나를 구제해주기만을 기다렸는지도 모른다.

BTS의 노래와 뮤직비디오는 한순간에 나를 사로잡았다. 'Love yourself'라는 제목을 확인한 뒤에는 전율이 일었다. '너 자신을 사랑하라'라는 제목은 마치 정언명령처럼 들렸다. 너를 사랑하라고 하니 바로 나 자신을 사랑하면 될 터.

정국은 아무런 사심 없이 친구들을 위해 자신을 희생했다. 그러나 안타깝게도 그 희생으로도 친구들을 구제하지 못한다. 뮤직비디오의 내용처럼 잠시 그 희생의 가치를 살릴 수는 있어도 영원하지 않다. 당사자가 자신의 존재가치를, 사랑의 본질을 스스로 깨닫지 못한다면, 애석하지만 그 희생은 도리어 상대방에게 더 큰 아픔을 낳을 수 있다. 친구의 희생을 알게 된 다른 친구들의 마음은 찢어지듯 아팠을 테고, 결국 가짜이자 가상의 세계는 무너졌다.

자신을 불행에서 구할 수 있는 것은 타인의 사랑이 아닌 스스로에 대한 사랑이다. 사랑은 타인에게서 신용이나 담보로 빌릴 수 없는 것이다. 타인을 위한 희생이라는 큰 사랑도 어쩌면 기만적일 수 있다. 정국은 뮤직비디오에서 친구를 구제하려고 자신을 희생하는 진심이 있었지만, 지금 이 세상에서 외치는 인류애는 이런 진심조차 없는 기만으로 넘친다.

도스토옙스키의 《카라마조프가의 형제들》에 이런 인류애를 냉철하게 말하는 장면이 나온다. 어느 부인이 조시마 장로를 찾아와 고민을 털어놓았다. 아무런 조건 없이 인류를 사랑하려 하지만, 어떨 때는 대가를 바라기도 한 적이 있다고 말이다. 또 신에 대한 믿음도 걸핏하면 흔들린다고 하소연했다. 조시마 장로는 그 하소연에 어떤 한 의사가 해준 이야기를 인용하면서 인류애를 꼬집는다.

조시마 장로는 인류를 사랑한다고 해도 다른 사람과 단 이틀도 같은 방에서 지낼 수 없고, 아무리 훌륭한 사람이라도 하루만 지나면 상대방을 증오할 것이라고 했다. 이처럼 인류애도 얼마나 기만적일 수 있는지 알 수 있다. 실제로 지금도 학살과 테러를 일삼고, 사회공동체의 평화를 해치는 갈등을 부추기는 이들은 저마다 사랑을 내세운다. 거짓 사랑이다. 나의 '이익'을 위해서 타인을 차별하고 해치는 게 무슨 사랑이고 인류애인가.

사랑은 인간의 내면 가장 깊숙한 곳에서부터 솟구쳐 나온다. 수능이

나 입사 시험처럼 공부를 열심히 해서 알게 되는 지식이라면 차라리 깨우치기가 나을 테다. 하지만 행복이 성적순이 아니듯이 사랑도 성적으로 깨우칠 수 없다. 전문가라고 해도 지식의 논리에만 치우치면 위선적일 가능성이 크다. 사랑을 설파하는 종교인이 인종이 다르고 종교가 다르다는 이유로 차별하는 것만 봐도 알 수 있다. 이런 종교인이 말하는 사랑은 거짓 사랑, 아니 증오를 감춘 미사여구에 불과하다.

내 안의 사랑을 깨우치는 것도 노력과 성찰이 필요하다. 그러나 참선이나 수도사의 묵언 수행처럼 고행을 전제로 하지 않는다. 그저 지금 서 있는 그 자리에서 자신을 용기 있게 수용하면 된다. 사랑의 눈으로 나와 나의 환경을 성찰하여 긍정적으로 변화시키려고 노력하면, 천국 안에 있는 자신을 발견할 것이다. 나를 사랑하는 것이 사랑의 시작이자 끝이다.

사랑의 열쇠는 이미 내 안에 있다

BTS는 그동안 몰랐던 내 안의 스위치를 찾게 해줬다. 사랑을 깨닫게 하는 스위치, 사랑의 눈으로 나와 세상을 보는 눈을 켜게 한 스위치는 그 어디도 아닌 내 안에 있었다.

인간은 눈으로 보고 손으로 만지고 냄새와 맛을 보고 느낄 수 있어야 '실체'를 믿는다. 그렇지만 내가 가진 내면의 가치와 사랑은 보이지도 들리지도 만져지지도 않는다. 그래서 찾기가 힘든가 보다. 어쩌면 내 안에 자리 잡은 사랑을 찾을지라도 이토록 힘든 삶의 난관을 헤쳐나갈 수 있을지 자신이 없는 것인지도 모르겠다. 이럴 때는 아마도 노래 한 곡이 힌트를 줄 수도 있겠다.

'아모르 파티amor fati'. 몇 년 전에 히트곡으로 떠오른 가수 김연자의 트로트 노래의 제목이다. 경쾌한 리듬에 맞춰 '아모르 파티'를 외치는 순간, 모두가 함박 웃으며 몸을 흔들며 춤을 춘다. 내가 BTS의 팬클럽 아미ARMY라서인지 몰라도 이 노래에 맞추어 BTS의 뷔가 춤출 때 참 행복했었다. 이 노래의 제목은 낯설다. 우리말도 아니고, 그나마 익숙한 영어도 아니다. 한국 사람이라면 아주 낯선 라틴어로 된 말이다. 놀라운 것은 이 말이 철학 쪽에서는 유명하다는 것이다.

아모르 파티는 니체F. W. Nietzsche가 널리 알린 말이다. 우리말로 번역하면 '운명애運命愛'라고 한다. 니체는 자신의 운명을 사랑하라고 했다. 니체는 순탄치 않은 삶을 살았다. 심리적으로도 힘들고, 건강도 나빠진 니체는 10여 년의 교직 생활을 마무리하고 적은 연금으로 기나긴 투병 생활을 해야만 했다.

몸도 마음도 지친 니체가 자신의 운명을 사랑하라는 아모르 파티를 이야기할 때, 이 말의 의미를 운명에 순응하라고 해석하지 않는다. 힘들고 만족스럽지 않은 삶이라도 자신의 운명을 사랑하라는 말은 적극적으로 삶을 살라는 의미다. 니체도 아픈 몸과 정신적 고통에도 불구하고 진리를 탐구하는 것을 게을리 하지 않았다.

내 인생에서 고난과 어려움은 시시때때로 찾아온다. 그때마다 한숨을 내쉬고 무릎을 꿇는다면 다가오는 미래는 두려울 수밖에 없다. 자꾸만 밀려드는 불행이 멈추지 않고 또다시 기다리고 있다는 것을 알게 되면 움츠러드는 게 당연하다. 그러나 니체는 그런 운명조차도 사랑하라고 말한다.

니체의 아모르 파티, 즉 운명애는 수동적으로 현재의 삶을 받아들이라고 하지 않는다. 니체는 자신의 운명을 받아들이라고 했다. 그렇다고 해서 피폐한 삶에 순응하면서 불행의 그림자를 짙게 드리운 채로 살라는 게 아니다. 숱하게 찾아오는 고난과 역경까지도 품으라는 뜻이다. 좌절도, 무시도 하지 말고 그대로 껴안으라는 뜻이다. 그리고 주저앉지 말고 앞으로 나서라는 주문을 한다. 그게 인간이고, 자신의 삶을 사랑하면서 책임지는 태도라고 말이다.

가수 김연자의 '아모르 파티'는 트로트 노래들의 가사가 대부분 그렇듯 연인의 사랑과 이별을 노래한다. 그러나 "자신에게 실망하지 마. 모든 걸 잘할 순 없어. 오늘보다 더 나은 내일이면 돼. 인생은 지금이야. 아모르 파티, 아모르 파티……"라는 가사는 니체의 운명애와 맞닿는다.

사랑은 삶의 곤궁을 풀어줄 열쇠다. 삶의 동력, 즉 파워와 에너지는 사랑이다. 이렇게 자신의 인생, 자신의 본질과 사랑에 빠지면 힘찬 사랑을 느낄 수 있다. 마치 연애 초반 때의 넘치는 사랑처럼 말이다. 사랑에 빠진 나는 어땠는가. 세상을 느끼는 감성이 폭발적이지 않았던가. 연인을 향한 내 사랑이 감히 측정할 수 없는 무한대처럼 느껴지지 않았던가. 운명애의 아모르 파티도 마찬가지다.

한계를 지을 수 없는 사랑은 이 작은 몸뚱이 안에 들어 있다. 우주와 맞닿고, 우주 그 자체인 나를 사랑하고 느낄 수 있는 무한의 삶을 살 수 있다. 사랑으로 가득 찬 인생은 두려운 것마저도 훌쩍 뛰어넘게 한다. 그토록 짓누르던 삶의 무게가 솜사탕만큼이나 가볍다. 사랑하는 사람이 생겼을 때 누구나 다 경험한 것이다. 그러니 자신의 인생을 사랑했을 때 벌어질 변화도 터무니없는 환상이 아니다.

부정이 긍정으로 바뀌고, 좌절이 도약의 발판으로 바뀌는 변화는 삶을 사랑할 때 이루어진다. 나를 사랑하는 것이 새로운 삶을 여는 열쇠라는 것을 알았으니, 이 강력한 사랑의 힘을 이용할 줄 알게 된다.

자신을 사랑하는 법을 아는 것이 가장 위대한 사랑이다. 내가 나를 사랑하기 시작하면 세상도 나를 사랑한다. 사랑이 모든 것의 열쇠다. 피폐한 삶을 행복, 부, 명예 등 자신이 원하는 것과 함께하는 삶으로 바꾸는 열쇠이기도 하다.

아이의 행복을 위해서 필요한 열쇠는 자존감이라고들 한다. 아이뿐만 아니라 어른도 자존감은 자신에 대한 사랑이 없으면 가질 수 없다. 주위의 격려에도 정작 자신이 자신을 사랑하지 못한다면 자존감은 생기지 않는다. 그래서 자신의 행복을 여는 열쇠는 사랑이며, 원하는 모든 것을 여는 열쇠도 사랑이다.

12 모든 사람은 사랑이 뭔지 알고 있다

세상 어디에 살더라도 사람 사는 것은 비슷한가 보다. 말이 서로 다르고, 먹는 음식이 입맛에 맞지 않아도 시간이 지나면 고만고만한 사는 모습에 적응한다. 전혀 교류가 없이 멀리 떨어져 있는 서로 다른 지역의 풍습이 비슷한 사례도 있다.

인디언들의 놀이 중에서 실뜨기나 윷놀이가 있다. 실뜨기는 양손에 실을 걸고 이리저리 모양을 만들어낸다. 이 놀이는 인디언과 우리나라뿐 아니라 오스트레일리아와 뉴기니 등에서도 한다니 놀랍다. 윷놀이를 인디언들은 경마 놀이라고 부르는데, 우리 윷놀이와 매우 비슷하다. 인디언들도 둥그런 판을 윷판으로 삼고, 윷가락과 말을 가지고 논다. 또 놀이의 규칙도 유사하다고 한다.

'하나의 대륙' 설을 떠올리지 않아도 인간은 어딜 가도 생각과 놀이, 생존방식 등은 매우 비슷하다. 종교적 세계관이나 삶의 가치, 사회공동체의 양상 등 차이가 있더라도 묘하게 비슷한 구석이 있다.

인류 역사를 보면, '축의 시대Axial Age'라고 부르던 때가 있다. 기원전 800년부터 기원전 200년까지의 시기를 말한다. '축의 시대'는 독일의 철학자 카를 야스퍼스Karl Jaspers가 처음 소개했다. 그는 이 시기에 중국과 그리스, 인도, 페르시아 등 서로 동떨어진 지역에서 새로운 사상과 종교, 철학 등이 거의 동시에 일어났다고 했다. 교류가 없었던 시절에 각각의 종교와 철학이 내세웠던 진리와 가치는 놀랍게도 비슷했다. 이 시기 동안 인류의 주요 종교와 철학 등이 등장했다. 공자와 노자가 중국 역사의 한복판에 나타났고, 부처와 소크라테스가 사람들에게 진리를 설파하였다. 그리고 지금껏 현대 사회의 정신적 지주나 신으로 떠받들어지고 있다.

직접적으로 교류가 없던 시절에도 동서양을 관통하는 공통된 특징이 있다. 야스퍼스를 비롯한 여러 학자가 '축의 시대'를 분석하며 인류의 공통된 가치를 파고들었다. 그 가치를 학문적으로 분석하는 것은 학자들의 몫일 테다. 내가 보는 축의 시대는 지식과 논리를 따지기 이전에 실존과 본질을 깨달았던 시대다. 즉 치열한 생존경쟁의 동물적 삶보다 공생과 공존의 인간적 삶을 추구하였다.

공생과 공존은 나도 살고 너도 살고 모두가 잘살자는 것이다. 이것은 사랑이 없으면 이뤄질 수 없다. 사랑이 축의 시대를 관통하는 핵심이다. 기독교와 불교, 유교와 고대 그리스의 철학 등 각 문명의 종교와 사상이 서로 맞닿는 맥락은 이렇게 사랑으로 완성된다. 예컨대,《성경》의〈고린도전서〉13장은 불교의 열반에 이르는 길인 '육바라밀'을 떠올리게 한다. 또 맹자의 사단四端, 즉 인의예지仁義禮智도 같은 맥락이다.

시대와 인종과 지역이 달라도 사람들은 사랑을 알고 다양한 방법으로 표현했다. 그럼 이런 종교인이나 사상가 외에 나 같은 일반인은 사랑에 대해 모르는 것일까? 결코 아니다!

바이올린의 선율이 아름다운 이유

사람은 광활한 우주에 비하면 먼지 한 줌조차 되지 못하는 존재다. 아무리 박학다식하고 선견지명을 가졌다 해도 기껏해야 동시대의 통찰에 그친다. 인간은 그저 눈을 가린 채 코끼리 다리 만지듯 지극히 제한적으로 세상을 바라본다.

옛날 인도의 어떤 왕이 신하들에게 진리를 말하고 있었다. 왕은 자신이 말하고자 하는 바를 좀 더 쉽게 이해시키려고 코끼리 한 마리를 데리고 오라 했다. 그리고 눈이 먼 사람 여섯 명도 불렀다. 왕은 그들에게 각자가 손으로 코끼리를 만져보고 어떤 모습인지 말하라고 했다. 그러자 여섯 명의 눈먼 사람들이 각자가 만진 코끼리를 설명하는데 제각각이다. 상아를 만진 이는 코끼리를 무에 비유했고, 다리를 만진 이는 절굿공이의 모습이라고 우겼다.

여섯 명의 코끼리 묘사는 모두 다 달랐고, 그들끼리는 싸움이 났다. 자신이 만져보고 묘사한 게 맞는 것이라고 우기기 바빴다. 왕은 옥신각신 싸우는 그들을 내보내고 신하들에게 "코끼리는 하나인데, 저 여섯 명의 눈먼 이들은 제각기 알고 있는 것만으로 코끼리라고 우기면서도 부끄러워하지 않는다. 진리를 아는 것도 이와 같다"라고 설파했다.

불교 경전인 《열반경》에 나오는 이 내용은 인간의 하찮은 시야를 지적한다. 그 하찮은 시야를 대단하게 여기면서 고집을 부리는 어리석은 인간을 꾸짖는다. 좁은 시선으로 세상을 바라보니 아는 것도 딱 거기까지다. 그런데도 부분을 가지고 전체를 아는 것처럼 오만을 부린다. 이런 마음가짐이니 드넓은 세상의 구석구석 숨어있는 아름다움을 알지도 못한다. 본 것만 이야기하고 들은 것만 아는 척하면 그나마 다행이다. 제대로 보지 않고 듣지도 않았으면서 마치 모든 것을 아는 체하는 사람들이 얼마나 많은가.

무한한 시공간의 이 우주에서 인간은 티끌만도 못한 존재에 불과하다. 달에도 가고, 화성을 탐사한다고 해도 광활한 우주에서는 지극히 일부에 불과하다. 광대한 우주 앞에서 겸손해질 필요가 있다. 개인도 마찬가지다. 자신이 부분적으로밖에 모른다는 것을 인정하는 태도가 필요하다. 겸손한 마음에서 지식을 탐구하고 조금이라도 더 진리에 다가가려는 태도는 중요하다. 그렇게라도 조금씩 알아가면서 인류는 문명의 발전을 이뤘고, 그 발전의 혜택으로 수명을 연장하면서 보다 풍요로운 생활을 누린다. 그러나 인간이 겸손을 버리고 오만에 빠질 때 비극은 느닷없이 찾아온다.

코로나19 팬데믹은 인간이 자연과 상생을 하지 않고 마치 이 세상을 다 안다는 듯 굴면서 지배하려 했던 오만이 낳은 참사다. 제대로 알지 못하면서 자연을 지배하려 했으니 응징을 당할 수밖에 없다. 이번 사태를 겪으면서 우리가 아주 작은 바이러스에 대해서조차 알고 있는 게 그리 많지 않다는 것을 깨달았다. 또 일부만 알고 있으면서 전체를 아는 것처럼 구는 어리석은 짓도 곳곳에서 목격했다. 살충제가 효과가 있다는 루머는 공포에 질린 사람들에게 먹혔다. 소금물을 뿌리면 바이러스를 퇴치한다고 해서 분무기로 뿌리다가 확진자가 나오는 일도 생겼다. 의사나 의료전문가가 아니라도 조금만 상식적으로 생각하면 고개를 저을 일이 버젓이 벌어졌다.

얕은 지식, 그것도 검증되지 않은 지식을 가지고 세상을 지배하려고 하니, 세상 곳곳에 펼쳐진 아름다운 자연을 파괴하는 것도 서슴지 않는다. 자연의 아름다움은 이익과 개발의 논리 앞에서 무력해지고 파괴당한다. 수많은 유적과 삶의 터전이 한순간에 무너지는 것은 지금도 수시로 일어난다. 또 어쭙잖은 탐욕의 지식은 사람의 생명마저 앗아간다. 코로나19 팬데믹은 얌전히 있는 인간에게 하늘이 벌을 준 게 아니다.

보잘것없는 얕은 지식만으로는 인간과 세상을 해석할 수 없다. 더군다나 내가 아는 것이 아주 작은 부분이라는 사실을 외면한다면, 이런 지식에는 사랑이 없다. 탐욕과 지배, 독점과 소유욕만이 가득하다. 지식의 확증편향은 더욱 심해진다. 그냥 아집과 독선만으로 횡포를 부릴 뿐이다. 자연과 삶이 주는 아름다움을 느낄 귀와 눈은 사라지는 것이다.

사람들은 유명한 바이올린 연주자의 명곡 연주를 들으면 감동과 아름다움을 느낀다. 그런데 우리가 아름답다고 느끼는 바이올린의 연주는 사실현과 나무막대가 맞대어 나는 마찰 소리일 뿐이다. 그런데도 그 소리는 마음의 평온을 가져다주고, 그 아름다운 선율을 찬양하게 해준다. 어찌 된 일일까. 이미 마음속에 있는 '감동하고 느끼는 본성'이 그 소리의 아름다움을 아는 것이다.

물론 바이올린 초보자의 연주를 들으면 소음처럼 들린다. 그러나 숙련된 바이올린 연주자의 연주는 음의 연결이 곡선을 타듯 조화를 이루며 높낮이를 오가는 소리의 파동이 아름다운 소리로 바뀐다. 음악과 바이올린에 대해 잘 알지 못해도 그 연주에 감응한다. 인간은 감동하는 마음이 있어서 소리 파동의 조화로운 아름다움을 본능적으로 아는 것이다.

우리는 이 '깽깽이'의 소리가 소음이 아니라 아름다운 소리라는 것을 굳이 '공부'하지 않아도 안다. 소크라테스는 어느 날, 수학 공부를 하지 않은 노예 소년에게 정사각형을 그려보라고 했다. 그리고 그 정사각형의 넓이를 두 배로 하려면 늘어나야 하는 변의 길이는 얼마인지 물었다. 소크라테스는 질문을 연달아 던졌고, 아이는 그 질문에 대답만 했을 뿐이다. 그런데 수학적 과제를 풀었다.

소크라테스는 "모든 사람은 주어진 문제에 대한 답을 구할 수 있는 능력을 갖추고 있다"라고 했다. 이 능력은 '질문'으로 끌어낸다. 노예 소년과 소크라테스의 일화는 인간의 무한한 능력과 이를 키워내는 질문의 중요성을 강조한 사례로 유명하다. 그렇지만 중요한 것은, 소크라테스가 말한 것처럼 모든 사람은 학력과 지식에 상관없이 갖춘 능력, 공부하지 않아도 배우지 않아도 '아는' 능력이다.

바이올린 연주를 처음 들어도 감탄하는 것이나 아무런 지적 학습의 배경이 없는 노예 소년이 수학 문제를 푸는 상황은 지식의 전수와 상관없다. 우리가 언어도 다르고 장르도 익숙하지 않은 머나먼 나라의 음악을 듣고 감동하는 이유다. 많은 외국인이 우리 민요 '아리랑'을 듣고 눈시울을 붉힌다. 어떤 내용인지 몰라도 구슬픈 가락에 반응하고, 왠지 노랫가락이 담고 있는 내용을 짐작하며 마음 깊이 눈물짓기도 한다. 이런 일이 가능한 것은 마음이 이미 알고 있기 때문이다.

만약 '사랑'이라는 말을 듣거나, '사랑'을 하는 사람의 행동을 보면 우리는 직감적으로 안다. 책을 펴고 공부를 해야 알 수 있는 게 아니다. '아름답다', '뭔가 영원한 것 같다', '숭고하다', '시간이 멈춘 것 같다' 등 사랑을 뜻하는 여러 가지 감정을 느낀다. 그게 바로 '사랑'이라고 말한다. 이 말은 이미 모든 사람의 마음에는 누가 가르쳐주지 않아도 사랑을 알고 있다는 것이다. 단지 장님 코끼리 다리 만지기처럼 부분적으로만 알 뿐.

우리가 겸손하게 부분적으로만 안다는 것을 인정하고 그것을 조합하여 바라보면 좀 더 명확한 사랑을 알 수 있지 않을까? 최소한 사랑에 대해 본성으로 알 수 있는 마음을 가지고 태어났다는 것만으로도 감사할 일이다.

총성을 멈춘 사랑, 왕위를 버린 사랑

요즘 들리는 세상 소식은 희망의 뉴스보다 암울한 소식이 더 많은 듯하다. 기술이 발전하고, 과거와 달리 먹고사는 걱정은 덜었다는 시대에 살고 있는데도 말이다.

우리 사회에서 보릿고개라는 말은 교과서에서나 볼 수 있다. 그런데 왜 자살률은 OECD 국가 중에서 가장 높을까? 세계 곳곳은 이런저런 이유로 서로 총을 겨누고 죽음의 일상이 펼쳐지고 있다. 코로나19 팬데믹이 전 세계에 죽음의 그림자를 거두지 않고 있는데도 몇몇 국가는 날 선 대립을 마다하지 않는다. 그 와중에 사람들은 죽어간다.

인류 역사에서 그 어느 때보다 풍요롭다는 이 시대에 사람들은 왜 죽음과 절망을 떠올릴까? 타인을 생각하기에 앞서 나부터 살아야 한다는 생존 욕구가 모든 것을 압도하는 중이다. 그나마 우리는 사회가 마비될 정도로까지 가지 않고 서로를 위한 공동체 정신을 발휘한 덕분에 일상을 되찾고 있다. 하지만 세계 곳곳은 죽음의 그림자를 걷어내지 못한 채 암울한 시간을 보내는 중이다.

적어도 21세기가 시작될 무렵에는 우리나라를 비롯해 전 세계가 희망의 미래를 노래하고 지구공동체를 부르짖었다. 그 결과가 코로나19 팬데믹이고, 방역용품을 서로 가져가려고 멱살잡이로 싸우는 게 각 나라의 불편한 현실이다. 이번 사태로 깨달은 것은 확실히 각자도생의 세상이라는 것이다. 당장 생존을 보장하는 것도 어려운 마당에 서로 쥐어뜯고 있다. 과거 냉전 때보다 더한 갈등이 벌어지는 중이라고 보기도 한다.

과거 냉전이 끝나고, 오래된 이념의 갈등이 잦아들자 인류는 희망을 품었다. 더는 총부리를 겨누고 가족이 강제로 떨어져 만나지 못하는 비극은 일어나지 않을 것만 같았다. 그러나 희망은 익숙하게 배반으로 다가왔다. 인간은 비극을 헤어나지 못하고 또 다른 절망의 굴레에 스스로 발을 디뎠다.

우리 사회도 다를 게 없다. 독재와 민주화의 시대를 거치고 난 뒤 더 나빠질 것은 없다고 여겼다. 하지만 곳곳에서 갈등과 대립이 벌어진다. 그 이유도 다양하다. 아직도 과거의 이념에 얽매여 상대방을 증오하거나, 철 지난 지역감정이 사람들을 갈라놓는다. 게다가 세대와 계층, 젠더 등 갈등의 편 가르기는 아주 세밀한 분열과 대립으로 일상을 흔든다.

서로의 목숨까지 앗아가는 증오와 갈등은 인류의 특성일까? 야생의 동물들도 먹고 먹히는 먹이사슬에 따라 살육이 벌어진다. 자신의 영역을 지키려고 피비린내 나는 싸움을 벌이기 일쑤다. 그런데 딱 거기까지만이다. 즉 자신의 생존을 지켜줄 영역만 고집하고, 목숨을 위협받을 때 발톱을 날카롭게 드러낸다. 오히려 인간은 이런 야생의 동물보다 못하다. 자기가 먹고 살 수 있어도 남의 것을 탐한다. 굳이 서열을 가리지 않아도 되는데 지배욕을 드러내며 억누르려 한다.

물욕이 됐든 지배욕이 됐든 간에 탐욕을 주체하지 못하는 인간은 지구상에서 갈등의 주범이다. 그래서 인류와 지구의 미래는 종말로 치닫는 것일까? 정녕 희망은 없는 것일까? 다행히도 희망의 싹 자체가 아예 짓밟힌 것은 아니다. 갈등으로 마구 달려가는 와중에 작은 들꽃이 발견되었다.

코로나19 팬데믹이 가리는 것 없이 전 세계를 뒤덮자, 곳곳에서 울리던 총성이 멈추었다. 한 시라도 같은 하늘 아래서 살 수 없다는 듯 으르렁대던 분쟁 지역의 무장 세력이 휴전을 맺었다. 죽음 앞에서는 어쩔 수 없이 손을 잡는 모습이지만, 그들의 마음속에 있던 뭔가가 움직인 게 아닌가 싶다.

총 대신 화해의 손길을 내민 그들에게 무슨 일이 일어난 걸까? 실화를 바탕으로 만든 영화 〈메리 크리스마스〉는 제1차 세계대전 때의 일을 다루었다. 100미터도 채 되지 않는 거리를 두고 서로 마주하고 있는 연합군과 독일군은 가족보다 죽음을 더 가까이 두고 있었다. 그렇게 서로 총부리를 겨누던 군인들은 어느덧 크리스마스이브를 맞이했다.

비록 적으로 갈라진 그들이지만, 크리스마스이브는 모두에게 축복받은 명절이다. 전쟁만 아니었다면 그들은 가족과 연인 곁에서 사랑을 주고받았을 테다. 그러나 현실은 참혹한 전쟁터 한가운데다. 시궁창보다 더 비참한 참호 안에서 지루하게 보내던 군인들은 잠시라도 전쟁을 잊고 싶어 했을 것이다. 아니나 다를까, 영국군 참호에서 누군가 백파이프를 연주했다. 백파이프의 선율이 죽음의 공간을 떠돌자 순간 전장의 긴장은 누그러졌다. 반대편의 독일군이 노래로 화답했다.

양쪽 진영에서 연주와 노래가 오가자, 지휘관들은 크리스마스이브 하루 동안 휴전하기로 했다. 좀 전까지 총을 겨누던 그들이 함께 메리 크리스마스를 주고받으며 성탄절의 평화를 즐겼다.

지금 지구 곳곳의 분쟁이 잠시 멈춘 것과 영화 〈메리 크리스마스〉의 크리스마스 휴전 등은 인간의 본질인 사랑을 떠올리게 한다. 빼앗고 뺏기는 살육의 현실을 잠시라도 멈출 수 있는 것은 사랑이다.

중국의 춘추전국시대는 피비린내가 그칠 날이 없는 전쟁의 시대였다.

위나라 장군 오기는 전쟁터에서 지친 자신의 병사들을 둘러보다가 고통스러워하는 한 병사를 발견하였다. 자세히 살펴보니 다친 다리가 곪아가고 있었다. 장군은 망설이지 않고 무릎을 꿇고 앉아 병사 다리의 고름을 입으로 빨아냈다. 그러자 병사의 곪은 상처는 빠른 속도로 치료되었고, 병사는 머지않아 고향으로 휴가를 갈 수 있을 만큼 회복됐다.

고향으로 돌아간 병사는 어머니께 장군의 이야기를 들려주었다. 아들의 이야기를 들은 어머니는 갑자기 한숨을 내쉬었다. 그러고는 이제 아들은 죽은 목숨이라고 한탄했다. 마을 사람들이 의아해하며 그 이유를 물었더니, 어머니는 아이의 아버지 이야기를 꺼냈다. 아버지도 전쟁터에서 비슷한 일을 겪고 난 뒤에 장군의 사랑에 감복하여 충성을 다 바쳤다고 한다. 장군을 위해 용맹하게 싸우다가 전사하고 말았다는 것이다.

어머니의 예측은 틀리지 않았다. 아들은 전쟁터에서 몸을 사리지 않고 장군을 위해 싸우다가 죽어버렸다. 장군의 사랑은 한 병사가 죽음을 불사하고 용맹하게 싸우도록 한 힘이었던 셈이다. 그렇지 않고서는 아버지도 없는 고향 땅의 어머니를 생각해서라도 몸을 한껏 사렸을 테다.

사랑은 눈에 보이는 물질이 아니다. 그러나 이 세상 그 어떤 물질보다 강하다. 그 병사는 비록 죽음을 피할 수 없었지만, '사랑과의 동행'을 마지막까지 함께했다. 그는 장군을 통해 사랑을 느낄 수 있었고, 아마 전쟁터에서 죽지 않았더라면 평생토록 '사랑과의 동행'을 이어가지 않았을까. 병사가 장군을 위해 목숨을 바쳤다고 해서 자신을 사랑하지 않은 게 아니다. 사랑의 힘으로 죽음의 위협마저 이긴 것이다.

때로 사랑은 필요한 상황에서는 자기희생마저도 받아들이게 한다. 우리가 역사에서 배운 독립운동가나 6.25의 병사들이나 자식과 사랑하는 이를 위해 목숨마저 내놓은 사람들, 바울처럼 그리스도로 표현된 사랑을 위해 순교한 사람들을 그저 불굴의 의지로만 헤아릴 수 없다. 숭고한 목적을 위해 헌신하고 희생하는 것도 따지고 보면 의지를 넘어선 사랑이 깃들어 있다.

사랑은 전쟁 같은 참혹한 상황과 반대되는, 부와 명예가 넘치는 화려한 상황에서도 자신을 드러낸다. 1년도 채 되지 않는 시간 동안 왕으로 불렸던 남자가 있다. 왕의 역할을 잘하지 못해서 쫓겨난 것은 아니다. 작은 나라의 왕도 아니고 무려 영국의 왕위에 있었던 남자다. 그런데 제 발로 왕위에서 내려왔다. 누가 내려오라고 등을 떠민 것도 아닌데, 그는 왜 스스로 왕관을 벗고 왕좌에서 내려왔을까?

에드워드 8세, 왕위에서 물러난 뒤에는 윈저 공으로 불렸던 그는 한 여인과의 사랑을 위해 왕좌에서 스스로 물러났다. 지금 영국 여왕으로 재위 중인 엘리자베스 여왕의 큰 아버지인 그는 1936년에 왕위에 올랐다. 인물도 훤칠하고 멋쟁이로 불렸던 그는 한순간에 한 여인과 사랑에 빠졌다. 그러나 왕이 사랑한 여자는 결코 왕비가 될 수 없었다.

에드워드 8세가 사랑한 여자는 미국인 심슨 부인이었다. 이미 한 번 이혼하고 재혼한 유부녀였다. 보수적인 영국과 왕실에서는 여러모로 용납할 수 없는 관계였다. 우선 귀족 신분이 아닌 사람과 결혼한다는 것은 당시에는 상상조차 하지 못했다. 게다가 자신들의 식민지 백성이었던 미국인이 왕실의 가족이 된다는 것도 용납할 수 없는 자존심의 문제였다. 더군다나 이혼 경력이 있는 여자를 왕비로 받아들일 수는 없었다.

　누가 봐도 이루어질 수 없는 사랑이었다. 왕실과 의회뿐만 아니라 국민도 부정적이었다. 영국 왕은 의회의 동의를 얻어야 결혼할 수 있다. 에드워드 8세는 그것이 불가능하다는 것을 깨닫자 라디오를 통해 자신의 마음을 밝힌다. 왕은 사랑하는 여인의 도움과 조력 없이 막중한 책무를 수행하는 것은 불가능하다는 말로 퇴위를 선언하고 말았다. 왕의 자리와 사랑 가운데 사랑을 택한 에드워드 8세는 영국을 떠난다. 그가 사랑하는 여자와 고작 열여섯 명이 참석한 조촐한 결혼식을 올렸다. 이제 왕이 아니라 윈저공으로 불린 그는 죽을 때까지 그녀와 함께했다.

　사랑은 왕위마저도 버리게 한다. 에드워드 8세에서 윈저공으로 신분이 바뀐 그를 보고 손가락질하는 것보다 사랑의 힘을 지지하는 경우가 많다. 또 그의 퇴위로 왕위를 물려받은 동생 조지 6세는 영화 〈킹스 스피치〉에서 잘 나와 있듯이 형과는 다른 사랑, 즉 나라와 국민을 사랑하는 마음으로 말 더듬는 콤플렉스를 극복하고 제2차 세계대전의 위기를 헤쳐나갔다.

　좋아하고 싫어하고, 기뻐하고 슬퍼하는 등의 감정과 사랑은 다르다. 사랑은 그 자체로 절대적인 개념이다. 상황에 따라 상대적으로 바뀌는 감정이 아니다. 왕위를 버리는 것처럼 자신의 찬란한 껍데기를 벗어 던져버리고, 말을 더듬는 약점마저도 극복하게 하는 위대한 힘이다. 누군가의 주관이 아니라 자신의 주관으로 결정하고 움직이게 한다. 그래서 에드워드 8세와 조지 6세의 사랑은 모두 다 위대한 사랑의 모습이다.

사랑이 없다면 왕위에 있든, 평범한 삶을 살든 현재의 삶은 불행한 것이다. 모든 종교와 사상에서 인간을 가장 소중한 존재라고 한다. 그만큼 사랑을 하고 또 받아야 하는 존재다. 그런데 사랑이 없다면 치명적일 수밖에 없다. 인간이 가장 괴로울 때는 사랑에서 소외될 때다. 죽을 만큼 괴롭고, 삶의 희망을 버리고 싶을 정도로 힘들다. 심지어 건강마저 상하기 일쑤다. 그만큼 사람은 사랑 자체다.

13 사랑은 절대적인 것이다

"납득할 만한 이유를 찾아야 해. 난 평생 그 사람만 사랑했어. 이유를 찾지 못하면 내가 죽어."

영화 〈카페 드 플로르〉에 나오는 여주인공의 대사다. 10대 때부터 만나 서로 사랑하며 결혼하고 아이까지 낳은 한 여자는 한순간에 남자로부터 버림받았다. 어릴 적부터 지금껏 사랑이 식었다느니, 변했다느니 하는 것과는 거리가 멀다고 생각했던 그녀다. 그녀에게 사랑은 절대적이었다.

버림받은 이유를 찾지 못하면 자신이 죽는다는 말. 자신과 남편의 사랑이 절대적이라고 믿었기 때문에 나올 수밖에 없었던 절규였을 것이다. 깨질 수 없는 절대적인 게 사랑이라고 믿었다. 그러나 무참하게도 그 믿음은 깨지고 말았다. 그녀는 그 절대적인 사랑이 무너진 이유를 간절히 찾는다. 이런 상황은 영화 말고도 숱하게 볼 수 있는 현실의 이야기다.

부모와 자식 간의 사랑과 연인 간의 사랑은 절대적이라고 '착각'한다.

웃고 감싸 안는 그 순간은 영원할 듯하다. 그때만큼은 온 세상이 계절과 상관없이 벚꽃이 흩날린다. 그러나 현실에서 벚꽃이 날리는 시기는 매우 짧다. 봄이 지나는 동안 벚꽃은 내내 피어 있지 않다.

여자의 간절한 대사는 사랑이 절대적일 수 없다는 것처럼 보인다. 그러나 책과 영화는 끝까지 봐야 하지 않는가. 이 영화는 구성이 복잡한 편이다. 1960년의 이야기와 현대의 이야기가 교차한다. 1960년 파리를 배경으로 나올 때는 한 엄마가 다운증후군 아들과 살아가는 이야기를 보여준다.

엄마 재클린은 아들 로랑을 혼자 키우는 싱글맘이다. 다운증후군 사람들의 평균 수명이 25세라는 것을 아는 재클린은 지극정성으로 아이를 보살핀다. 그런데 어느 날, 로랑이 여자친구 베로와 만났는데, 둘 다 딱 붙어서 떨어지지 않는다. 아들의 여자친구도 다운증후군이다. 두 아이의 모습을 본 재클린은 그때부터 상실감을 가지더니 결국엔 비극을 초래하고 만다.

시간이 훌쩍 지난 현대의 몬트리올에는 행복해 보이는 부부 캐롤과 앙트완이 있다. 앞서 절대적인 사랑에 대한 믿음이 깨진 이유를 찾던 이가 바로 캐롤이다. 남편 앙트완이 파티에서 우연히 만난 로즈와 사랑에 빠지는 바람에 일어난 파국으로 캐롤은 요즘 말로 '멘붕'에 빠진다. 그러나 차츰 자신의 지난 시간과 사랑을 돌아보고, 똑같은 악몽을 반복해서 꾸면서 전생을 알게 된다. 자신이 바로 1960년 파리의 재클린이고, 앙트완은 재클린의 아들 로랑이었다. 앙트완의 새로운 사랑 로즈는 로랑의 여자친구인 베로였다. 캐롤은 전생에서 사랑을 막은 앙트완과 로즈에게 미안하다고 사과한다.

이 영화는 사랑의 절대성을 부정한 게 아니었다. 오히려 전생과 연결하는 구성을 통해 사랑의 절대성을 보여준 영화이다. 어떤 방해에도 사랑은 절대적이라고 말이다. 사랑이 시공간을 초월해서 무너지거나 깨지지 않는다는 것을 보여줬다. 그리고 다시 한 번 아집과 소유욕은 사랑이 아니라는 것도 알게 해준다.

저절로 모습을 드러내는 사랑

사랑의 절대성은 신과 같다. 영혼의 힐러, 즉 치유가로 유명한 맥도날드 베인Murdo MacDonald Bayne은 《마음과 몸의 신성한 치유》라는 책에서 "신은 사랑이며, 사랑은 신이다"라고 했다. 그가 말하는 사랑은 "우주 전체의 중심이고, 그 중심으로부터 모든 영혼을 통해, 모든 살아 있는 것들을 통해 끊임없이 흘러나오는 것"이다. 이렇게 만물에 사랑은 흘러내린다. "꽃들을 통해서, 동물들을 통해서, 그리고 사람들과 천사들을 통해서 흘러나오는 사랑"은 모두 똑같다고 했다.

맥도날드 베인은 사랑은 "마르지 않는 샘물처럼 자신의 중심으로부터 끊임없이 흘러나와 자신의 참된 본성대로 자신을 영원히 표현한다"라고 했다. 사랑은 자신의 중심에서 흘러나와 자신을, 사랑 자신을 표현한다는 것이다. 이렇게 나의 존재와 사랑의 본질과의 관계를 설명했다. 그리고 그는 이러한 사랑을 자연의 모습에서도 찾았다. 사랑은 "광물에서는 결합력이며, 꽃에서는 아름다움이며, 동물에서는 본성으로 표현된다"라고 했다. 이 사랑이 사람에게는 "애정으로 표현되고 있으며, 사랑을 완전히 깨닫게 되면, 존재는 사랑으로 가득 채워지고, 몸 안의 모든 세포는 활기를 얻게 된다"라는 것이다. 또 "사랑 말고는 다른 어떤 힘도 이 세상에 존재하지 않는다. 사랑은 하늘과 땅의 진정한 힘이다. 사랑은 영원하며, 모든 곳에서, 항상 현재에 머물고 있기 때문이다"라면서 사랑의 위대한 힘을 설파했다.

"외부의 것들은 사라질 것이나, 사랑은 영원할 것이다. 왜냐하면 사랑은 신의 무소부재無所不在이기 때문이다"라는 맥도날드 베인의 말은 사랑의 영원성과 절대성을 말해준다. '무소부재', 즉 존재하지 않는 곳이 없다는 말은 사랑의 본질을 가장 잘 보여준다. 이러한 사랑은 각각의 종교 교리에 내재하는 초월하는 삶과 믿음의 진리로 표현됐다.

《성경》의 〈고린도전서〉 13장은 사랑의 장으로 유명하다. 오래 참음, 온유, 시기하지 아니함, 자랑하지 아니함, 교만하지 아니함, 불의를 기뻐하지 아니함, 진리와 함께 기뻐함, 모든 것을 참음, 모든 것을 바람, 모든 것을 견딤 등 여러 모습의 사랑을 묘사했다. 3절에는 "내가 내게 있는 모든 것으로 구제하고 또 내 몸을 불사르게 내줄지라도 사랑이 없으면 내게 아무 유익이 없느니라"라고 말한다. 이는 사랑은 우리의 노력과 희생과는 무관한 실존이자 그 자체가 본질임을 말한다.

사람들은 장님 코끼리 만지기 일화처럼 사랑의 본질을 전체로 알려고 하지 않는다. 부분적으로 안 것을 전부인 듯 이야기한다. 쪼개어 분리하는 순간 더 알 수 없게 된다. 불완전한 지식으로 사랑을 이래저래 판단하고 정의 내리는 오만은 버려야 한다. 그리고 고린도 13장의 사랑의 묘사 중 인간이 노력으로 온전히 할 수 있는 부분은 단 하나도 없다.

불교에서는 앞에서 언급한 '육바라밀'과 같은 가르침이 있다. 육바라밀은 생사의 고해를 넘어 열반에 이르기 위해 실천해야 할 여섯 가지 덕목을 말한다. 조건 없이 기꺼이 주는 보시布施, 계율을 지켜 악행을 막으면서 선을 실천하는 지계持戒, 모욕과 번뇌를 참는 인욕忍辱, 꾸준히 부지런하게 수행하는 정진精進, 고요한 정신 상태와 성불하기 위해 마음을 닦는 선정禪定, 모든 사물이나 이치를 밝게 꿰뚫어 보는 지혜인 반야般若 등이다.

육바라밀에서 보시를 가장 먼저 둔 이유는 바로 '사랑'의 실천 때문이다. '조건 없이 기꺼이 내주는' 것은 사랑이 없으면 할 수 없다. 보리살타의 준말이자 깨달음을 구해서 수도하는 중생, 혹은 지혜를 가진 자라는 뜻의 '보살'이 나머지 다섯 가지의 수행법을 터득하더라도 보시의 사랑을 하지 않으면 말짱 도루묵인 셈이다. 육바라밀도 하나의 절대적인 사랑이 여러 모습으로 드러나는 것을 묘사하였다. 이 육바라밀 또한 인간이 노력만으로 온전히 할 수 있는 부분은 단 하나도 없다.

도교의 '무위無爲'도 마찬가지다. 도교에서의 무위란 아무것도 하지 않음을 의미하는 게 아니다. 인간의 '위爲'는 사람이 조작하는 도의 흐름에 배치되는 사특한 행위이고, 위선적이며 독선적인 행위다. 전체를 파악하지 못하는 부분적인 행위이니 차라리 온전한 자연의 무위에 맡기라고 한다. 이 또한 인간이 온전히 할 수 있는 게 하나도 없다는 뜻이다.

유교에서의 '살신성인殺身成仁'은 공자의 가르침을 기록한 《논어》의 위령공편에 나오는 사자성어다. 나의 죽음으로 인을 이룬다는 뜻인데, 공자가 말한 인은 다른 이에 대한 사비와 인간애 등으로 해석한다. 살신성인은 현재의 내 의지와 능력으로 안 되기 때문에 죽음으로 인을 이룬다는 뜻이다. 역시 인간이 완전하지 못하다는 것을 말한다.

인간의 능력은 미미하기 짝이 없다. 그러나 사랑의 능력은 쉽게 가늠할 수 없으며 그만큼 무한하고 절대적이다. 종교와 신에 대한 논쟁은 아직도 시끌벅적하여 말하기 조심스럽지만, 눈에 보이지 않는 사랑이 실재가 있는 본질이라는 것에 대해서는 이견이 없다.

인간이 온전하게 하나도 하지 못한다는 말은, 인간의 에고 측면을 이야기한 것이다. 거짓 자아인 에고의 노력만으로는 불가능한 것이다. 에고는 온전한 전체를 모른다. 부분적으로만 이해하고 흉내 낼 뿐이다. 인간은 내면에 '참 나'가 있다. '참 나'는 전체를 비추는 거울과 같다. 그리고 사랑을 온전히 비춘다.

온전히 사랑을 비추는 거울인 '참 나'로부터 사랑은 구속받지 않고 물처럼 흐른다. 밖으로 흘러나가 주위 사람들과 세상으로 이어진다. 내가 본질을 제대로 인식할 수 있었던 만큼 다른 사람도 사랑의 본질을 깨달을 수 있게 된다. 이 깨달음이 모여 하나와 하나가 결합하고, 사랑과 사랑이 이어져 사랑의 삶을 누릴 수 있는 거대한 집이 만들어진다. 이 지구가 더는 병들지 않고 건강한 생태계이자 삶의 터전이 된다. 이 사랑은 눈에 보이는 세계나 보이지 않는 세계나 모든 것의 중심이다. 그 사랑이 나의 태생 이전에 존재했으며, 나의 안에도 있다.

사랑의 실재는 개념이나 논리로 설명하기 이전에 이미 완전하게 존재한다. 인간을 비롯한 모든 생명체는 처음과 마지막이라는 유효성을 가지고 있지만, 사랑은 영원하고 절대적이다. 눈에 보이지 않는다고 해서 믿지 않는다면 산소로 숨을 쉰다는 것도 못 믿을 일이지 않은가. 사랑은 그 자체로 표현된다. 사랑의 구체적인 형태는 한마디로 정의 내리지 못할 만큼 다양한 생生의 모습으로 나타난다. 진리는 내가 알고자 애쓰지 않아도 스스로 모습을 드러낸다. 사랑도 마찬가지다.

사랑이 머무는 집이 된다는 것

사랑은 내가 가진 것이 무엇인지, 또 무엇을 가지려고 애를 써야 하는지가 중요하지 않다는 것을 깨닫게 한다. 오히려 내 본질을 일깨워준 사랑으로, 또 그 사랑을 깨달은 고마움으로 영원의 삶을 꿈꾸게 한다.

아주 어릴 적이었다. 주말 아침이면 보던 텔레비전 드라마가 있었다. 제목이 〈초원의 집〉이었던 그 드라마는 1870년대의 미국 서부가 배경이었다. 드라마의 시작을 알리는 장면이 시작되면 턱을 괴고 엎드렸다. 들판에 서 있는 나무가 등장하고, 웃음 가득한 가족들이 짐 마차를 타고 언덕에서 내려오는 드라마의 시작은 평온한 주말 아침 그 자체였다.

나중에 알고 보니 이 드라마는 19세기 말의 미국 근대사를 한 가족과 주변 인물, 마을 등을 통해 다룬 소설이 원작이었다. 어린 나이에 TV에 비친 드라마의 모습에서 그런 의미를 알 리가 없었다. 그저 화목한 가족과 낯선 미국의 서부 개척 시대를 꿈꾸듯 바라봤을 뿐이다. 서부 영화에서 흔히 볼 수 있는 목조 가옥에서 가족들이 온갖 일을 겪으며 지내는 일상이 부러웠다. 서부 개척 시대의 캔자스주 작은 마을에 있는 작은 집은 사랑이 가득한 공간이었다.

〈초원의 집〉을 떠올리니 가수 남진의 노래도 생각난다. "저 푸른 초원 위에 그림 같은 집을 짓고 사랑하는 우리 님과 한 백 년 살고 싶어"라고 부르는 '님과 함께'라는 노래도 왠지 캔자스 초원의 이 작은 집을 떠올리게 한다. 이 노래 가사를 곱씹어보면, 초원 위에 그림 같은 집이 궁전이나 별장 같은 것을 뜻하지는 않는 듯하다. 푸른 초원과 맑은 하늘에 어울리는 그림이라면 아무래도 소박하고 정겨운 것이면 충분하지 않을까. 또 아무것도 필요 없다. 오로지 사랑하는 이와 함께 있으면 된다. 초원 위에 그림 같은 집은 사랑으로 짓고, 사랑으로 채워진 공간이다.

내 안에 사랑이 넘쳐흐르는 집을 지으니 어릴 적 꿈만 같았던 초원의 집이 생긴 셈이다. 이 집은 드넓은 초원과 푸르디푸른 맑은 하늘을 품고 있어서 누구든 내 안에서 편안히 쉴 수 있다. 내가 바로 초원의 집, 사랑을 담는 집이다.

집이라는 공간은 둥지로도 표현을 많이 하는데, 새의 둥지나 토끼굴과는 달리 삶의 터전이라 하는 게 정확할 듯하다. 실은 집이 담고 있는 의미는 많다. 거친 광야를 떠돌아도 돌아갈 집이 있다면, 그 집으로 돌아갈 수 있다면 아무리 힘들어도 버틸 수 있다. 그러나 요즘 집은 욕망의 바벨탑처럼 치솟는 고층 아파트로 상징된다. 끝이 없는 욕망, 부의 상징, 재테크의 수단으로 비치는 집에서 사랑의 온기를 느끼기가 어려울 수밖에 없다. 아니, 실제로 따뜻한 온기나 청량한 바람이 머물고 오가는 건물 공간의 기능마저도 욕망 때문에 상실되고 만다.

어느 한 지자체의 신청사는 겉보기에는 화려하고 웅장하다. 건물의 전면은 온통 유리로 치장되었다. 그런데 겨울에는 춥고 여름에는 햇볕을 고스란히 받아 건물로서 기능을 제대로 하지 못한다고 언론과 시민들로부터 비난받았다. 그곳에서 일하는 공무원들도 최악의 작업 환경이라고 토로했다고 한다. 어떤 해변의 어느 고층 아파트도 비슷하게 지어졌는데, 여름에는 온종일 에어컨을 켜도 덥다고 난리라는 기사도 나왔다.

신청사나 그 해변의 아파트나 흉물스럽기는 마찬가지다. 건물과 집의 본질을 잊은 채 욕망에만 치우쳐 만든 흉물이다. 실제로 흉물과 다름없다는 소리를 듣는다고 한다. 사람이 머무는 공간인데, 그 공간에서는 사람이 평온하게 머물지 못한다. 나조차도 제대로 머물지 못하는데 다른 이들을 반갑게 맞이할 수 있을까?

우리 안에 있는 내면, 혹은 자아도 사랑으로 채워졌는지 살펴봐야 한다. 욕망이 지배하고 있는지, 그래서 '참 나'의 사랑보다 찰나의 만족과 쾌락으로 채워진 욕구인지 구분할 줄 알아야 한다. 집을 지어야 하는데, 오물로 가득 찬 돼지우리를 지어놓고서는 집이라 우기는 사람도 있다. 겉으로는 점잖고 마치 도덕적인 인물로 보이지만, 대중의 눈에 뜨이지 않는 곳에서 추악한 탐욕의 화신으로 구는 사람이 한둘이 아니잖은가.

내 집을 손수 시을 때, 누가 뭐라 하든 내가 짓고 싶은 대로 짓는다. 가끔 TV에서 자기 혼자 집을 짓는 사람을 보여주는데, 다들 제각각이다. 심지어 10여 년에 걸쳐 집을 짓기도 한다. 그런데 짓는 중인 집을 보니 오랫동안 지을 정도로 웅장하고 화려한 저택은 아니다. 소박하고 정겹다고나 할까? 만약 건축사무소가 공사를 맡았다면 몇 달 안에 지었을 테다. 그저 혼자서 모든 작업을 해야 하니 시간이 오래 걸렸을 뿐이다. 하지만 소박하게 지으면서 자신의 집을 완성한다. 그 어디에서도 볼 수 없는 자기만의 집이다. 좋은 값을 받아 팔려고 지은 게 아니라서 자신이 온전히 지낼 수 있는 보금자리로 지었다.

사랑의 집은 소박해도 좋다. 아니 어쩌면 소박한 집이어야 한다. 욕망이 지배하는 '구조물'이 아니라 사랑을 온전히 느끼고 체험할 수 있는 집이면 된다. 그 집에서 새어 나오는 전등 빛은 한겨울 동네 어귀에서 발을 동동 구르다가 발견한 불빛이다. 그저 보는 것만으로도 따뜻함이 느껴지는 불빛은 왠지 온기로 느껴져 지친 나그네도 받아줄 듯한 기분마저 든다. 그리고 나도 저 따뜻한 불빛을 밝힐 수 있는 집을 가지고 싶다는 생각이 든다.

사랑의 '참 나'가 머무르는 사랑의 집도 실체가 보이지 않는다. 그러나 나도 타인도 그 집의 존재를 안다. 저 사람에게는 인품이 느껴진다고 말할 때가 있다. 이것도 알고 보면 실체가 보이지 않는 존재를 느끼고 하는 말이다. 또 그 인품에 감동하고 닮고 싶다는 생각이 들면서 변화의 노력을 시도한다. 나도 저 사람을 닮겠다는 것, 즉 나도 사랑의 집을 짓겠다는 뜻이다.

내가 지은 사랑의 집에서 새어 나가는 불빛은 다른 사람이 자신의 사랑을 찾고 사랑의 집을 짓게 하는 등불이 된다. 굳이 그 집을 지으라고 말하지 않아도 스스로 자신 안에서 등불을 찾아 자신만의 이름을 짓고 사랑의 집을 완성한다. 아마도 나의 마음속에 사랑의 집을 짓고, 나의 영혼이 사랑을 담는 집을 닮으려는 것은 누군가 지은 사랑의 집에서 새어 나오는 등불을 보았기 때문일 것이다.

14 나에게서 사랑이 흘러나가다

"나의 신은 사랑이라고 불린다."

마더 테레사는 2016년 9월에 세인트, 즉 성인聖人으로 추대됐다. 성인품에 올랐기 때문에 이제는 세인트 테레사라고 부르는 게 맞다. 하지만 아직도 많은 사람이 '마더' 테레사라고 부른다.

테레사 수녀는 '빈자의 어머니'라고 불렸다. 닿을 수 없는 성인의 위치보다 어머니의 넉넉한 사랑을 보여줬기 때문에 세인트보다 마더가 더 와 닿는다. 생전에 기도하는 것을 강조한 테레사 수녀는 천주교 수녀로만 기도하지 않았다. 종교와 인종을 초월하고 이 땅에서 가장 낮은 곳에서 사랑의 기도를 올렸다. 그 기도는 사랑의 메시지와 힘을 담아 실천으로 이어졌다.

평생을 가난의 굴레에서 벗어나지 못한 채 고통받는 이들이 있다. 테레사 수녀는 빈민가에서 속절없이 죽어가는 사람들과 버려진 아이들, 돌봄을 받지 못하는 노인들을 바라봤다. 그 시선은 사랑의 눈이었을 테다. 신의 종복으로 해야 하는 의무라기보다 모든 것을 초월하는 사랑을 품고, 또 베풀었다.

테레사 수녀는 기도하는 것도 자신과 타인, 그리고 세상을 향한 사랑의 시작이라고 했다. 그 사랑은 이 세상 밑바닥인 빈민가에 사랑의 집을 만들었다. 그 집에는 환희와 평화가 오갔다. 의무와 봉사로만 빈민가를 바라본 게 아니었다. 테레사 수녀 자신도 넘쳐서 흐르는 사랑을 보며 환희와 평화를 느꼈을 것이다. 그리고 그 환희와 평화는 사랑을 받은 모두에게 느껴진다.

봉사나 기부 활동과 같은 선행은 사랑의 행위다. 그런데 이 사랑의 행위를 단지 의무감으로만 볼 수 없다. 자원봉사자의 인터뷰를 볼 때, 봉사와 기부가 타인에게 도움이 돼서 '기쁘다'라고 하거나 내가 더 많은 것을 '배운다'라는 표현이 종종 나온다. 이 표현은 분명히 나의 만족감을 드러내는 것이다. 그래서 봉사는 자기만족을 위해 한다고 말하는 사람도 있다.

봉사나 기부의 선행이 나의 만족감뿐 아니라 심지어 육체적으로도 보상을 받는다고 한다. 하버드대학의 심리학 연구진은 학생 132명을 두 그룹으로 나누어 실험했다. 한쪽은 테레사 수녀가 봉사하는 장면을 보여줬고, 다른 쪽은 일반 영상을 시청하게 했다. 시청이 끝난 뒤에는 두 그룹의 면역항체 수치를 측정했다. 테레사 수녀의 영상을 본 학생들은 면역항체 수치가 상승해서 1시간 이상 유지됐다고 한다. 다른 그룹은 아무런 변화가 없었다. 그저 선행의 영상을 본 것만으로도 면역력이 올라갔는데, 이런 현상을 '테레사 효과'라고 한다.

정신과 몸이 반응하는 봉사와 기부는 의무가 아니라 사랑의 환희와 평화다. 우리가 환희를 느끼고 평화의 기운을 감지할 때, 몸은 가장 활발한 생의 기운을 약동하는 것으로 반응한다. 빌 게이츠와 같은 부호들이 글로벌 리더로서의 의무감으로 봉사와 기부를 한다고 하지만, 그게 전부는 아닐 테다. 그들 또한 사랑의 환희와 평화를 느꼈고, 또 나누고 함께하고 싶은 바람이 더 크지 않을까. 아니 '참 나'의 사랑은 최고로 감사하는 삶을 사는 것 아닌가.

사랑은 스스로 흐른다

사랑의 본질에 눈뜨고 난 뒤, 기독교와 불교 등의 교리를 살펴보니 사랑이라는 공통분모를 찾을 수 있었다. 기독교의 성화나 불교의 열반은 이기적인 구원을 뜻하지 않는다. 지금 교회나 절에 가면 "우리 아이 좋은 대학 가게 해주세요", "우리 남편 승진하게 도와주세요", "돈 많이 벌게 해주세요" 등 개인과 가족의 구원이나 기복을 담은 기도 소리가 많이 들린다. 우리 사회의 종교는 기복신앙과 밀접하다. 그렇지만 이 종교들의 기본 교리는 이기적인 구원을 뜻하지 않는다.

성화와 열반은 개인의 구원만큼이나 이웃의 구원과 행복, 함께 사는 공동체를 사랑의 눈으로 바라보게 한다. 우리가 사는 이 사회도 사랑이 있어야 평화롭고 안전하다. 사랑이 없으면, 공동체가 위기를 맞는다. 그러나 위기에도 사랑보다 나의 생존만을 따지며 야만적인 투쟁을 멈추지 않는 게 인간이기도 하다.

사랑의 집이 필요한 것은 나만의 안식처뿐 아니라 모두의 안식처가 필요하기 때문이다. 주변 사람들이 힘들고 지칠 때마다 평온하게 지낼 수 있는 사랑의 집, 사랑으로 채운 집을 만들어야 한다. 형태를 갖춘 집이 아니지만, 곁에 있는 것만으로도 아늑한 사람이 있지 않은가. 그뿐만 아니다. 자기에게 이득이라곤 하나도 없는데 곤경에 빠진 타인을 구하는 행위는 사랑 말고는 설명할 수 없다.

타인을 위한 마음, 즉 이타심은 생존 투쟁에 익숙한 인간의 미스터리라 할 수 있다. 리처드 도킨스Clinton Richard Dawkins는 자신의 저서《이기적 유전자》에서 이타심의 배경은 나의 생존을 위한 것이라고 했다. '이기적 유전자가 조종하는 생존 기계'에 불과한 인간이기 때문에 이타심도 따지고 보면 종족 번성을 위한 이기심이 본질이라고 했다.

리처드 도킨스는 우리 사회의 관용과 배려도 미덕으로만 볼 수 없다고 한다. 개인의 이익 추구를 위해 위장된 이기심이라고 주장했다. 자신의 희생조차도 종족을 번식시키려는 유전자의 작동이라는 것이다. 그런데 지하철에 떨어진 사람을 구하려고 주저하지 않고 뛰어들었다가 안타깝게 죽었던 청년은? 그 청년도 그저 이기적인 유전자의 명령에 따른 것일까? 세월호 참사 때 어떻게든 학생들을 구하려다 자신은 돌아오지 못한 승무원도 이기적 유전자의 조종을 받는 '생존 기계'일까?

설령 리처드 도킨스의 주장을 그대로 받아들인다고 해도 이타심, 혹은 타인을 사랑하는 마음은 필요하다. 그 역시도 이기적인 인간의 본성 때문이라도 아량과 이타심을 교육해야 한다고 했다. 나와 우리가 살아가기 위해서는 사랑이 필요하다는 것을 인정한 것이다.

타인을 위한 사랑, 혹은 관용과 배려는 이런 교육을 통해 배양한 도덕적인 의지만으로는 이루어지지 않는다. 그게 가능하다면, 리처드 도킨스의 말처럼 도덕교육만으로도 우리 사회는 이타심이 넘치는 곳이 되었을 것이다. 하지만 현실은 어떤가. 아니지 않은가. 그래서 사랑은 의지 말고도 공감이 필요하다고 이야기한다. 뇌과학에서는 이런 주장을 내놓았다.

우리 뇌에는 '거울 신경세포 체제mirror neuron system'가 형성되어 있어 불행을 겪은 타인을 봤을 때, 드라마나 영화에서 슬픈 장면이 나올 때, 거울처럼 내 안에서 공감이 작동한다는 것이다. 뇌 신경 활동의 자연스럽고 기계적인 작동이 있다면, 우리 사회는 이미 공감이 넘쳐나는 사회이어야 한다. 하지만 이 또한 현실은 기대를 배반한다.

이타적인 사랑의 삶을 산다는 것은, '이기적인 유전자의 조작'을 따르는 것이 아니다. 도덕적인 의지로 하는 것도 아니다. 종종 켜졌다가 꺼지는 뇌 신경 체제에서 유래한 것도 아니다. 사랑의 삶은 절대적인 사랑 안에 자신의 존재가 있는 삶이다. 사랑 안에 내가 있어 나는 사랑으로 가득 찬다. 나에게 넘친 사랑이 스스로 남에게 흐른다. 이때의 희열은 차마 표현할 수 없을 정도로 황홀하다. 받는 사랑은 사랑이 아니라는 말이 나올 정도다.

베트남 출신의 승려이자 영적 스승으로 잘 알려진 틱낫한Thich Nhat Hanh

은 진실한 사랑을 '자애, 연민, 기쁨, 평온'이라는 네 가지 요소로 구성됐다고 했다. 사랑이 나에게서 흘러 타인을 우정과 같은 사랑으로 바라보는 자애, 고통을 공감하는 연민, 사랑을 주는 기쁨, 함께 하는 평온의 모습으로 나타난다는 뜻이다. 내가 할 일은 사랑이 흐르게 놔두는 것, 방해하지 않는 것뿐이다.

사랑이 흐르게 놔두는 것, 방해하지 않는다는 것은 자신을 바닥까지 낮추는 겸허한 삶의 태도를 갖추는 것이다. 자세를 낮춘다고 해서 비굴한 게 아니다. 테니스를 배울 때 가장 많이 듣는 이야기가 자세를 낮추라는 것이다. 자세를 낮춰야 안정된 자세로 수비와 스윙을 잘할 수 있다고 한다. 이렇게 자세를 낮췄다고 해서 비굴하게 보인다고 지적하는 사람은 없다.

사랑이 내 몸 안에 흐르고, 그 흐름이 세상에 자연스럽게 흘러갈 수 있도록 자세를 낮추면 넉넉하게 세상을 품을 수 있다. 높이 있으면 멀리 볼 수 있고, 낮은 자세라면 대지를 품는 법이다. 눈은 드높은 사랑을 바라보며, 자세는 낮추어 겸허한 삶을 살 때 《성경》의 〈고린도전서〉 13장이나 불교의 육바라밀, 유교의 인의예지와 같은 사랑은 저절로 발현된다. 이때에만 진짜 '이타적'인 사랑이 완성된다.

서로의 사랑이 한곳에서 만나다

사람은 누구라 할 것 없이 모두가 소중하고 신성하다. 모두가 자신의 '참 나'에서 사랑을 표현하고 있다. 그 사랑은 절대적이고, 또 하나다. 그러나 이 세상은 힘의 논리로 약자를 짓밟는다. 분명 모두가 소중하다고 배웠건만, 자신이 자신의 본질을 볼 줄 모르는 사람들이 태반이니 현실은 그 배움의 가치를 쉽게 배반한다.

모두의 영혼에 영원한 사랑을 담은 '참 자아'가 있으며, 그리고 그 존재들 모두가 목적을 가진 삶을 산다. 그 목적은 하찮은 게 없다. 소박하거나 웅장하다는 차이일 뿐이다. 마치 한 몸에서 손가락과 발가락, 눈과 귀의 차이와 같다. 그 차이를 가지고 각자의 목적의 가치를 잴 수 없다. 크고 작은 목적은 모두가 가치 있다. 각자가 가진 목적 덕분에 내가 살아가기 때문이다. 나를 움직이는 것은 삶의 목적이었던 게다.

삶의 목적이 물질적인 것에 그친다면, 삶의 동력은 오래가지 못한다. 아예 삶의 터전을 스스로 망치기도 한다. 물질적 욕망의 무한 증식은 지구를 황폐화하고 있지 않은가. 지구의 자연이 우리에게 줄 수 있는 것은 거의 바닥을 드러내는 듯하다. 뒤늦게야 자연과의 공존을 말하고 공생을 부르짖지만, 코로나19 팬데믹이나 기후변화 등을 보면 어두운 그림자가 짙게 드리운 것 같다.

끝 모를 욕망으로 치닫던 인간은 '참 나'가 이야기하는 사랑의 목소리를 듣지 못한다. 욕망보다 나를 움직이는 사랑이라는 존재의 본질이 있다는 것을 미처 알지 못하고 파멸의 길로 들어선다. 사랑의 본질과 존재를 깨달으면, 내가 지어야 할 사랑의 집 설계도와 내가 갈 길의 지도가 보인다. 이 설계도와 지도는 모두에게 존재한다. 다만 찾지 못하고 있을 뿐. 그러나 인생에서 언젠가는 찾는 날이 온다.

사랑의 집을 짓는 설계도를 보면, 사랑의 통로가 보인다. 사랑이 흐르는 통로는 흥미롭게도 비슷한 의미의 구조물이 우리 전통 가옥에도 존재한다. 옛 가옥을 보면, 사랑채 뒤에 새신랑 방과 며느리 방이 나누어져 있다고 한다. 그런데 이 두 방을 잇는 좁은 통로가 있다. 담으로 가려져 밖에서는 볼 수 없다. 이제 사랑의 연을 맺은 부부는 그 비밀스러운 통로를 통해 한곳에서 만난다. 그리웠던 서로를 만나 사랑을 나누며 기쁨과 평안을 누린다. 이렇듯 사랑의 통로는 단절이나 갈등 대신 둘이 하나가 되는 희열과 함께하는 평화가 흐른다.

사랑은 에너지이자 파동으로 많이 표현된다. 사랑은 상대의 반응을 일으킨다. 내가 환희와 평화를 느낀 사랑을 알게 되면, 저절로 주위에서도 그 파동을 감지한다. 그 파동은 소멸하지 않는다. 영화 〈인터스텔라〉는 다중세계, 초끈이론, 양자역학 등 물리학의 상식을 하나도 모르는 사람마저 극장을 찾게 하고 흥행에 성공했다. 대체 그 이유가 뭘까?

이 영화는 시공간을 초월한 아버지와 딸의 사랑을 보여준다. 영화 속 세계는 복잡하다. 가까운 미래에 주인공 쿠퍼는 가족과 함께 옥수수 농사를 하며 소박하게 살아간다. 그런데 지구는 이미 황폐해질 대로 황폐해져 인류는 새로운 터전을 찾아야만 한다. 우주비행사이자 엔지니어였던 쿠퍼는 인류가 살 수 있는 행성 찾기에 뽑혀 우주로 향한다. 블랙홀에 빠졌다가 탈출하는 동안 걸린 시간은 지구의 시간 기준으로 수십 년이었다. 쿠퍼는 아직 젊은데, 그의 딸은 백발의 할머니가 된 것이다.

이 영화에는 아직도 사람들의 입에 유행어처럼 오르내리는 명대사가 나온다. 인류의 새로운 행성 찾기 계획을 세운 브랜드 교수가 우주로 떠나야 하는 쿠퍼에게 시 한 편을 들려준다. 딜런 토머스^{Dylan Thomas}의 〈순순히 어둠을 받아들이지 마라〉라는 시에 나오는 구절이다. '순순히 어두운 밤을 받아들이지 마라'라고 시작하는 시는 '빛이 꺼져감에 분노하고 또 분노하라'라고 이어진다. 이 시를 들은 쿠퍼는 그 유명한 대사로 화답한다.

"우리는 답을 찾을 겁니다. 늘 그래왔듯이."

〈인터스텔라〉 영화 포스터의 카피, '우린 답을 찾을 것이다, 늘 그랬듯이'로도 유명한 이 대사는 시공간을 초월한 인간 의지를 뜻한다. 그 의지가 찾은 것은 우주의 물리적 법칙이나 행성계의 비밀이 아니다. 그 복잡계를 초월하는 것은 사랑이었다.

쿠퍼는 다시 돌아갈 수 없을 듯 보였던 가족을 사랑의 파동이 차원을 가냘프게 잇는 통로로 다시 만난다. 그 사랑의 통로를 통해 아버지와 딸의 사랑이 만난다. 극적인 사랑의 연결은 고동치는 듯한 환희, 갈등과 위기에서 벗어난 고요한 평화를 안겨 준다. 그리고 인류는 멸망을 벗어날 새로운 희망을 얻는다.

상상으로 풀어낸 영화이지만, 이 영화는 사랑의 흐름은 막히지 않는다는 것을 일깨워준다. 사랑은 흐른다. 또 흘러야지만 마치 눈덩이가 구르듯 더 커질 수 있다. 가느다란 시냇물이 여기저기서 흘러와 큰 강물을 만들듯 사랑도 마찬가지다. 각자가 환희와 평화를 느낀 사랑은 누가 의도하지 않아도 저절로 한곳에 모여 커다란 사랑의 강을 만든다.

사랑의 본질을 찾는 것은 나와 나 사이의 통로를 찾는 것이다. 즉 나의 사회적인 자아인 에고와 진짜 나인 '참 나' 사이에 사랑의 통로를 찾는 일이다. 그 통로에서 사랑은 굳이 알리지 않아도 시냇물처럼 주위로 퍼져 나간다. 내 안의 통로가 밖으로 뻗는 셈이다. 그 통로가 나와 세계를 연결한다. 사랑은 그 통로를 통해 세계로 강물처럼 흐른다. 나와 내가 만나고, 나와 세계가 만나는 그곳에서 볼 수 있는 것은 큰 사랑의 강이다. 나의 존재마저도, 당신의 존재마저도 녹아 흘러내린 사랑의 강이다. 그곳이 영원한 생명의 강이다.

15 영원한 삶에 이르는 길, 사랑의 3-way

인간은 아무리 애를 써도 죽음은 피하지 못한다. 더 나은 삶을 위해 노력하고 희망을 품는 것이라면, 그 조리에 맞게 모든 일을 완벽하게 수행하거나 영원성을 획득해야 한다. 하지만 육체의 죽음이라는 피할 수 없는 결과를 맞이하기에 '부조리'한 존재라고 했다. 어차피 찾아올 죽음은 피하고 싶다고 해서 벗어날 수 있는 게 아니다. 모든 인간은 죽는다는 사실은 고대 때부터 모두가 알고 있었다. 그런데도 인류는 영생의 꿈을 포기하지 않았다.

서양의 연금술은 굴러다니는 돌덩이나 금속을 가지고 금과 은을 만드는 기술로 알려졌다. 그러나 연금술은 고대 이집트와 기원전 바빌로니아 등 아주 오래전부터 영생의 희망을 구현하기 위한 것이었다. 연금술사들은 영원히 죽지 않고 영생을 누릴 수 있는 영약을 만드는 게 최종 목적이었다. 이른바 '현자의 돌'로 알려진 돌을 찾아내면, 영생이 가능하다는 것이다.

연금술과 비슷한 개념이 동양에도 있었다. 영원불멸은 진시황의 오랜 바람이었다. 이제 막 제국을 일으켜 세우고, 천하통일을 이룬 그가 마지막으로 바란 것은 영원한 삶이었다. 진시황은 불로장생을 꿈꾸며 불로초를 구하려고 부하들을 곳곳에 보낸다. 우리나라 민담에도 이와 관련한 이야기가 있다. 거제도의 해금강에 진시황이 보낸 서불이 어린 남자아이와 여자아이 3천 명과 함께 불로초를 찾으러 왔다고 한다.

영생을 향한 바람은 어처구니없는 비극도 낳았다. 어딜 가도 불로초를 구할 수 없었던 진시황이 제국을 살펴보겠다고 순행을 떠났다가 객사하고 만다. 그의 갑작스러운 죽음은 수은 중독 때문이라는 설이 있다. 당시에는 수은이 불사의 약재로 쓰였다는 것이다. 지금 생각하면 말도 안 되는 것이지만, 이렇게 영생의 욕망은 집요하고 오래되었다. 그러나 아무도 이루지 못했다.

요즘에 영생을 이야기하면, 사이비 종교로 의심받을 수 있다. 그러나 나는 진시황의 부질없는 욕망의 영생을 말하자는 게 아니다. 육체의 영원불멸은 강력한 권력을 쥐고 있던 진시황마저 이룰 수 없는 헛된 꿈이었다. 그런데도 인간은 그 이후에도 영원한 생을 꿈꿨다. 인간은 왜 영원한 생을 고대했을까? 사실 인간은 영생이 가능하다고 믿었던 것일까? 육체의 불멸이 과연 행복한 것일까? 불멸의 지루한 시간은 어떻게 견딜까? 앞서 이야기한 영화 〈하이랜더〉에 나오는 불멸의 전사처럼 이제 영생은 사전적 정의로서의 영원보다 현재의 삶을 되돌아보게 한다.

영생을 구한다는 것은 육체의 불멸을 뜻하지 않는다. 영생은 유통기간이 분명한 육체를 가진 인간의 새로운 삶을 말한다. 바로 현재의 삶에서 새로운 인생을 사는 것이다. 영적으로 이야기한다면, 절대적인 영원한 사랑 안에 나의 영혼이 함께하는 것이다. 사랑과 영혼은 원래 시공간을 초월한다. 애벌레가 허물을 벗고 나비가 되듯, 영원한 사랑 안에 지금 다시 태어날 수 있다. 그리고 영원의 시간일지라도 전혀 지루하지 않다. 늘 새로운 삶이 영원히 현재진행형이니까.

'사랑의 3-way'란 무엇인가

늘 새로운 삶을 영원히 현재진행형으로 살 수 있다고 했다. 사실 이 책을 쓴 이유가 바로 이 말을 하고 싶었기 때문이다. 다시 태어난 듯 새로운 삶을 살 수 있는 깨달음을 나누고, 또 모두가 사랑의 삶으로 업그레이드가 되기를 바랐다.

사랑의 삶을 살기 위해서는 세 단계의 원리를 알아야 한다. 나는 이 원리를 '사랑의 3-way', 또는 '사랑의 삼도三道'라고 이름 붙였다. 우리가 사랑을 깨닫고 그 사랑의 삶을 살기 위해 가야 할 길이다. 이 원리를 깨닫는 것은 각자의 의식수준에 따라 다르다. 그 수준이 달라서 될 수 있으면 모두가 이해할 수 있도록 이야기했다. 그러나 '사랑의 3-way'는 모두가 쉽게 깨달을 수 있고 똑같이 적용할 수 있다.

사랑의 3-way는 3단계에 걸쳐 이루어지는 원리이다.

1단계는 내면의 '참 나'를 인식하는 단계이다. 자신을 아는 단계로 사랑을 통해 자신의 존재를 밝히는 과정이다. 자신 속의 '참 나'를 인식하고, 그 '참 나'에 이름을 붙인다. 이름을 붙이면, 자신의 본질이 무엇인지 좀 더 선명하게 인지할 수 있고, 또 언제든지 상기할 수 있다. 어두운 에고의 틈 사이에서 새어 나오는 '참 나'의 빛을 찾는 작업이다. 인생에서 가장 큰 용기를 내어 사랑의 '참 나'를 선택하고 수용하는 단계이다.

2단계는 인식한 '참 나'를 현실에 발현하는 단계이다. 사랑의 눈으로 나와 주위를 바라보는 단계이다. 비전 보드를 만들고, 나의 장단점을 분석하고, 퍼스널 브랜딩 등의 과정을 통해 사랑의 통찰력으로 내가 인식한 '참 나'를 세상에 표현한다. 이때 나의 인생이 마치 날개를 단 것처럼 업그레이드된다. 날개를 단다는 것은 속박과 굴레에서 벗어나 자유로운 인생의 주인이 된다는 뜻이다. 마치 왕처럼 자신의 인생을 살아간다. 군림하는 권력자로서의 절대적인 왕이 아니다. 자신의 세계를 스스로 창조하는 '창조자'로서의 왕, 또 그 세계를 사랑으로 경영하려는 '경영자'로서의 왕을 의미한다.

스티브 잡스Steve Jobs는 스탠퍼드대학교의 졸업식에서 "가장 중요한 것은 마음과 직관을 따르는 용기다. 마음과 직관은 당신이 진실로 원하는 것을 이미 알고 있다"라고 했다. 마음을 움직이고 직관을 주는 것은 사랑이며, 내가 진실로 원하는 것은, 그 사랑을 세상에 표현하는 것이다. 그리고 실제로 그렇게 해보겠다는 용기를 내는 것이 중요하다는 것을 이야기한 것이다. 물질적인 성공 공식만이 존재하는 듯한 현대 사회에서도, 가장 성공한 사람이었던 스티브 잡스가 이렇게 이야기한 것은 우연이 아니다.

3단계는 사랑의 본질을 깨닫는 단계이다. 사랑이 무엇인지 느끼고 그 위대함과 절대성을 인식하는 단계이다. 지금까지 나의 인생을 밀어주고 이끌어온 존재가 사실은 사랑이었다는 것을 아는 단계이다. 그 사랑과 영원히 함께하고자 스스로 사랑 안에 녹아 흐르기를 원하는 단계이다. 자신이 그 사랑이 머무는 집과 흐르는 통로가 되겠다고 하며, 빛과 같은 사랑이 넘쳐흐를 때의 희열로 사는 단계이다. 영원한 사랑 안에 머물고, 그 사랑에 온전히 휩싸인 존재가 되기를 원하는 단계이다. 물론 이 집과 통로는 물리적인 형태의 건축물이 아니다. 마음과 영혼의 공간이기에 공간의 제약이 없다. 아니 시공간을 초월한다는 표현이 옳을 것이다. 나와 다른 사람들 아니 온 세계와 위대한 사랑 자체도 아우를 수 있을 만큼 크고 넓다.

1단계와 2단계를 거치면서 나의 의식에 사랑은 더욱더 차오르지만 그래도 중심은 나라고 할 수 있다. 그러나 3단계는 사랑이 나의 삶의 최고 우선순위가 되는 것으로, 사랑 자체가 중심이 되는 것이다.

이 세 가지 단계는 순차적으로 이루어지는 것처럼 보이지만, 사실은 순차적이지 않다. 거의 동시에 이루어진다. 시공간에 제한을 받는 나의 '에고'의 입장에서 봤을 때는 순차적이지만, 시공간을 초월하는 사랑의 입장, '참 나'의 입장에서는 동시적이기 때문이다. 사랑은 한 사람의 마음속 세 가지 우주, 이 세 가지 의식의 장®에 크기만 차이 날 뿐 동시에 존재하는 것이다. 사랑은 이렇게 시공간을 초월하여 세 가지 의식의 장을 꿰뚫는 화살이

자 통로이다.

또 이 세 가지 단계를 의식의 수준을 나타내는 키워드로 정리할 수 있다. 먼저 첫 번째 단계의 의식 수준의 키워드는 '용기와 수용'이다. 가장 기본이자 사랑을 찾기 위한 출발이다. 용기를 내어 본인의 '참 나'를, 본인의 본질을 수용하는 것은 긍정적인 삶의 마지노선과 같다. 이것을 하지 못하고 살아가고 있다면 대체로 다운그레이드된 부정적인 삶을 살기 때문이다.

용기와 수용이 필요한 단계는 지금 상황이 바닥까지 떨어진 불행의 늪에서 헤어나지 못하고 있다는 뜻이다. 자존심만 내세우고 타인을 깎아내리며 허세를 부리는 것도 따지고 보면 스스로 힘을 내어 긍정적인 삶을 살려고 하는 용기가 없기 때문이다. 그러다가 점점 분노와 욕망의 포로가 되며 인생은 파멸로 이끌어진다. 근심과 걱정, 좌절과 포기에 익숙해지고 불행에 순응하는 삶을 살게 된다.

두 번째 단계의 키워드는 '사랑과 통찰력'이다. 사랑의 눈으로 나를 둘러싼 모든 문제와 상황을 바라보면 개선할 수 있는 통찰력이 생긴다. 대립보다 조율을, 부정보다 긍정의 자세로 자존감을 갖춘다. 이제부터 편안하고 실용적인 삶을 살 수 있다. 다른 이를 원망하고 탓하는 짓을 하지 않고, 긍정적이며 독립적인 관점을 지닌다. 자신의 본질적 삶을 실재의 세상에서 펼치며, 남을 보살피고 도와줄 수 있는 여유와 힘을 가진 삶을 산다.

세 번째 단계의 키워드는 '환희와 평화'다. 자신을 통해 사랑이 넘쳐흘러 퍼지는 것으로 희열과 환희를 느낀다. 조건 없는 사랑의 상태를 깨닫고 감사와 축복의 일상을 보낸다. 모든 존재와 하나가 되는 빛과 같은 순수한 의식에서 세상을 바라본다. 세상에 평화를 가져온다. 모두가 서로를 사랑으로 감싸 안는다. 그 사랑으로 수월하게 세상사를 풀어간다. 이보다 더 좋은 세상을 꿈꿀 수 있을까. 유토피아는 이룰 수 없는 환상이 아니라 사랑으로 실현 가능한 현실로 다가온다.

인류라는 공동체에서 사랑의 3-way의 가치

사랑의 3-way는 개인뿐만 아니라, 인류라는 공동체에도 가치가 있다. 그 가치는 외적인 가치와 내적인 가치로 나누어 볼 수 있다. 외적인 가치는 인류라는 공동체의 관점에서 우리가 창조해야 할 미래를 말한다. 사랑의 3-way는 모든 종교와 사상을 뛰어넘어 전쟁 대신 진정한 평화를 추구할 수 있는 유일한 방법이다. 종교가 다르고, 언어가 달라도 사랑은 만국 공통의 언어이자 연결고리다. 사랑의 3-way는 서로 대립하는 국가와 민족이 전혀 다른 관점으로 서로를 바라볼 수 있는 새로운 시야를 제공한다.

앞으로 올 미래는 더이상 지옥 같은 세계가 아니라, 천국과 같은 세계이어야 한다. 코로나19 팬데믹을 겪으면서 그저 입으로만 떠들던 인류애와 공동체의 허술한 구석을 우리는 충분히 목격했다. 방역물품을 중간에 다른 나라가 가로챘느냐 아니냐 하며 싸우는 뉴스를 보면서 한숨을 내쉬어야 했다. 정권과 자국의 이익만 생각한 나머지 감염 확산을 방치하고 환자 발생을 숨겼다는 논란 등 인류의 민낯이 고스란히 드러났다. 그러는 동안 사람들이 죽어갔다. 그 죽음의 행렬은 멈출 기미를 보이지 않는다. 동시에 인류의 종말을 떠올리게 한다. 이 비극을 멈추게 하고 신뢰와 평화의 공동체를 만드는 방법이 사랑의 3-way이다.

모든 국가와 민족은 사랑의 3-way 원리처럼 각 나라의 사랑의 이름을 찾아야 한다. 그 이름을 그 나라의 권위로 인정해주고, 이를 토대로 상호신뢰와 교류, 그리고 상생을 꾀해야 한다. 새로운 국가 간의 관계와 정의가 이때 새로 만들어진다. 사랑이 정치적인 논리와 이익을 감추는 명분으로 오용되기도 하지만, 인류는 본능적으로 사랑을 찾고 사랑에 기댄다. 사랑은 인류가 의지하는 가장 큰 버팀목이자 현실에 발현해야 할 가장 큰 사명이다.

사랑의 발현은 개인의 목표이기도 하지만, 그 개인이 모인 공동체인 국가도 마찬가지인 셈이다. 특히 한국은 널리 인간을 이롭게 한다는 건국 이념의 나라다. 이 '홍익인간'의 정신에는 사랑이 담겨 있다. 따라서 한국은 특히나 이 사명을 받아들여야 하지 않을까. 때로는 내가 한국인인 게 다 이유가 있다고 생각한다. 이처럼 사랑에 관한 책을 쓰고 있는 이유인지도 모른다.

한국이 홍익인간이라는 사랑의 이름을 가진 것처럼 각 나라도 그 나라의 건국 신화나 건국이념에 내재한 사랑의 이름이 있다. 그 이름을 찾아야 한다. 역사를 통한 통찰을 통해서도 각 나라의 사랑의 이름을 밝히는 단

서들을 찾을 수 있다. 이 이름을 기초로 한 나라 간의 관계는 서로 용서하지 못하는 관계를 뛰어넘는다. 새로운 인류의 미래를 만드는 나라 간의 관계를 만들 수 있다. 사랑의 눈으로 보면 과거 역사 속에서 미워한 그 나라는 오늘의 그 나라가 아니다. 이를 통해 사랑에 기초한 새로운 국가 간의 관계와 사랑의 눈을 가진 정의가 만들어진다.

외적인 가치를 담은 사랑의 3-way는 사람과 사람 사이의 관점에서도 가치가 있다. 이를 인류라는 공동체의 입장인 외적인 가치에 대비하여 내적인 가치라고 할 수 있다. 바로 기계적인 인과응보의 운명론을 뛰어넘는 원리로 작용한다는 점이다.

내가 벌인 행위가 좋고 나쁨에 따라 그 결과가 따라 나온다는 인과응보의 사상은 때로 악용되기도 한다. 한때의 실수를 침소봉대하여 마녀사냥으로 몰고 가는 경우처럼 말이다. 사랑의 눈으로 보면 한때 실수한 내가 오늘의 내가 아니듯, 남도 어제의 자신이 아닐 수 있다. 또 사랑을 말하면, 비현실적인 이야기라고도 비아냥댄다. 소설이나 드라마에서나 악인은 천벌을 받고 선인은 보상받는다고 말이다. 현실로 보이는 모습은 그 반대의 모습을 너무나 많이 보여주기 때문이다.

인과응보의 기계적인 운명론은 사랑의 힘을 가로막는 불행에의 순응, 아니 맹목적인 복종으로 이끈다. 이건 사랑에 역행하는 꼴이다. 물은 흘러야 고이지 않고 썩지 않는다. 인생도 마찬가지다. 물처럼 흘러야 한다. 그렇지 않으면 고인 채 썩는다. 틀에 갇혀 흐르지도 못하고 자신의 불행을 숙명이라 여기며 살 수는 없다. 더 큰 공동체인 민족과 나라, 그리고 나라와 나라 사이에서의 불행도 더는 숙명이라 여기고 살 수는 없다. 이제는 모두가 새로워져야 한다. 인도의 카스트제도처럼 기계적인 인과응보의 운명론의 폐해는 사라질 수 있다.

Chapter 04

사랑과 동행하기

16 My Self, Love Self

　　지난 2018년 9월, BTS가 유엔총회 무대에 올랐다. 이 무대는 그들이 황홀한 공연을 펼치는 자리가 아니었다. 7명의 동양인 청년들이 세계에 울림을 가져다줄 메시지를 전하는 자리였다.

　　BTS가 세계의 변방, 동북아시아의 한국이라는 울타리를 넘어선 건 이유가 있다. 전 세계에 한류가 거세게 불고 있다고 하지만, BTS만큼이나 환영을 받은 이들은 없었다. 이제 BTS는 한류라는 제한된 분야에 묶이지 않는다. 그들의 음악과 메시지는 인종과 국경, 세대와 성별의 벽을 넘어섰다.

　　그들의 음악은 완성도가 높고 노랫말은 공감을 불러일으킨다. 남녀노소를 불문하고 흠뻑 빠질 정도다. BTS는 어쩌다 등장했다가 사라지는 원히트 원더one-hit wonder로 끝나지 않았다. 그들은 유엔총회에서 말한 사랑의 메시지를 일관되게 보여줬다. '우리 스스로 사랑하면 우리의 삶을 바꿀 수 있다'라는 메시지 말이다. 유니세프와 오랫동안 함께하고, 구분과 차별이 없는 사랑을 꾸준히 말해왔다. 그렇지 않았다면 유엔총회 연설이 그토록 강한 울림을 주지 못했을 것이다.

유엔총회에서 BTS는 "여러분의 이름은 무엇입니까. 여러분의 목소리를 내달라. 여러분의 이야기를 말해달라"라고 말했다. 유엔총회에서의 이 연설은 소박하고 단순해 보인다. 그러나 이 말은 깊은 의미를 담고 있다. 타인의 시선이 정한 것이 아닌 내가 지은 이름, 나의 '참 나'를 표현하는 그 이름은 무엇인가를 묻는다.

BTS의 연설은 자신의 목소리로 내가 이 세상에서 어떻게 관계를 맺고 사는지, 어떤 세상을 만들고 싶은지 이야기하라는 것이다. 나의 목소리로 나의 이야기를, 그것도 나의 이름으로 한다는 것은 자신을 안다는 말이다. 나를 알고, 나의 목소리로 말하려면 무엇보다도 스스로 사랑할 줄 알아야 한다. 내 안에서 울리는 사랑의 목소리를 내고, 나의 행복을 위해 무엇을 원하는지 알며, 더는 삶을 방관하지 않겠다는 선언이다.

내 인생의 행복을 책임지고 있는 것은 바로 나다. 내 속의 사랑은 작아 보여도 나의 삶을 바꿀 수 있고, 주변 사람의 삶도 바꿀 수 있다. 그리고 우리가 속한 공동체를 천국처럼 바꿀 수 있다. BTS는 전 세계에 이 메시지를 공개적으로 던졌다. 모든 경계의 울타리를 넘어서 공감할 수 있었던 것은 듣는 이의 가슴속 깊숙이 숨어 있던 사랑을 일깨웠기 때문이다.

나 자신으로 산다는 것

중년으로 접어들고 난 뒤에 나의 인생을 되돌아보니, 늘 양발의 뒤꿈치를 든 채로 살아왔다는 것을 새삼 깨달았다. 당장이라도 날아오를 것처럼 양팔을 쭉 뻗어 하늘만 바라봤다. 그러다가 삶의 시계가 절반을 넘길 무렵, 발뒤꿈치를 들어 올리고 서 있는 게 불편해졌다.

뒤꿈치를 세우고 양팔을 들고 있는 자세는 비상飛上을 꿈꾸는 것이기도 하지만, 지탱하기가 어려운 자세이기도 하다. 열 발가락에 잔뜩 힘을 주고 서 있으니 쥐가 나고 발가락이 아프다. 나도 모르게 발뒤꿈치를 땅에 대고, 양팔을 접고 주저앉는다. 그동안 힘들게 버티다가 주저앉았는데, 왠지 모를 공허함이 드는 것은 왜일까.

10대 아이들이 사춘기를 겪듯이 20대와 30대도 감정의 혼란을 겪는다. 40대도 마찬가지다. 내가 50대가 되더라도 감정은 이리저리 흔들릴 것이다. 인생의 순간마다 찾아오는 혼란은 물질적인 충족으로도 풀기 어렵다. 사춘기 때 용돈을 많이 주고 가지고 싶은 것을 전부 사줘도 감정의 기복이 사그라지지 않았던 것처럼 말이다. 성인이 되면 오히려 물질적 풍요의 허망함을 깨닫는다.

감정의 혼란은 현재의 나에 대해 자꾸만 고개를 갸웃거리게 한다. 나도 지금 내가 입고 있는 옷이 어울리는지 헷갈린다. 의과대학을 나와서 의사가 되고, 수십 년 의사 노릇을 하다가 이제 병원장이랍시고 하얀 가운을 여전히 입고 있다. 그런데 이 가운이 과연 나의 옷일까? '의사'를 나의 본질의 이름이라고 부를 수 있을까.

니코스 카잔치키스^{Nikos Kazantzakis}의 《그리스인 조르바》를 보면, 자유로운 영혼이 나온다. 조르바는 '위대한 야수의 영혼'이다. 심장은 살아 펄떡이고, 대지와 분리되지 않은 자유로운 인간이다. 광산 노동을 비롯해 발길 닿는 대로 머무는 곳에서 아무런 일이나 닥치는 대로 했다. 그를 고용한 소설의 화자는 엘리트 출신이다. 그는 사람을 있는 그대로 보기 이전에 학문적, 이성적 관점으로 보고 판단한다. 화자와 조르바의 대화를 보면 이성과 감성의 충돌이 잘 드러난다. 조르바는 자신에게 광산에서 일하자고 제안하는 화자에게 못을 박듯 말한다.

"……처음부터 분명히 말해놓겠는데, 마음이 내켜야 해요. 분명히 해둡시다. 나에게 윽박지르면 그때는 끝장이에요. 결국 당신은 내가 인간이라는 걸 인정해야 한다 이겁니다."

"인간이라니, 무슨 뜻이지요?"

"자유라는 거지!"

소설을 읽은 사람 중에 조르바에게 불편한 감정을 느끼는 사람도 있을지 모른다. 조르바는 이성적이기는커녕 충동과 직관에 충실한 인물이다. 거친 말을 서슴없이 내뱉고, 심지어 야생적이다. 그런데 왠지 모르게 속이 시원하다. 화자의 철학적이고 이성적인 화두와 고뇌보다 훨씬 더 인간적이다.

조르바는 자신의 마음 깊숙한 곳에 있는 목소리를 거리낌 없이 내뱉는다. 그는 누구보다 자신을 사랑할 줄 안다. 그 사랑이 넘쳐 자신은 '인간'

이라고 외친다. 자신이 아는 '인간'의 이름은 바로 '자유'다.

앞서 사랑의 본질을 깨달으면 자신의 존재를 밝히는 이름을 지을 수 있다고 했다. 조르바는 스스로 '자유'라고 이름을 지은 셈이다. '~ 하는 자'라는 형식의 이름으로 짓는다면, 아마도 '자유롭게 사는 자'일 테다.

사랑의 삶을 산다는 것은 굴레에서 벗어나는 것을 의미한다. 누군가 만들어놓은 틀, 관습적으로 따라야 하는 사회적 틀도 과감히 부수고 나올 수 있다. 사랑의 삶은 인생의 자기 결정권이 자신에게 있다는 것을 분명히 해준다. 객관적인 기준도 없다. 제각각 이름이 다르듯, 존재가 다르기 때문이다. 사랑의 삶을 산다는 것만 공통점일 뿐이다.

내가 '허물을 덮는 자'로서 사랑의 삶을 산다고 해서 타인에게 똑같이 '허물을 덮는 자'로 살라고 강요할 수 없다. 실제로 내 주변 사람들이 가진 사랑의 이름은 저마다 다르다. '거름을 주는 자', '불행을 막는 자', '철근으로 건물을 짓는 자' 등은 직업도 다르고 사는 모습도 닮지 않았다. 그들은 자신의 삶에서 스스로 발견한 설계도와 지도에 따라 인생의 발걸음을 옮긴다.

사랑의 삶을 사는 사람들은 뚜렷한 자기 기준과 드넓은 아량을 함께 가지고 있다. 자신의 본질에 따라 살기 때문에 주관이 뚜렷하다. 사람들이 많이 지나간 길이라고 해서 무작정 따르지 않는다. 영국의 사회철학자 존 스튜어트 밀John Stuart Mill은 "사람은 누구나 자신의 삶을 자기 방식대로 살아가는 게 바람직하다. 그 방식이 최선이라서가 아니다. 자신의 방식대로 사는 길이기 때문에 바람직한 것"이라고 했다. 그의 말대로 자신의 이름에 따른 삶을 사는 사람들은 저마다 자신의 방식대로 '바람직하게' 산다. 유튜브에 마구간에서 자란 고양이가 말 흉내를 내면서 걷는 동영상이 있다. 귀엽고 웃기지만 참 부자연스럽다. 고양이는 고양이처럼, 말은 말로서 산다. 각각의 인간은 저마다의 자신으로 살 권리가 있다.

조르바도 자신의 삶을 살았다. 소설 속의 인물이지만, 그가 가슴에 와 닿는 것은 실제로 그런 삶을 살 수 있기 때문이다. 누군가에게는 처연한 삶으로 비칠 수 있어도 정작 당사자는 역경과 고난으로 받아들이지 않는다. 오히려 기쁘게 받아들일 수도 있다. 자신이 가고자 하는 길이라서 가시덩굴과 돌부리에 발이 채여도 상관없다.

세상에서 바라보는 인간관계도 이제야 제자리를 찾는 듯하다. 과거에는 누군가 시키는 대로 공부하고 일하고 살아야 했다. 정해진 모범답안에서 벗어나면 사회 부적응자, 일탈, 약자 등으로 규정하기 일쑤였다. 부모와 자식 간의 관계만 봐도 과거에는 자식이 부모의 소유물에 가까웠다. 부모가 정해준 대로 공부하고 직업을 구해야 했다. 그 기대에 부응하지 못하면 못난 자식 취급을 받아야만 했다.

이제 부모와 자식도 각각의 존재로 존중하는 시대가 왔다. 많은 젊은 부모가 아이들을 키우며 독립된 삶을 살라고 가르친다. 이런 관계는 사람마다 가지고 있는 자신의 사랑의 이름을 떠올린다면 지극히 당연하다. 자연의 원리다.

사랑의 삶을 사는 사람은 타인의 존재도 있는 그대로 존중하며 사랑할 줄 안다. 누구라도 할 것 없이 모두가 소중하고 신성하게 여긴다. 모두가 자신의 사랑을 알고 외부로 표현하고 있다. 지금은 모르는 사람도 언젠가는 그 사랑을 알고 표현할 것이기에 모욕적이라도 참아줄 줄 안다. 사랑은 각자의 이름처럼 다양한 모습으로 보이지만, 하나로 연결된 절대적인 사랑이라는 것을 안다. 그래서 타인의 슬픔과 아픔도 공감할 줄 안다. 나와 달라서, 내가 겪어보지 못해서 모르는 게 아니다. 하나의 사랑이 연결되어 있기에 본능적으로 아는 것이다.

BTS의 'Love yourself'와 'Love myself'는 너와 나라는 실존에 사랑 자체 'Love Self'가 드러난 것이다. 사랑의 본질, 사랑 자신이 나와 너를, 우리 전체를 사랑한다는 깨달음이다. 사랑의 삶을 시작하는 깨달음의 불빛이 나타난 것이다.

사랑 자체가 나의 삶에서 자신을 드러낸다. 사랑을 드러내는 삶이 삶의 궁극적인 목적이다. 부와 명예가 삶의 목적이 아니다. 이 또한 사랑의 삶을 살면서 얻게 되는 부산물이라는 것을 인정해야 진정 자유로운 삶을 살 수 있다.

My Self에서 Love Self가 드러나다

우리는 살면서 흔히 말하는 희로애락을 겪는다. 인생의 어느 시기는 고난과 역경의 길을 걷는 듯하다. 그러다가 사랑하는 이를 만나 환희와 행복을 느끼며 살기도 한다. 기쁨과 노여움, 슬픔과 즐거움, 희로애락의 그 어느 것도 영원하지 않다. 마치 겨울이 지나면 봄이 오듯 어느 한 계절도 영원하지 않은 것처럼 말이다. 서로 번갈아 인생의 어느 국면을 지배한다.

　노여운 때와 슬픔에 빠진 때를 반기는 사람은 없다. 누구나 기쁘고 즐거운 삶을 원한다. 소소하더라도 기쁘고 즐거운 삶을 살며 근심 걱정 없이 사는 게 인생의 목적인 셈이다. 그런데 이런 삶을 사는 사람이 얼마나 될까? 소소한 행복으로 살고 싶어도 피할 수 없는 재난과 같은 상황이 늘 터진다.

　소소한 행복만큼이나 소소한 근심거리는 늘 있다. 나와 가족의 건강 걱정, 공부와 실적에 대한 걱정, 이웃과 동료와의 불화 등 내 신경에 거슬리는 일이 널린 게 현실이다. 어디 그뿐인가. 이 세상은 소소한 근심거리쯤은 아무것도 아니라고 뭔가 큰 일이 펑 터진다. 그게 전쟁일 수도 있고, 지금 한창 겪고 있는 코로나19 팬데믹일 수도 있다.

　코로나19 팬데믹이 시작될 무렵만 해도 모두가 패닉이었다. 과거 사스나 메르스와 달리 온 나라가, 전 세계가 마비되고 공포에 떨었다. 아예 집 밖을 나설 수 없는 시간은 마치 천형天刑의 시간 같았다. 집안에만 있으면서 온갖 가짜뉴스가 들끓을 때는 근심과 걱정이 태산만큼 쌓였다. 그 태산을 무너뜨릴 지략은커녕 두려움으로 벌벌 떨었다. 극심한 고통만이 이어지는 시간의 끝은 보이지 않았다. 그러나 앞서 소개했던 영화 〈인터스텔라〉의 대사처럼, 우리는 해답을 찾아가는 듯하다. 늘 그랬듯이.

　아직 백신이나 정확한 치료제를 만들지 못했지만, 속수무책으로 당하고 있지만은 않다. 한때 확진자 증가 추이가 세계 2위였던 우리나라도 일상을 차츰 되찾는 중이다. 움츠러들었던 일상이 기지개를 켜고 불안과 공존하는 법을 터득하였다. 이 과정을 자세히 들여다보면 사랑이 보인다.

정부와 지자체, 방역 당국의 헌신도 돋보이지만, 무엇보다 의료진의 희생에 가까운 헌신은 사람들의 마음을 움직였다. 대구에서 확진자가 폭발적으로 늘어나자, 전국에서 의사와 간호사들이 달려왔다. 정부의 지원 말고도 자신의 의지로 팔을 걷어붙이고 대구로 향했다. TV에 비친 간호사들은 고글과 마스크를 벗을 새가 없어 빨갛게 달아오른 상처투성이 얼굴로 미소를 짓고 있었다. 그들의 얼굴은 사랑의 상징이었다.

의료진의 고군분투와 방역 당국의 헌신에 시민들도 감염 확산을 막으려고 가게 문을 닫고 일터로 나가지 않았다. 나 혼자서는 하지 못할 일이다. 사랑의 힘은 내 안의 두려움을 통제했고, 나와 우리를 함께 보도록 했다. 역경은 나의 사랑이 우리의 사랑으로 확장되게 했다. 우리는 그렇게 답을 찾아갔다.

상황이 내가 원하는 대로 가지 않는다고 해서 영원히 주저앉을 수 없다. 그리고 인간은 절망의 상황에서도 반전을 일으킬 힘이 있다. 그 힘은 사랑 자신이다. 내 안의 사랑이 조금씩 힘을 발휘하다가 어느 순간 폭탄처럼 터진다. 티핑 포인트Tipping Point처럼 말이다.

티핑 포인트는 어느 순간에 격변하는 임계점을 뜻한다. 내재한 변화의 에너지가 한순간에 폭발하는 것을 말한다. 물을 끓일 때, 처음에는 천천히 끓다가 임계점인 100도가 되면 증기로 변하는 것처럼 말이다. 사랑도 자신의 내면에 숨겨져 있다가 어느 순간에 확연히 제 모습을 드러낸다. 그 임계점에 도달하기 위해 인생에는 고난과 역경이 물을 끓이는 불처럼 필요한 것인가 보다.

미세한 변화가 계속되다가 급변하는 순간인 티핑 포인트는 그동안 유지하던 것이 무너지는 것을 뜻하기도 한다. 《아웃라이어》, 《티핑 포인트》의 저자 말콤 글래드웰Malcolm Gladwell은 "주위를 돌아봐라. 요지부동인 것처럼 보일지 모르지만, 어딘가를 살짝 건드리기만 하면 모든 것이 일순간에 바뀔 수 있다"라고 했다. '어딘가를 살짝 건드리기'는 내 안의 사랑을 깨닫는 것이라고 볼 수 있다. 고난과 역경이 누적된 것처럼 여겨지던 내 인생이 사랑의 본질을 깨닫는 임계점을 맞이하면 '일순간' 바뀐다.

그 티핑 포인트는 나도 몰랐던 내 안의 무한한 확장성을 경험토록 해준다. 예컨대, 피부과 의사로만 살아왔던 내가 사랑의 본질을 알게 된 뒤부터 새로운 일도 함께하게 됐다. 미용 관련 화장품 특허도 내고 제품을 개발하고 이렇게 책을 쓰고 있다. 불과 1년 전만 해도 생각지 못했던 일이다. 처음부터 사업을 하겠다고 일을 벌이고 돈을 많이 벌겠다는 것도 아니었다. 단지 '허물을 덮는 자'라는 나의 사랑의 이름을 깨닫고 그것을 현실에서 구현하고 싶었다. 이 모든 것이 사랑을 깨닫고 난 뒤부터 찾아온 변화였다.

티핑 포인트는 내 인생이 송두리째 바뀌는 터닝 포인트의 시간이다. 삶의 커다란 변화가 이루어지는 순간이다. 사랑의 본질을 깨달았다고 해서 당장 겉으로 보이는 일상이 확 바뀌지는 않는다. 어쩌면 겉으로는 아무도 변화를 눈치채지 못할 수도 있다. 그러나 점차 예상하지 못했던 삶의 변화가 잇달아 찾아온다. 그때는 눈치를 못 채는 사람이 없다. 나 자신^{My Self}에서 사랑 자신^{Love Self}이 드러나면, 마치 어두운 밤에 밝은 등불을 놓은 것처럼 환하다. 그 빛은 나를 이끌고, 주변 사람을 인도한다.

17 어두움은 사랑의 빛을 드러낼 뿐이다

사람은 누구나 사랑을 말한다. 너무 자주 말해 흔해 빠진 듯한 느낌마저 든다. 말로만 하는 사랑은 이처럼 가치가 없다. 실천으로 나타날 때 그 사랑이 힘이 있다. 그 사랑은 언제나 어두움 속에서 빛난다.

헬렌 켈러는 열한 살 때 네 살짜리 소년 토미와 알고 지냈다. 토미도 자신처럼 귀가 들리지 않고 말을 하지 못하는 장애아였다. 엄마는 일찍 세상을 떠났고, 아버지마저도 직장을 잃어버렸다. 졸지에 제대로 된 보살핌을 받지 못하는 처지가 되고 말았다. 헬렌 켈러는 안타까운 나머지 설리번 선생을 찾았다. 자신이 받는 교육처럼 토미도 공부할 수 있도록 해달라고 부탁했다.

설리번 선생은 헬렌의 간곡한 부탁에도 곤란하다고 말했다. 토미와 같은 아이를 교육하려면 돈이 많이 들기 때문이다. 그러자 헬렌 켈러는 새로운 결심을 한다. 토미가 학교에 다닐 수 있도록 도와달라는 편지를 써 수

많은 사람에게 보냈다. 헬렌 켈러의 편지는 많은 이의 가슴을 울렸다. 콧물 묻은 용돈과 십시일반의 기부금까지 모였다. 덕분에 토미는 농아학교 유치원에 들어갈 수 있었다고 한다.

열한 살짜리 소녀가 타인을 위한 사랑을 실천한다는 게 쉽지 않다. 안타까운 마음으로 발을 동동 굴러보고 하소연을 하는 게 전부일 수도 있다. 하지만 헬렌 켈러는 그녀 스스로가 설리번 선생의 아낌없는 사랑으로 새로운 삶을 얻었다.

헬렌 켈러는 설리번 선생을 만나기 전까지는 괴팍한 소녀였다. 장애아를 가르치는 것을 그저 직업으로만 여겼다면, 설리번 선생도 전임자처럼 일찌감치 떠났을 테다. 워낙 괴팍했던 헬렌 켈러였기 때문에 주위에서도 설리번 선생에게 큰 기대를 하지 않았다. 하지만 알고 보니, 설리번 선생은 이미 준비가 되어 있었다. 그녀는 헬렌 켈러의 장애 못지않은 역경과 고난의 어두운 동굴을 지나왔다.

지독한 가난에 허덕이는 가정에서 태어난 설리번 선생은 다섯 살 즈음에 눈병으로 시력을 거의 잃었다고 한다. 여덟 살이 되던 해에는 어머니가 세상을 떠났다. 거듭된 가난과 절망을 이겨내지 못한 아버지는 설리번 선생과 아들을 빈민수용소에 보냈는데, 아들은 그곳에서 죽고 말았다.

엄마에 이은 동생의 죽음으로 홀로 남게 된 설리번 선생은 매우 공격적이고 자해를 일삼는 문제아로 알려졌다. 이때 한 간호사가 거의 반년 동안 그녀를 매일 사랑한다고 말해주었다고 한다. 그 사랑이 자해하는 것을 멈추게 했고, 시각장애인 학교에서 교육을 받을 수 있도록 해줬다. 설리번 선생은 시각장애인 학교를 무사히 졸업하고 졸업생을 대표하여 연설까지 하였다. 그리고 스무 살이 되던 해에 헬렌 켈러를 맡았다.

헬렌 켈러의 사랑하는 삶은 설리번 선생의 삶으로부터 이어졌다. 설리번 선생의 사랑은 한 간호사의 사랑에서 시작한다. 이처럼 사랑한다는 것은 혼자만의 것이 아니다. 사랑하며 산다는 것은 어둠 속에서도 나의 사랑을 나누고 퍼뜨리는 삶이다. 그 어둠이 자신의 잘못이나 선택으로 찾아오지 않았더라도 말이다.

어둠은 숙명이 아니다

우리가 테레사 수녀나 헬렌 켈러와 설리번 선생 같은 이들을 존경하는 이유는 분명하다. 실천적 사랑의 모습을 보여주기 때문이다. 그들은 추상적이고 공허하게 사랑을 떠들지 않는다. 구체적이고 실천적이다.

영화 〈울지마 톤즈〉는 이태석 신부의 이야기를 담은 다큐멘터리다. 가난했던 어린 시절을 보내고 의과대학을 나와 군의관까지 지낸 한 남자는 신부가 되었다. 사제가 된 그는 머나먼 아프리카로 떠난다. 남수단의 톤즈에 가서 진료실을 만들어 하루 300여 명의 환자를 치료했다.

이태석 신부는 딩카족이 사는 톤즈에 학교도 짓고, 브라스 밴드도 만들고, 한센병 환자들도 치료했다. 어쩌다 하는 봉사활동이 아니라 실천적인 사랑의 삶을 살았다. 그는 대장암 말기 판정을 받고서도 톤즈의 사람들이 걱정되어 다시 돌아가려 했다.

건강이 회복되지 않아 마흔여덟이라는 짧은 일생을 마친 그의 실천적 사랑은 톤즈에 도착할 때부터 시작됐다. 보잘것없는 마을을 물끄러미 바라보며 그는 한 가지 물음을 떠올렸다.

"예수님이라면 이곳에 학교를 먼저 지었을까, 성당을 먼저 지었을까?"

신부는 자신에게 던진 질문에 이렇게 답했다.

"아무리 생각해봐도 학교를 먼저 지었을 것 같다."

이 질문과 대답에서 종교의 교리에만 매달리는 모습이 보이지 않는다. 내전에 시달리고 헐벗은 아이들이 거리에 넘쳐나는 톤즈에 필요한 건 예배당이 아니다. 이태석 신부는 자신의 종교적 형식에 얽매이지 않았다. 그가 학교부터 짓고 주민들을 치료한 것이야말로 사랑의 본질을 제대로 보여준 것이다. 신부는 딩카족의 헐벗은 가난과 고통이 영원한 숙명이라 생각하지 않았다.

딩카족은 어떤 일이 있어도 눈물을 흘리지 않는다는 풍습이 있다. 그들은 눈물을 수치스러운 것으로 여긴다. 어쩌면 그저 자존심만 남은 셈이다. 오랜 내전으로 인한 가난과 질병의 굴레에서 벗어나지 못하는 그들에게 울어야 할 일이 없는 게 아니다. 오히려 펑펑 울어야 할 일이 많고, 너무 많이 울어 눈물이 메말랐다고 하는 게 더 어울릴 것이다.

눈물을 보이는 것을 수치로 아는 딩카족이 펑펑 울었던 날이 있었다. 이태석 신부의 사망 소식을 들은 날이다. 그들은 그 신부를 떠나보내며 마지막 사랑의 눈물을 흘렸다. 그래서 이태석 신부의 사랑을 담은 다큐멘터리 영화 제목이 '울지마 톤즈'이다.

불행에 순응하는 게 익숙했던 딩카족 주민들은 이태석 신부의 사랑으로 깨어났다. 주민들은 사랑을 받기만 하는 수동적인 존재에서 능동적인 존재로 바뀌었다. 마치 설리번 선생처럼 말이다. 신부의 죽음 이후에도 그 사랑이 이어져 딩카족의 두 제자가 실천적 사랑의 길을 떠났다.

신부로부터 교육을 받았던 두 제자는 차례로 우리나라에 유학을 왔다. 쉽지 않은 의학 공부를 하겠다며 찾은 그들은 국가고시까지 통과하고 의사가 됐다. 두 사람은 전문의 수련을 거친 뒤에 다시 남수단으로 돌아가겠다고 밝혔다. 그들이 의사가 되려고 한 것은 이태석 신부의 사랑을 이어나가기 위한 실천적 사랑이었다. 이제 딩카족은 가난과 질병을, 그 내전의 아픔을 숙명으로 여기지 않는다. 그들을 뒤덮고 있던 어둠은 바뀔 수 없는 숙명이 아니었다.

진정한 사랑은 실천으로 드러난 사랑이다. 말로만 떠드는 박애주의와 다르다. 누군가의 실천적 사랑은 그 사랑을 받은 사람에게 목적의식과 감사하는 마음을 가져온다. 이태석 신부의 제자들은 신부의 정신을 이어받아 딩카족의 어두움을 이겨내겠다는 목적의식을 가지게 됐다. 그들은 한국에서 의사로 사는 풍요로운 인생을 꿈꾸지 않았다. 우리보다 상황이 좋지 않은 그곳으로 돌아가겠다는 것은 쉽게 볼 일이 아니다.

딩카족은 그동안 가난과 질병의 그림자가 짙게 드리운 어둠 속에서 웅크리고 있었다. 그 어둠을 몰아내는 것보다 순응하고 제 한 몸 챙기는 것도 버거웠다. 하지만 작은 사랑의 등불 하나로 자신을 밝히면, 더 크고 밝은 빛이 기다리고 있다는 것을 깨달았다. 어둠을 똑바로 바라보지 않으면 벗어날 수 없다. 어쩌면 어둠을 직시하여도 벗어날 수 없을 거라는 막연한 두려움이 있었는지도 모른다. 그 두려움은 작은 이태석 신부의 실천적 사랑 하나로 없어졌다. 이제는 움직여야 한다. 저 밖에 밝은 빛이 기다리고 있다는 것을 알아도 스스로 걸어 나오지 않으면 도달할 수 없다. 움직여야 어둠에서 벗어날 수 있다.

또한 사랑은 무한한 감사의 마음을 가지게 만든다. 역경과 고난마저도 내가 살아가는 목적, 감사하는 이유가 된다. 척박한 아프리카의 환경은 이태석 신부와 딩카족에게 무한한 사랑과 감사의 땅이 됐다. 어두움은 빛을 더 드러낼 뿐이다. 그 어둠은 자신의 인생과 사랑을 펼치고 빛내는 무대의 배경과 같다. 이태석 신부가 타계한지 10년이 되는 올해 2020년 7월, 〈울지마 톤즈〉의 후속 영화 〈부활〉이 상영되었다. 이 영화에서 이태석 신부의 제자들의 근황을 밝혔다. 70명의 수제자 중 무려 47여 명이 의사와 약사, 의대생이 되었다고 한다.

누구에게나 딩카족과 헬렌 켈러처럼 자신이 선택하지 않은 어둠이 있다. 어둠을 똑바로 응시해야 한다. 그리고 어둠을 보며 외쳐본다. "어둠아! 넌 내가 아니야! 난 너를 선택한 적이 없어! 그러니 넌 나와 상관없어! 이제 꺼져!"라고 말이다. 절대적인 사랑, 위대한 사랑이 나에게 용기를 준다. 어둠을 몰아내고 자신의 삶을 개척해야 한다. 추상적인 사랑은 어쩌면 환각에 불과하다. 마치 로또를 꿈만 꾸는 것처럼. 사랑하며 산다는 것은 구체적인 사랑의 삶을 실천하는 것이다. 사랑의 본질을 찾고 사랑의 비전을 만들이 하나씩 이루어지는 것을 확인하며 기쁨의 삶을 살아가야 한다.

내가 아닌 것을 벗겨내다

사랑을 깨닫기 전과 깨달은 후의 삶은 믿기지 않을 정도로 다르다. 기적이라는 말이 왜 존재하는지 알 정도로 많은 변화가 일어난다. 이 변화는 당연히 나를 포함하여 주위 사람도 인생이 업그레이드됐다고 할 정도의 변화다.

사랑의 삶으로 얻은 변화는 인생의 목적의식과 감사하는 마음을 가져온다. 자신이 '참 나'의 사랑이라는 것을 깨달은 사람은 늘 감사할 수밖에 없다. 무한한 사랑의 힘을 알게 된 것만 해도 너무나 감사할 따름이다. 반면에 이것을 모르는 사람은 사랑의 결핍으로 고립을 자처한다. 그뿐만이 아니다. 타인을 악의적인 시선으로 바라본다. 왜곡된 시선과 삐뚤어진 인간성을 만들어 범죄와 같은 일탈로 이어진다.

최근 우리 사회는 증오와 혐오의 갈등과 범죄가 자주 발생한다. 타인에 대한 모독과 힘없는 자들에 대한 경멸은 상식을 벗어났다. 이유도 분명치 않다. 그저 조롱거리로 삼아 저지르는 짓에 불과하다. 그러나 많은 사람이 손가락질하며 혀를 차도 이런 일은 줄어들지 않는다. 줄기는커녕 늘어나는 추세다. 우리나라뿐만 아니라 전 세계가 이런 추세라고 한다.

　미국의 FBI는 〈증오 범죄 통계 2018〉을 발표했는데, 최근 3년 동안 혐오 범죄가 폭발적으로 증가했다고 한다. 특히 2018년은 역대 최고였다. 더 좋지 않은 것은 이 범죄가 사람의 목숨을 앗아가는 비극을 초래한다는 사실이다. 사람의 소중한 생명까지 빼앗는 증오와 혐오는 사랑과 대척점에 서 있다. 증오와 혐오를 드러내는 사람들은 사랑을 모른다. 자신 속에 사랑이 있다는 것을 모른다. 그 증오와 혐오의 태도 뒤, 그 어두움의 이면에는 언젠가는 드러날 사랑이 있다. 설리번 선생이 자해하던 그때, 아직 사랑을 만나지 못한 그때도 사랑은 곁에 머물고 있었다.

　사랑은 무한하면서도 다이아몬드처럼 정제되어 있다. 자신 속에 있는 사랑을 만난다는 것은 마치 돌멩이에 불과한 원석을 정제하여 보석을 만드는 것과 같다. 마치 미켈란젤로가 다비드 상을 만든 것처럼 말이다.

　미켈란젤로의 다비드 상은 당시 유명 조각가가 쓸모없다고 무려 40여 년 동안 버려놓았던 대리석을 깎아 만든 것이다. 오랫동안 감탄을 자아내는 다비드 상은 미켈란젤로가 꼼꼼하게 뭔가를 빚어내려던 것이 아니었다. 미켈란젤로는 이렇게 말했다.

　"나는 쓸모없다던 대리석에서 다비드가 아닌 것을 제거했을 뿐이다."

　미켈란젤로는 뭔가 억지로 위대한 작품을 만들려고 궁리하지 않았다. 그저 돌덩이에 불과한 대리석 안에 감춰진 다비드 상의 본질을 끄집어냈다. 아무도 알아보지 못하고, 더구나 쓸모없다고 팽개쳐 놓았던 돌에서 다비드의 모습을 찾아냈다. 이 예술가의 눈에는 숨겨진 다비드가 보였다. 자신의 본질도 사랑의 눈으로 보면 발견할 수 있다. 본질이 아닌 것을 없애고 스스로 드러나는 본질을 기꺼이 받아들이면 된다.

증오와 혐오라는 어둠을 걷어내면 사랑은 역시나 늘 있던 그 자리에서 나를 기다리고 있다. 또 다른 어둠인 탐욕과 이기심, 허세를 걷어내면 사랑은 늘 있던 그 자리에서 나를 기다리고 있다. 미켈란젤로가 돌의 불필요한 부분을 제거하는 것은 나에게서 재력이나 지위 등 본질이 아닌 허세를 걷어내는 것과 같다. 그런데 다비드 상의 제작도 사실 처음에는 허세로부터 비롯됐다.

피렌체 대성당의 지도자들은 미켈란젤로에게 거대한 다비드 상을 의뢰했다. 5미터가 넘는 크기이니 제작 기간만 3년이 걸렸다. 성당 지도자들은 이 조각상을 대성당 지붕 위에 올려둘 생각이었다. 피렌체 어디에서 보더라도 눈에 띌 수 있고,《성경》에 나오는 다른 영웅들과 함께 전시해놓으면 자신의 권위를 내세울 수 있으리라 기대했다.

그 기대는 다비드 상이 다 만들어지자 무너지고 말았다. 거대한 조각상을 대성당 지붕 위에 올리는 일이 불가능했기 때문이다. 게다가 손등의 핏줄마저 생생하게 드러난 다비드 상을 가까이서 봐야 한다는 여론도 거셌다. 피렌체시는 투표를 통해 시청 앞 광장에 전시하기로 했다. 다비드 상의 전시 위치가 바뀐 것은 조각상의 의미마저도 바꾸어놓았다.

다비드 상은 애초에 강력한 종교적 권위를 뽐내려 만들었다. 지붕 위의 조각상이 될 뻔했던 다비드 상이 광장에 전시되자, 시민들은 오랜 압제에서 해방된 승리의 상징으로 삼았다. 다비드가 돌팔매로 골리앗을 쓰러뜨린 것처럼 메디치 가문과 종교 권력을 몰아냈다고 말이다. 지금은 복제품만 광장에 남아 있고, 원작은 미술관 안으로 옮겼다. 이제는 정치와 종교의 관점이 아니라 아름다운 예술품으로 기억된다.

다비드 상은 미켈란젤로가 말한 것처럼 그저 돌에서 쓸모없는 것을 제거했을 뿐이다. 거추장스러운 것을 벗겨내고 난 뒤에 드러난 아름다움은 예술의 본질이다. 사람들은 이런저런 이유를 갖다 대며 조각상에다가 온갖 의미를 부여했지만, 결국에는 모두가 그런 의미보다 조각 자체에 찬사를 보낸다.

사랑의 본질을 찾는 것은 지금 자신을 되돌아보는 것이다. 나를 감싸고 있는 거추장스러운 뭔가를 하나씩 떼어내는 것이어야 한다. 지금까지 나를 말해주는 것이라고 여겼던 학력이나 직업, 재산 등은 껍데기일 뿐이다. 증오와 혐오, 가난도 나를 감싸고 있는 거추장스러운 껍데기에 불과하다. 이 모든 것을 벗어던지고 자신의 내면을 보면 사랑의 본질이 보인다. 언젠가 나에게서 표현되기를 기다리는 사랑, 나의 인생을 바꿔줄, 아니 우리 전체의 인생을 바꿔 줄 그 사랑이 드러난다.

18 사랑, 현실을 바꾸는 현재진행형 동사

한국에서도 많은 사랑을 받는 '넬라 판타지아'라는 가곡이 있다. 이 곡은 영화 〈미션〉에 나온 곡이다. 이 영화에서 원주민 마을에 복음을 전하려 한 선교사는 대화가 통하지 않자 '가브리엘의 오보에Gabriel's Oboe'를 연주한다. 그러자 원주민들도 서서히 마음의 문을 연다. 한 번도 듣지 못한 악기의 소리지만, 앞서 바이올린 이야기처럼, 사람은 감동하는 마음이 이미 있는 것이다.

원래 연주곡인 '가브리엘의 오보에'가 워낙 아름답고 평온을 가져다주는 선율이라서 많은 이가 가사를 붙여 노래를 불렀다. '넬라 판타지아'도 가사를 붙여 사라 브라이트만이 불러 더 유명해졌다. 이 노래의 가사는 선율만큼이나 아름답다.

"나의 환상 속에서 난 올바른 세상이 보입니다. 그곳에선 누구나 평화롭고, 정직하게 살아갑니다. 난 영혼이 늘 자유롭기를 꿈꿉니다. 저기 떠다니는 구름처럼요. 영혼 깊이 인간애 가득한 그곳. 나의 환상 속에서 난 밝은 세상이 보입니다. 그곳은 밤에도 어둡지 않습니다. 난 영혼이 늘 자유롭기를 꿈꿉니다. 저기 떠다니는 구름처럼요. 나의 환상 속에서 따뜻한 바람이 붑니다. 그 바람은 친구처럼 도시로 불어옵니다. 난 영혼이 늘 자유롭기를 꿈꿉니다. 저기 떠다니는 구름처럼요."

　　노래는 평화롭고 밝은 세상, 영혼을 따뜻하게 해주는 바람이 감싸주는 세상을 아름답게 묘사한다. 가사와 곡이 뛰어난지라 '넬라 판타지아'는 많은 가수와 오디션 지망생들이 커버 곡으로 불렀다. 그중에서 나는 어떤 공개오디션 프로그램에서 무명 오디션 지망생이 불렀던 '넬라 판타지아'를 최고로 친다. 그는 껌팔이 소년이었다.

　　이 가사를 음미해보면, '넬라 판타지아'를 부른 그 남자의 모습이 더 극적으로 다가온다. 그는 평온함과 아름다운 것과는 너무나 거리가 먼 현실에서 살았다. 그런 현실에서 너무나 대비되는 이 노래를 불렀으니 그 진정성이 무대를 넘어 세계로 퍼져 나갔다. 유튜브의 조회 수만 봐도 해외에서도 반응이 뜨거웠다.

껌팔이에서 성악 가수로

지난 2011년, 〈코리아 갓 탤런트〉라는 방송에 한 남자가 나온다. 이

프로그램은 무명의 일반인들이 방송에 나와 공개 오디션을 본다. 많은 사람이 희망을 품고 자신의 재능을 선보이며 방송에 출연했다. 그중에서도 최종 우승을 차지한 이보다 더 많은 주목을 받은 남자의 이야기가 있다. 그의 이름은 최성봉이다.

여담이지만, 나도 그 프로그램에 나가서 서울예선을 통과했었다. 춤추는 의사로 팝핀 댄스를 췄다. 지금 생각하면 좋은 추억이다. 진료 때문에 먹고살기 바빴던 때라 더 이상의 진행은 포기했었다. 그때 우승은 팝핀 댄스를 하는 여고생이 받았다. 춤을 사랑하는 사람이라서 그녀의 우승이 반가웠어야 했는데, 나는 애꿎은 TV 리모컨을 던지고 말았다. 대회까지 참여했던 내 가슴을 두드려댄 것은 다른 사람이었기 때문이다.

최성봉 씨는 그 오디션에서 '넬라 판타지아'를 불렀다. 결승에서 아쉽게도 준우승에 그친 그는 사실 고아 출신이다. 세 살 때 보육원에 맡겨졌다. 졸지에 고아 신세가 된 그는 구타를 견디지 못하고 다섯 살 때 보육원을 빠져나왔다고 한다. 그 어린 나이에 세상 밖으로 나왔으니 야생의 생활을 할 수밖에 없었다. 껌이나 원기회복제 등을 팔고 다니며 하루하루를 버텼다.

거친 거리의 생활을 하며 일용직 노동자로 지내던 그는 오디션 프로그램에 출연하였다. 아주 짧게 자신의 이야기를 했지만, 요즘 사람이라면 더 짐작하기 어려운 삶의 무게를 느낄 수 있었다. '야'와 '거지새끼'가 그를 부르는 이름이었다. 조폭들에게 생매장까지 당한 그의 삶은 거칠었을 테다. 그랬던 그가 껌을 팔던 시끄러운 나이트클럽에서 아주 낯선 선율을 듣게 된다. 자신의 마음을 차분하게 만들고 인생을 바꾸어 놓은 그 선율은 성악곡이었다.

마음의 파동을 일으킨 음악을 들은 그때부터 최성봉 씨는 성악을 배우고 싶어 선생님을 찾아 나섰고, 어떤 성악 선생님이 무료로 그를 가르쳤다. 그는 차츰 성악가의 꿈을 가지게 됐다. 그리고 방송에 출연한 것이다. 최성봉 씨의 사연도 대단하지만, 그를 성악의 세계로 이끈 선생님도 존경받을 만하다.

몇 년 전이었다. 어떤 보육원에 의사가 되고 싶어 하는 원생이 있다는 이야기를 들었다. 그 꿈에 조금이라도 보탬이 되고자 매달 일정 금액을 적금통장에 붓고 있다. 그 아이가 보육원을 나올 때까지 꾸준히 할 것이다. 물론 나도 존경받거나 선행을 베풀겠다는 의무로 시작하지 않았다. 단지 그 아이가 의사가 되어 또 다른 사랑을 실천했으면 하는 바람이다. 누구나 최성봉 씨처럼 될 수 없어도 그 선생님처럼은 될 수 있다.

방송에서 최성봉 씨가 '넬라 판타지아'를 부르자, 심사위원과 관객들은 눈물을 흘렸다. 분명 아마추어인데 프로에게서 느끼지 못하는 그 진실한 노랫소리. 한겨울 추운 들판에 피운 모닥불 같은 그 온기는 아직도 느껴진다. 벌써 10년 가까운 시간이 지났지만, 최성봉 씨의 이야기는 감동적인 사연 말고도 그 사랑의 향기 때문에 기억에 남는다. 아직도 그때의 유튜브 동영상을 보면, 그때마다 울음을 참지 못한다.

그는 성악을 할 때, 전혀 다른 세상에서 사는 듯한 행복을 느낀다고 한다. 지금은 그는 어엿한 프로 성악가로서 음악회도 하면서 살고 있다. 그는 우연한 선택을 한 것으로 알겠지만, 사실 누군가 그 길로 인도해준 것이다.

성악을 만나기 전까지는 꿈도 꾸지 못했고, 거리에 보이는 성악강습소의 문을 노크할 때만 해도 이런 귀한 삶이 있을 줄 몰랐을 테다. 그의 삶은 우리가 흔히 말하는 바닥까지 간 삶이었다. 그런 삶에도 사랑은 늘 곁에 지키고 있었다. 그 누군가는 바로 아름다운 성악으로 포장된 '사랑'이다. 그가 사랑을 바라보고 '나 여기 있어요'라고 한순간, 꿈도 못 꿀 새로운 삶은 이미 준비되어 있었다.

사랑은 어떤 환경에도 옆에 있다. 좀 더 정확히 말하자면, 내 안에 늘 있다. 다만 발견하지 못하고 있을 뿐이다. 언제라도 말을 걸어주며, 그 말을 내가 듣기만을 기다린다. 사랑은 그 속성 그대로 온유하기에 억지로 강요하지 않는다. 대신 그 사람이 귀를 열 것임을 영원토록 믿으며, 귀를 여는 순간까지 말을 걸 것이다. 이런 음악으로, 아름다운 자연으로, 선생님으로, 친구로, 때로는 시련을 통해서도, 원수 같은 사람을 통해서도 말이다. 애타게 자신을 부르는 그 사랑에 귀를 여는 순간, 새로운 세상에 살게 된다. 이 새로운 세상을 알게 될 때까지 아마도 사랑은 포기하지 않을 것이다.

최성봉 씨가 방송에서 '넬라 판타지아'를 다 부르고 나자, 심사위원은 울먹이는 목소리로 "잘하셨습니다"라고 겨우 말을 건넨다. 우리가 인생을 매듭지을 때, 사랑의 절대자로부터 '잘했다'라는 말 한마디를 듣기 위해 지금 인생을 사는 건지도 모른다.

사랑은 엄청난 능력이 있다. 이 진실을 모르는 사람은 없다. 그런데 냉소적으로 받아들이는 이들도 많다. 지금 사는 세상이 사랑은커녕 증오와 상호 파괴에 치닫는, '막장' 드라마보다 더한 세상이라는 것이다. 어느덧 사랑은 삶의 진실이라기보다 허위와 위선의 가면으로까지 비칠 지경이다. 그러나 사랑은 사문死文이나 박제된 명사가 아니다. 동사다. 그것도 언제나 현재진행형 동사다. 사랑이라는 단어는 현실을 바꾸는 엄청난 능력을 품은 동사다.

사랑은 자신의 신념보다 더 높은 곳에 있다

빅토르 위고Victor-Marie Hugo의 소설 《레미제라블》은 온갖 인간군상이 등장한다. 이 제목처럼 온갖 비참한 사람들이 등장한다. 소설의 배경은 프랑스 혁명과 산업화 시대 개막 등 18세기에서 19세기로 넘어가는 대혼란의 시대였다. 혼란이 지배하는 그 시대 사람들은 소설에서 묘사한 것처럼 정말 비참한 삶을 살았다. 지금의 세상도 혼란이 지배하고 있기는 마찬가지다.

장발장은 19년 동안 노역을 살게 된다. 굶주리는 조카들을 위해 고작 빵 한 덩어리를 훔친 죄 때문이었다. 감옥에서 나온 장발장이 기댈 곳은 아무 데도 없었다. 사람들은 그를 죄다 외면했다. 오로지 미리엘 신부만이 그를 따뜻하게 맞아주었다. 그리고 자신의 운명을 바꾸어놓은 은촛대 사건으로 장발장은 전혀 새로운 사람으로 태어난다.

은으로 된 식기를 훔친 죄를 모면한 장발장은 무엇을 깨달은 것일까?

그가 이 사건을 통해 발견한 것은 권선징악이라는 '정의'보다 더 높은 교훈, 바로 사랑 사체이다. 그리고 미리엘 신부가 자신에게 했던 것처럼 장발장도 이 사랑을 세상에 드러낸다. 설리번 선생의 사랑이 헬렌 켈러의 사랑으로 이어진 것처럼 말이다.

장발장은 시장이 돼서 열심히 일하고 가난한 사람들을 아낌없이 도와줬다. 이쯤에서 소설이 막을 내렸다면 그저 해피엔딩으로 끝나는 여러 작품 중 하나로 묻혔을 것이다. 장발장은 그 이후에도 '허물이 가려짐을 받은 자'로서, 사랑의 본질을 찾은 사람이 인생을 어떻게 살아가는지를 여지없이 보여준다.

이 작품에서 장발장의 대척점에 서 있는 인물은 자베르 경관이다. 그는 작품에서 장발장을 집요하게 의심하고 뒤쫓는 인물로 나온다. 자베르 경관이 장발장을 의심하며 날카로운 눈길을 거두지 않고 있었는데, 예상치 못한 사건이 발생한다. 엉뚱한 사람이 장발장으로 오해받아 체포된 것이다. 그러자 장발장은 누군가가 자신으로 오해받아 체포됐다는 사실에 괴로워한다. 보통 사람이라면 오히려 영원히 자신을 숨길 기회로 봤을지도 모른다. 그러나 장발장은 타인의 희생을 전제로 자신의 안위를 선택하지 않았다. 제 발로 자수하고 감옥에 갇힌 것이다.

사랑의 인간, '참 나'의 인생을 사는 인간은 멈추지 않는 사랑의 삶을 산다. 항상 현재진행형 동사의 사랑이다. 장발장도 마찬가지다. 그는 미리엘 신부의 위대한 사랑과 하나인 삶을 산다. 미리엘 신부의 사랑이 위대하다고 말한 데에는 단순히 불쌍한 이웃을 도와준 것을 넘어선 무언가가 있기 때문이다. 미리엘 신부는 은식기를 든 장발장을 잡은 경찰에게 자신이 준 것이라고 거짓말을 하였다. 이것은 이웃에게 거짓 증언을 하지 말라는 교리, 신부로서 평생 지키고 가르쳐야 할 그 교리를 어긴 것이다. 신부는 평생 믿어온 신념 대신, 지금 필요한 사랑을 선택했다. 그리고 새로운 장발장을 낳았다. 평생 믿어온 신념을 넘어설 수 있는 것이 사랑이다. 니체는 불의의 반대말은 정의가 아니라 사랑이라고 말했다. 신부는 불의를 행한 것이 아니라 '진정한' 정의인 사랑을 행한 것이다.

동사적 사랑의 인간은 미리엘 신부와 시장이 된 장발장처럼 타인과 공동체에 대한 '진정한' 사랑으로 불의를 이긴다. 불의는 사전적인 의미인 '정의롭지 않음'이 아니라, 현재 상황에서 '사랑이 없음'이다. 또 동사적 사랑의 인간은 자신의 지위와 재력을 자신의 탐욕을 챙기기 위한 도구가 아니라, 이 세상에 사랑을 표현할 도구로 여긴다. 현재의 '가진 것'에 대한 불만족이나 미련도 없다. 장발장은 그 '도구'에 미련이 없기에, 자신의 누명을 쓴 타인을 구하기 위해 자수하며, 후에는 자신의 재산을 혈육이 아닌 코제트에게 넘겨주게 된다.

장발장의 동사적 사랑의 삶은 감옥으로 되돌아가는 것으로 그치지 않는다. 사랑은 살아있는 현재진행형이기 때문이다. 그는 예전에 함께 공장에서 일한 적이 있는 여인과의 약속을 위해 탈옥한다. 홀로 남겨진 그녀의 딸 코제트를 돌봐주기로 한 그 약속을 지키려고 말이다. 그리고 코제트가 자라 사랑하게 되는 마리우스를 탐탁지 않아 하면서도 봉기 때 치명상을 입은 그를 구하기도 한다.

집요하게 장발장을 쫓는 자베르 경관은 단순한 악역이 아니다. 그는 법과 정의를 대변하는 인물이다. 개인의 이익을 위한 것이 아니었다. 그토록 오랜 세월을 장발장 추적과 체포에 매달린 것이 그에게는 정의였다. 그는 장발장을 추적하면서 장발장의 사랑을 매번 목격한다. 한낱 범죄자에 불과한 인간이라 생각했는데, 갈수록 동사적 사랑의 인간이 보여주는 사랑의 본질로 고민을 하게 된다. 흔히 말하는 법과 양심 사이의 고민이라고 하지만, 세속의 법과 정의가 만든 기준보다 더 높은 삶을 본 것이다. 그는 사문과도 같은 법과 살아 있는 사랑 사이에서 고민하다가 파리의 센강에 몸을 던지고 만다.

소설에 묘사된 것처럼, 사랑은 현실에서도 살아 움직이며 지금껏 믿어왔던 단단한 신념마저도 무너뜨린다. 그 단단한 신념이 무너지고 그 위에 사랑이 정립되면, 새로운 세상이 열리게 된다.

'창조적 파괴Creative Destruction'라는 말이 있다. 경제학 용어로 기술적 혁신이 낡은 것을 파괴하고 새로운 것을 창조한다는 뜻이다. 그 창조적 파괴를 디지털 시대에 사는 요즘 실감하고 있다. 스마트폰만으로도 그 이전과 이후의 세상이 얼마나 달라졌는가. 이러한 창조적 파괴는 기존의 신념체계를 무너뜨리고 새로운 세상을 만드는 과정으로 이해할 수 있다.

작금의 혼란한 상황에서, 기술적 혁신만으로는 절망스러운 현재를 바꿀 수 없다. 지금 우리 사회에 필요한 것은 사랑의 창조적 파괴이며, 이는 사랑의 정립을 통해서 일어난다. 사랑은 창조적 파괴를 통해, 혼란한 시대의 절망 대신 새 시대의 희망으로 바꾼다. 사랑은 자신과 사회에서 불안만을 응시하는 눈을, 서로를 보듬어 안아주는 희망의 눈으로 바꾸어 새로운 미래를 보게 한다.

　이제는 사랑으로 절망과 파괴의 악순환을 깨야 한다. 사랑은 창조적 파괴를 통해서 우리의 삶을, 그리고 이 사회를 새롭게 바꿔줄 것이다.

19 포스트 코로나 시대의 사랑

거리의 풍경이 낯설다. 계절과 상관없이 모두가 마스크를 착용했다. 왠지 모를 눈치 보기로 버스나 지하철 타기가 불편하다. 코로나19 팬데믹이 낳은 풍경이다.

타인에 대한 경계가 이토록 심했던 때가 있었을까. 겨울의 끝자락을 불안과 공포로 지냈다. 춘삼월이 찾아와도 사람들은 생명의 활기찬 기운을 느끼지 못한 채 봄을 흘려보냈다. 처음에는 시간이 해결해줄 줄 알았다. 사스와 메르스처럼 사그라지는 야단법석이라 애써 믿었다. 그렇지만 코로나19는 한때의 난리가 아니었다. 과거의 일상으로 돌아갈 수 없게 만들었다. 찌는 듯한 여름의 무더위에도 마스크를 하고 있지 않은가.

코로나19 팬데믹은 바이러스의 전파 못지않게 불신과 공포의 전염도 강력했다. 지역 사회에서 벌어진 사태 초기의 광경은 '세상에 믿을 놈 하나 없다'라는 말을 저절로 떠올리게 했다. 겨우 확산 속도를 늦춘 뒤에도 벌어지는 '나만 아니면 돼!'의 이기심으로 또 한 번 공동체는 공포에 떨고 있다.

　마땅한 치료제나 바이러스 박멸 방안이 나오지 않은 상황에서 유일한 대안은 마스크 착용과 개인위생이다. 나를 지키고 모두를 보호하는 실질적인 방법이다. 공공시설이나 대중교통을 이용할 때 방역지침을 지키는 것은 나뿐만 아니라 모두를 위한 연대 의식이 작용한 것이다. 그런데 개인의 자유를 외치며 마스크를 벗는 것은 모두를 위험하게 만든다. 실제로 해외의 많은 나라는 마스크에 대한 선입견 때문에 착용을 거부한 사람들이 많았다. 그 결과는 참혹하다. 여전히 확진자 발생 추세가 가파르게 올라가고 있다. 사망자는 말할 것도 없이 늘어나는 중이다.

　세계 곳곳에서 연대와 협력보다 각자도생을 꾀했던 나라는 여전히 코로나19 팬데믹에서 헤어나지 못하고 있다. 현재 북미와 남미는 갈수록 증가 추세고, 수습될 기미조차 보이지 않는다. 연대는커녕 정치적인 계산으로 코로나19를 바라본다. 오죽하면 사태 총책임을 맡은 당국자와 대통령의 갈등이 언론에 알려질 정도로 심각하다. 제 이익 챙기기와 무책임의 극치를 연일 봐야만 했다. 유럽의 많은 나라도 서로 보살피는 것보다 비난과 갈등으로 손잡기를 거부하다가 두 손 들어버렸다. 어떤 나라에서는 요양원에서 노인이 죽은 채로 발견됐다. 병원에 자리가 없다는 이유로 방치됐고, 요양원 직원들은 제 살길 찾아 도망가고 말았다는 것이다.

　모두가 쓰나미처럼 덮쳐오는 감염의 공포에서 벌벌 떨 때, 우리는 희망의 불씨를 연대와 협력에서 찾을 수 있었다. 다행히도 그 희망의 불씨는 우리가 품고 있었다. 사태 초기 사람들이 집 안에서만 머물면서 뜻하지 않은 가족 간의 사랑을 찾았다는 이야기가 곳곳에서 나왔다. 가족의 사랑은 공동체의 사랑으로 이어졌다. 의료진과 119 구급대의 헌신은 직업정신으로만 설명할 수는 없다.

위기 앞에서 사람들은 각자도생의 생존법보다 연대와 협력의 길을 선택했다. 자신을 사랑하지 않고, 또 타인을 사랑하지 않으면 내밀 수 없는 손길이다. 포스트 코로나 시대의 뉴 노멀, 새로운 삶의 표준은 연대와 협력이라고 할 수 있다. 이 연대와 협력은 의무가 아니다. 나와 타인에 대한 사랑에서 시작하는 것이다.

뉴 노멀 시대의 희망의 불씨

코로나19 팬데믹이 휩쓴 세계의 모습은 거의 비슷하다. 사재기와 혐오, 봉쇄와 고립 등 인간이 할 수 있는 가장 최악의 모습을 보여줬다. 우리는 달랐다. 사재기도 약탈도 없이 힘든 고비를 어렵게 넘었다. 질병관리본부의 희생적 노력과 의료진의 자기희생도 있었지만, 모두가 이 고비를 넘길 수 있는 사랑의 힘을 믿었던 게 아닐까 싶다.

코로나19 팬데믹의 극복 매뉴얼은 사실 없었다. 기존의 질병 대응 매뉴얼과 백신으로는 막을 수 없는 재앙이었다. 그저 마스크를 쓰고, 손을 씻는 것밖에는 할 수 있는 게 없었다고 해도 과언이 아니다. 그런데도 이조차도 할 수 없는 나라가 대부분이었다. 많은 나라가 마스크를 구할 수 없었고, 설령 구하더라도 국민들이 왜 써야 하냐며 총을 들고 항의하러 밖으로 나가 시위를 벌이기도 했다. 그들에게서는 무지와 아집 말고는, 사랑은 발견할 수 없었다.

카뮈의 소설 《페스트》를 보면, 감당하지 못할 만큼의 재앙이 덮쳤더라도 함께 살아남으려면 서로 손을 잡고 각자 할 일을 묵묵히 하라는 메시지를 읽을 수 있다. 다른 도시에서 온 기자는 전염병 때문에 폐쇄된 도시 오랑을 탈출하려다가 돌아선다. "혼자만 행복하다는 것은 부끄러운 일입니다. 페스트는 우리 모두에게 관련된 것이니까요"라고 말하며 재앙을 이겨내는 인간의 실존을 보여준다. 그 실존의 바탕은 연대이고, 연대의 중심에는 사랑이 있다.

코로나19 같은 팬데믹은 4차 산업혁명과 같은 기술적 혁신만으로 예측하거나 대비할 수 없다. 코로나19는 또 다른 이름으로, 다른 자연재해의 형태로 다시 인류에게 들이닥칠 것이다. 코로나19의 등장은 인류와 무관한 갑작스러운 자연의 변덕이 아니기 때문이다. 이 바이러스는 야생동물과 인간의 접촉이 늘면서 전파됐다는 분석이 설득력을 얻고 있다. 세계보건기구에 따르면, 최근 20년 동안 새로 발생한 전염병의 70% 이상이 사람과 동물 사이의 감염이다. 왜 이런 일이 생겼을까? 무분별하게 동물들의 서식지를 파괴하고, 마구잡이로 목숨을 앗아간 결과다.

코로나19는 인간의 탐욕과 결합하여 팬데믹을 불러일으켰다. 문명의 발달이 장밋빛 미래를 보장하는 게 아니었다. 인간의 이기심으로 채운 문명은 스스로에게 파멸의 창을 던질 수 있음을 코로나19 팬데믹으로 새삼 알게 됐나. 눈부신 기술의 발달에만 눈이 멀이 또다시 종말의 위협을 스스로 가하는 어리석은 짓은 하지 말아야 한다.

지구 생태계에서 가장 꼭대기에 위치한다는 인간은 사실 어리석기 짝이 없다. 이 세상은 어리석음과 욕심으로 가득하다. 이 어리석음과 이기적인 욕망으로 온갖 갈등과 슬픔이 생긴다. 더 씁쓸한 것은 이 결과가 올 것임을 알면서도 끊임없이 반복한다는 것이다.

미움과 질시, 분노와 체념, 무지와 아집으로 가득 찬 이 세상과 자신을 어떻게 바꿀 것인가. 자신과 세상을 파괴하는 것을 버리고 어찌 사랑으로 세상을 채울 것인가. 뭔가를 채우려면 우선 비워야 한다. 먼저 인류 전체를 생각하지 않은 자신만의, 자신이 속한 작은 공동체만의 욕심을 버려야 한다.

문명이 발달하더라도 인간의 삶은 늘 위기를 겪을 수밖에 없고, 위기에 취약한 인간이 기댈 것이라고는 사랑밖에 없다. 그 사랑으로 서로의 손을 맞잡아야지만 참혹한 파국을 피할 수 있다. 지난 역사 속의 흑사병과 21세기의 코로나19 팬데믹까지 인류의 위기를 극복할 수 있었던 것은 치료제가 아니었다. 그때나 지금이나 당장 치료제를 구할 수도 없다. 그렇다면 무엇이 인류를 위기에서 건져낼까?

인간은 탐욕만 가진 존재가 아니다. 다행스럽게도 우리 안에 사랑이 있다. 개별 인간은 자연계에서 매우 허약한 존재다. 혼자서는 척박한 야생에서 살아남을 수 없다. 그러나 서로를 아끼고 사랑하며 도와주는 사랑의 방식으로 살아남았다. 코로나19도 언젠가는 백신을 만들어 대처할 것이다. 탐욕에 대한 경고로 진즉에 백신 개발뿐 아니라 보급도 과거의 신약 개발과 달리 모두에게 공급될 수 있도록 하자는 목소리가 커지고 있다.

인간은 자신 안의 사랑을 깨달으면, 상대방에 대해 공감할 줄 안다. 수많은 사람이 코로나19로 목숨을 잃었다. 하지만 욕망의 거침없는 질주보다 함께하려는 공감의 발맞추기가 확산하고 있다. 사랑이 죽음의 공포를 넘어서게 하고, 약한 자들에게 손을 내밀도록 해준다. 내 안의 사랑이 말하는 정언명령은 '함께 사랑하며 이 위기를 극복하라'라는 것이다. 그리고 포스트 코로나의 뉴 노멀은 사랑을 바탕으로 한 연대와 협력이라는 것을 알려준다.

연일 뉴스를 도배하는 절망과 파괴의 소식에도 희망의 불씨를 품는 이유가 있다. 저 멀리 아주 작은 사랑의 불씨가 있다는 것을 확인했기 때문이다. 코로나19 팬데믹과 사투를 벌이는 의료진, 한국전쟁 때의 참전용사들에게 마스크와 장비 지원으로 갚는 사랑의 보은, 컴퓨터가 없어 집에서 온라인 수업을 듣지 못하는 학생들이나 실직자들을 위한 자발적인 성금 마련 등 셀 수 없이 많은 사례가 있다. 작은 사랑의 불씨지만 또 다른 사랑의 불씨 여럿을 만드는 것이다.

이렇게 사랑으로 세상을 채우려는 움직임이 멈추지 않고 있다. 이 사랑의 행동은 많은 이의 가슴에 울림을 준다. 이 울림에 내 안의 사랑이 반응한다. 각자의 마음속의 사랑은 하나로 연결되어 큰 울림으로 세상에 퍼진다. 이제는 어두운 세상에서도 불행이 아니라 희망을 바라볼 수 있다.

더불어 살아가는 생태계가 만들어지다

'거리 두기.'

요즘처럼 이 말이 묘하게 들린 적이 없었던 듯하다. 코로나19의 공포와 위협이 아직 가시지 않은 상태에서 '거리 두기'는 간절한 호소이자 살벌한 경고로 들린다. 그런데 이 말을 두고 올바른 표현인지 약간의 논란이 있었다.

지금 거리 두기는 '사회적 거리 두기'라고 표현한다. 서로 가까이 붙어 있지 말고 2미터 간격으로 떨어져 있으라는 말이다. 될 수 있으면 얼굴을 맞대고 만나지 말고 뚝 떨어져 있으라는 것이다. 가뜩이나 집 안에서 나오지 않는 상황이었으니 거리 두기는 대체로 지켜졌다. 그렇다면 무엇이 논란이었을까?

인간은 사회적 동물이다. 물론 혼자서 무인도나 깊은 동굴에서 살 수는 있다. 〈나는 자연인이다〉라는 방송을 봐도 혼자 사는 게 불가능하지 않다. 하지만 '인간적 삶'이라고 부르기에는 뭔가 애매하다. 영원히 홀로 떨어져 살 수는 없다. 자연인들도 많은 이들이 홀로 살지만 '속세'와의 인연을 완전히 끊지는 않는다. 생필품을 사러 마을로 내려오고, 가족들과도 간간이 만난다.

인간적 삶은 사회적 삶이다. 애초에 거리 두기는 무리라는 것이다. 그렇지 않아도 사회적 거리 두기를 말하면서 새로운 만남을 이야기한다. 굳이 얼굴을 맞대지 않아도 얼마든지 만날 수 있다고 한다. '포스트 코로나' 시대는 새로운 관계 맺기와 만남의 방식을 말한다. 그래서 세계보건기구에서는 사회적 거리 두기라 하지 말고 '물리적 거리 두기'라고 표현할 것을 권고했다.

포스트 코로나 시대가 오더라도 나와 너의 관계, 우리의 거리 좁히기는 인간의 본성이다. 혼자서는 살아남을 수 없다는 것, 인간답게 살 수 없다는 것은 오랜 인류의 역사를 통해 충분히 알 수 있다. 만나는 방식이 달라져도, 물리적 거리 두기가 일상화가 되더라도 인간은 관계를 맺으며 살 것이다. 이 관계에서 진정 바뀌어야 하는 것은 소유와 통제 등 권력을 기반으로 한 역학적 관계다. 나만의 생존, 나만의 이익을 위한 관계에서 벗어나야 한다. 그리고 공존, 공생이라는 사랑의 관계를 맺어야 한다. 이 사랑의 관계는 물리적 거리 두기를 유지하면서도, 친밀한 사회적 관계를 만들 수 있다. 오히려 포스트 코로나 시대의 '물리적 거리 두기'는 우리가 기존의 관계 맺음을 사랑의 관점에서 재탄생시키는 기회다.

수천 년의 역사, 아니 수만 년의 역사에서 인류는 더불어 사는 삶의 유용성을 깨달아왔다. 더불어 살아서 지금과 같은 집단지성으로 문명의 발전을 이루었다. 그렇다면 지금 포스트 코로나 시대에 더불어 살려면 필요한 것은 무엇일까?

포스트 코로나, 언택트의 시대, 뉴 노멀 등 우리 앞에 놓인 바뀐 현실은 녹록지 않다. 대체 어떻게 살라는 말인지 쉽게 답을 구하기가 힘들다. 비대면이니 새로운 삶의 기준이니 하지만, 구체적으로 어떻게 하라는 것이냐고 물으면 미간만 찌푸린다. 지금 새로운 세상에 적응해야 하니 그럴 만도

하다. 어쩌면 앞서 말한 연대와 협력에서 실마리를 찾을 수 있다.

많은 전문가가 불확실성의 시대가 열렸고, 원래의 자리로 돌아가지 못한다고 한다. 코로나19가 가져올 변화는 복잡해서 쉽게 예측하는 것조차 불가능하다는 전망도 많다. 그래서 섣부른 예측보다 국가와 개인은 연대와 상생, 더불어 사는 지혜와 사랑을 찾아야 한다는 주장이 갈수록 지지를 받고 있다.

혼자서는 위기에 취약한 존재가 인간이다. 거리를 둔다고 해도 물리적인 거리 두기와 서로의 존재에 대해 거리 두기를 한다는 것은 다르다. 사회적으로 오히려 서로 위기를 함께 극복하는 손 잡기가 되어야 다가올 미래의 알 수 없는 위기에 대처할 수 있다.

마스크를 쓰고 손을 씻는 것은 나만의 안정을 위한 게 아니다. 나이든 부모와 어린 자식들을 보호하기 위한 최소한의 노력이다. 이 노력도 사랑이 없으면 이루어지지 않는다. 서울의 클럽에서 발생한 집단 감염은 무한 이기주의, 지나친 자기애로밖에 설명할 수 없다.

진정으로 자신의 사랑의 본질을 알게 된 사람은 타인도 정말 사랑한다. 사랑의 본질을 깨달은 후에 저절로 짓게 되는 사랑의 집은 나와 우리가 머무는 곳이다. 그 집에서 온기가 느껴지는 사랑을 그 누가 차갑게 식히려고 하겠는가.

사랑은 서로를 죽이려던 사람들마저 적대감을 거둬들이게 한다. 미국의 흑인 사망을 규탄하는 시위에서 한 백인이 다쳐서 쓰러졌다. 이때 한 흑인 남성이 그를 구했다. 좀 전까지 살벌한 욕설과 공격적인 눈빛으로 서로를 대하고 있었다. 누가 봐도 흑인 시위대 한가운데 홀로 남게 된 백인 남성, 그것도 흑인들을 경멸하고 무시하는 발언을 쏟아낸 그 사람의 운명은 사실 쉽게 예상되는 결말을 맞이할 수밖에 없었다. 하지만 그를 구해낸 것은 적대적이었던 흑인 남성이었다.

사랑은 적대적인 서로를 향해 웃고 악수를 하게 한다. 사랑은 온 우주에서 가장 강력하고 위대한 힘이자 전부이다. 그러나 사람들은 사랑을 유약한 이미지로 오해하기도 한다. 사랑은 그 속성 그대로 파괴나 두려운 힘을 쓰지 않기 때문이다. 하지만 사랑은 파괴와 두려움을 감싸 안아 무력하게 만드는 위대한 힘을 가지고 있다. 코로나19 팬데믹이라는 각자도생의 시대에서 유일한 더불어 살기의 동력인 것이다.

이제는 사람 간의 물리적 거리나 재력과 지위처럼 외적 조건이 더는 눈을 가리지 못하는 시대이다. 그게 전부가 아니라는 것을 요즘 들어서 모든 사람이 깨닫는 중이지 않은가. 그보다 사랑으로 서로를 바라본다. 잘난 모습만 보지 않고 모자란 것도 사랑의 눈으로 바라본다. 한 사람의 단점이나 허물처럼 부족한 부분도 서로의 사랑으로 채워주게 된다. 이해관계와 목적보다 동반과 동행의 관계가 만들어진다. 이 사회에 사랑의 생태계가 구축된다. 진정한 사랑의 동반자가 되는 것이다.

20 '사랑과의 동행'으로 우리의 삶을 완성한다

죽음을 앞둔 사람들에게 물어보면 '그때 사랑하지 못했다'라는 것이 가장 큰 후회라고 말한다. 인생을 돌아보면, 제대로 살았다고 생각되는 순간은 사랑하는 마음으로 살았던 순간뿐이라고 말이다. 이 소중한 깨달음을 겨우 죽음 앞에서만 알게 되는 것일까?

'죽음 관조'라는 말이 있다. 당장 죽는다고 가정하고 생각해보면, 죽음 앞의 성찰과 같은 효과가 나타난다고 한다. 먼저 자신에게 질문을 던진다. "내가 만약 지금 죽는다면 무엇이 가장 후회될까?", "무엇이 제일 자랑스러울까?"라고 묻는다. 이 질문에 자신이 대답해 본다.

그리 어렵지 않은 질문이다. 그러나 깨달음을 준다. 누구라도 이 단순한 질문과 대답을 하면서 사랑을 떠올린다. 우리는 의미 없이 사라지는 찰나의 시간을 무수히 보냈다. 지나간 찰나의 시간을 떠올리며 회한을 느끼는 것은 그때에도 사랑하지 못했다는 아쉬움이 크기 때문이다.

하릴없이 보내야 했던 그 찰나의 시간은 언제나 '지금'이다. 미래에 후회하지 않으려면 지금 사랑을 해야 한다. 그 사랑의 손길은 먼저 자신에게 내밀어야 한다. 혹시라도 부모의 사랑조차 받지 못해 스스로 사랑할 자격이 없다고 생각한다면, 그것은 착각이다. 사랑은 언제나 당신의 옆에서, 아니 당신의 내면에서 말 걸고 있다. 당신이 들을 때까지 말이다. 그 사랑이 영원토록 혼자 말하게 둘 것인가? 그저 귀 한번 열어주면 될 뿐이다.

톨스토이는 '사람은 무엇으로 사는가?'라는 질문을 우리에게 던졌다. 그리고 그 대답으로 사랑을 내놓았다. 사람은 사랑으로 산다고 설파한 것은 우리 안에 사랑의 본질이 내재한다는 것을 분명히 알았기 때문이다. 그는 "사랑의 힘은 죽음의 공포보다 강하다. 헤엄을 못 치는 아버지가 자식이 물에 빠진 것을 보고 자식을 구하려고 물속에 뛰어드는 것은 사랑 때문이다"라고 말했다. 톨스토이는 내재한 사랑이 죽음의 공포를 이기는 강한 힘이 있다는 것을 알았다. 그리고 사랑에 맡기면 스스로 삶의 문제가 해결되리라고 믿었다. 그는 "인간의 삶에 끼어드는 불필요한 문제와 모순들은 오직 사랑으로만 해결할 수 있다"라고 말했다. 이 울림 있는 메시지는 지금 우리 사회에 필요한 조언이기도 하다.

유한한 삶, 사랑을 배울 귀중한 기회

기쁨과 슬픔, 희망과 두려움이 뒤섞여 있는 카오스가 우리네 삶이다. 삶이란 고귀한 사랑을 배울 소중한 기회가 주어지는 시간이다. 그 사랑을 느끼고, 즐기며 사는 것이 행복한 인생이다. 개인이 모인 공동체도 사랑 안에서 행복한 삶을 지향한다. 그 소중한 기회가 우리의 유한한 삶에 있다는 것을 알게 되면, 증오보다 사랑을 선택하며 살게 된다. 불의 대신 사랑으로 세상을 채우려 한다. 사랑이 세상을 채우면 이제는 서로의 삶을 소중하게 여기고 지켜줄 수 있다.

우리 사회는 온갖 갈등이 마구 뒤섞여 있다. 세대 갈등, 지역 갈등, 빈부 갈등, 남녀 갈등 등 모든 갈등지수는 최고조에 다다랐다. 이 갈등을 해결하려고 내세우는 저마다의 논리는 그저 힘의 논리다. 어느 주장이 더 이성적이고 논리적이냐 아니면 어느 조직이 힘이 더 세냐는 것이다. 하지만 이 힘의 논리로 문제들이 해결될까? 이 '논리'대로라면, 지금 벌어지는 전 세계의 모든 갈등은 진즉에 해결되었어야 했다.

수십 년 동안 곪을 대로 곪아 목숨마저 앗아가는 갈등은 힘의 논리로 해결되지 못했다. 힘의 논리로 해소하기는커녕 또 다른 갈등을 낳았다. 이 힘의 논리는 타인을 지배하려 드는 에고의 허영심이 원인이다. 이 허영심은 채우거나 혹은 버리는 것 말고는 없앨 수가 없다. 그러나 에고의 허영심은 끝이 없어 채울 수가 없고, 버리기도 어렵다. 이 허영심을 어떻게 해결해야 할 것인가.

오스트리아의 정신의학자 알프레드 아들러Alfred Adler는 인간의 본능적인 허영심을 누르는 긍정적인 에너지가 있다고 했다. 그는 《심리학이란 무엇인가》라는 저서에서 '협업과 연대를 향한 의지'를 그 에너지로 꼽았다. 허영심은 인간을 바른 방향으로 이끌지도 못하고, 위대한 업적을 이룰 수 있는 능력도 주지 못한다고 지적했다.

허영심으로 채워진 이기적인 에고는 오로지 자신을 방어하는 것에 골몰한다. 자아의 확장은 꿈도 꾸지 못한다. 허기진 배 속을 채우려 마구 먹어대는 것과 다를 게 없다. 그러나 인간은 '참 나'의 사랑, 하나의 절대적인 사랑을 알게 되면 다른 이의 배고픔에도 주목한다. 그리고 나와 남 모두 배부를 수 있는 방법을 찾게 된다.

천재적인 기타리스트 지미 헨드릭스Jimi Hendrix는 "사랑의 힘이, 힘에 대한 사랑을 극복할 때, 세상은 평화를 맞이할 것"이라고 했다. 그의 말이 불가능한 것이 아니다. 에고의 '힘에 대한 사랑'이 '참 나'의 '사랑의 힘'에 굴복할 때, 평화는 찾아온다. 내가 용기를 내어 '참 나'의 편, 사랑의 편에 서고, 세상의 과반수가 같은 선택을 할 때 이 세상에 평화가 깃든다. 무척 먼 미래 이야기로 들릴 수 있지만, 그리 머지않은 미래에 이런 세상은 올 것이다.

요즘 세상은 인터넷으로 연결되어 있다. 한 사람의 '참 나'의 사랑의 말이 SNS의 코멘트로, 이 책 한 권이 전자출판으로 전 세계에 동시에 퍼진다. 에고 대신 사랑을 선택한 사람이 느끼는 속도는, 단선적인 형태가 아니라 기하급수적으로 퍼지게 된다.

우리 사회는 극단적인 갈등의 모든 형태를 겪었다. 한반도 분단과 전쟁은 정치이념 갈등의 대표적인 예이다. 갈등을 없앤다며 또 다른 갈등을 불러들였다. 예컨대, 갈등을 해결하겠다고 한쪽에서는 극단적인 극우 반공주의, 또 다른 쪽에서는 급진적인 사회주의를 내세웠다. 반세기 동안 그렇게 갈등의 불씨로 갈등을 꺼뜨린다는 모순된 접근의 결과가 어땠는가. 아직도 온갖 갈등의 변종을 만들어내고 있다.

이데올로기의 도그마에 집착한 갈등은 이념이 해답이 될 수 없다. 사랑의 3-way처럼 자신의 내부에서 시작한 의식의 상승으로 갈등을 치유할수 있다. 겉만 숭고한 이상은 결국 실패한다. 겉만 숭고한 이상은 개인의 자유와 자신의 '참 나'를 사회에 발현하는 것을 막는다. 겉과 속 모두가 숭고한 이상은 타인에 대한 증오가 아닌 하나의 절대적인 사랑을 바라보는데서 시작한다. 그리고 그 사랑과 동행하겠다는 의지가 새로운 세상으로 인도한다.

결국, 아들러가 말한 협업과 연대의 의지는 '힘에 대한 사랑' 대신 '사랑의 힘'을 믿는 것이라 할 수 있다. '힘에 대한 사랑'으로 남을 짓밟겠다는 것 대신, 위대하고 절대적인 '사랑의 힘'을 받아들여 나와 남이 함께 우리로서 동행하는 것이다. 그 위대한 사랑은 우리와 동행하여 서로 사랑하는 세상, 즉 천국을 이 땅에 가져올 것이다.

사실 나는 오랜 시간 에고의 '힘에 대한 사랑'으로 삶을 살아왔다. 그러다 쓴맛을 보았고, 다른 사람에게 깊은 상처를 주어 피눈물을 흘리게도 했다. 때로는 정반대의 상황이 되기도 했다. 나와 같은 사람들에게 입은 상처로 고개를 떨구어야만 했다.

어쩌면 내가 상처 준 사람들에 대한 죄책감으로 이 책을 쓰게 된 것인지도 모른다. 이제는 에고의 '힘에 대한 사랑'에 망가진 인생만큼이나, 더욱 많이, 아니 평생을 사랑으로 살려고 한다. 내가 바로 《성경》에서 말하는 집 나간 탕아다. 아마도 많은 사람이 집 나간 탕아일 것이다. 이 책을 통해서 '사랑'을 알게 되었기를 바란다.

내 안의 사랑은 언제나 옆에 서 있었고 때로는 마음 아파했을 것이다. 그러나 언젠가는 바뀔 것이라 믿고 바라며 참아왔을 것이다. 이제는 그만 '패배'를 인정해라. 도저히 이길 수 없는 상대다. '패배'를 인정하고 '사랑'을 승리자로 받아들이는 순간, 기쁨의 눈물을 흘리게 될 것이다. 나처럼 말이다.

그런데 미리 귀띔해줄 게 있다. 사랑에 눈이 멀어 생전 처음 하는 일에 도전할 수 있다. 나처럼 의사 일에 바쁘면서도 잠자는 시간을 줄여 사랑에 관한 책을 쓸 수 있다. 자해하는 설리번 선생에게 사랑을 조금이라도 깨달을 때까지 사랑한다고 이야기한 간호사가 될 수도 있다. 또는 무작정 찾아온 껌팔이에게 시간을 쪼개어 성악을 무료로 가르치는 선생님이 당신일지도 모른다.

여러분에게 무슨 일이 생길지는 나도 모르고 책임도 질 수 없다. 하지만 걱정하지 않아도 된다. 사랑은 당신을 대가 없이 부리지 않을 것이다. 당신의 인생에서 필요한 것을 충분히, 아니 넘치도록 줄 것이다. 당신의 인생에서 뭐가 필요한지 모른다고? 사랑은 안다.

4차 산업혁명 시대의 사랑

　세상이 또 한 번 커다란 변화를 맞이하는가 보다. '혁명'이란 단어가 붙을 만큼 우리의 삶을 뒤흔들어놓을 변화가 바로 4차 산업혁명이다. 하루가 다르게 바뀌는 기술과 사회인데, 또다시 적응해야 한다니 애꿎게 스마트폰만 만지작거린다. 하기야 이제는 스마트폰이 없으면 한 발짝도 움직이지 못하는 세상에 이미 살고 있다. 10여 년 전만 해도 상상 속에서나, 아니 아예 생각지도 못한 디지털 라이프를 살고 있지 않은가.

　4차 산업혁명의 시대가 왔다고 한다. 인공지능과 로봇의 등장으로 인간의 일자리를 대체한다는 불안을 말하기도 한다. 몇 년 전 알파고와 이세돌 9단의 대국을 보며 인간을 뛰어넘는 인공지능에 경악을 금치 못했다. 일자리의 대체를 넘어 인간의 존재 자체를 대체할 수 있다는 전망도 심심찮게 나온다. 과연 그럴까?

　어느 통신사의 말처럼 이제 '초超'의 시대다. 4차 산업혁명은 인간과 인간, 인간과 사물, 사물과 사물 등 모든 것을 연결한다는 '초연결', 빅데이터로 스스로 학습하고 진화하는 인공지능의 '초지능', 인간과 기계, 현실과 가상세계, 기술과 자연 등 경계를 허물고 모든 것을 아울러 새로운 가치를 만들어내는 '초융합' 등 '초'의 시대이다. 인공지능과 빅데이터, 사물끼리 연결이 가능한 사물인터넷이 결합하여 지금껏 유지하던 생산방식이나 삶의 패턴이 확 바뀐다고 한다.

　18세기 증기기관 발명으로 시작된 1차 산업혁명과 대량생산이 가능해진 19세기의 2차 산업혁명, 20세기의 디지털 기술에 따른 3차 산업혁명은 모두 전 세계적 변화를 초래했다. 생산과 소비, 삶과 일상 전부가 급격하게 바뀐 '혁명'이었다. 4차 산업혁명은 디지털 기술과 인공지능, 빅데이터 등의 결합으로 현재의 문명을 창조적으로 파괴하고 새로운 가치를 낳는 초월적 시대로의 전환을 뜻한다. 지금까지 인류가 경험했던 그 어떤 산업혁명과 비교할 수 없을 만큼 광범위하고 빠르게 혁명적인 변화가 일어날 것이라고 한다.

세 번에 걸친 산업혁명은 인류의 삶을 크게 바꾸어놓았다. 그런데 한 세기마다 세상의 풍경을 바꾼 산업혁명의 공통된 그늘이 있다. 급격하게 살기 좋은 세상을 만들었다고 하지만, 모두가 혜택을 받은 것은 아니다. 어두운 그늘에서 소외된 자들은 늘 있었다. 1차 산업혁명 때는 자본주의라는 새로운 경제에 적응하지 못해 몰락한 빈곤층, 2차 산업혁명 때는 가혹한 노동에 반해 생존을 걱정해야 하는 이들, 3차 산업혁명 때는 경제적 격차로 사각지대에 놓여 혜택과 기회를 받지 못하는 사람들이 있었다.

4차 산업혁명도 과거 기계화로 일자리를 빼앗긴 비극을 떠올리게 한다. 이제 인공지능과 로봇, 사물인터넷 등이 인간을 대신한다고 한다. 기술의 진보는 장밋빛이라 해도 삶의 터전을 상실할 가능성이 큰 노동자들의 미래는 잿빛이 자욱하다. 희망과 불안이 공존하는 4차 산업혁명의 시대에서 우리는 어떻게 살아야 할까.

기계와 인공지능에 지배당하는 미래인 '디스토피아'를 연상할 만큼 절망과 포기는 21세기를 지배하는 키워드다. 인간의 실존을 위협하는 것은 4

차 산업혁명의 아우라뿐만 아니다. 암울한 환경파괴와 생존의 위협에 일상
적으로 시달린나. 종교와 인종, 국가 간의 갈등은 더불어 사는 지혜보다 함
께 전멸하자는 짙은 어리석음의 그림자이다. 그러나 그 어떤 획기적인 기
계도, 수천 년 쌓은 인간의 지혜를 초월한다는 인공지능도 사실은 뛰어난
'도구'에 불과하다.

우리가 그 도구를 어떻게 쓰는가에 따라 우리의 미래는 '디스토피아'
가 될 수도 있고 '유토피아'가 될 수도 있는 것이다. 칼이 무력의 수단으로
폭력에 이용되기도 하지만, 사실 대부분은 부엌에서 우리가 먹을 음식을 다
듬는데 쓰는 것처럼 말이다.

인공지능과 로봇, 빅데이터 등 4차 산업혁명의 기술은 사랑의 3-way
가 말하는 '유토피아'의 세상을 더 앞당기는 데 쓸 수 있다. 예컨대, 자신이
사용한 인터넷 검색어의 패턴을 분석해서 자신의 개성과 특성을 파악하여
자신을 아는 통찰력의 도구로 쓸 수 있다. 수많은 사람의 자료가 모인 빅데
이터를 인공지능으로 학습하여 더 나은 미래의 청사진을 보여줄 도구로도
사용할 수 있다.

결국은 우리가 '힘에 대한 사랑'으로 이 도구들을 쓸 것인가, 아니면 '사
랑의 힘'을 위한 도구로 쓸 것인가의 문제에 지나지 않는다. 우리의 미래가
'디스토피아'인지 '유토피아'인지는 우리가 '에고'의 힘으로 살지 '참 나'의 힘
으로 살지의 선택에 달린 것이다.

세상의 패러다임을 바꾸어놓을 변화가 온다고 해도 사랑의 본질은 변
하지 않는다. 오히려 이 땅에 사랑이 표현되는 것이 신기술에 힘입어 더욱

가속화될 것이다. 사랑의 3-way 원리는 인위적으로 만들어진 모든 구분과 경계를 뛰어넘는 삶의 길이자 인류의 길이다. 따뜻한 사랑으로 냉정한 인과응보의 법칙을 대신하는 것이 사랑의 3-way 원리이다. 우리가 함께 사랑을 바라보며 걷는다면, 앞으로 맞이할 미래는 개인과 사회 모두 평화롭고 공생과 공존을 누릴 수 있는 세상이 될 것이다. 그리고 인류는 영원토록 번영할 것이다.

'사랑과의 동행'을 기다리며

'챕터4 사랑과 동행하기'는 죄송하지만 미완성된 상태로 마친 글이다. 아니 지금은 완성할 수 없다는 것이 정답이다.

챕터1에서 내가 누구인지 알게 되었고, 챕터2에서 사랑과 마주 보았다. 그리고 그 사랑을 나에게 비췄다. 챕터3에서는 우리가 마주보는 사랑이 얼마나 위대한 것인지를 알게 되었다. 챕터1부터 챕터3까지는 내가 나를, 내가 사랑을 마주 본 것이라고 할 수 있다. 그러나 챕터4는 서로 마주보는 것이 아니다. 사랑과 내가, 당신과 내가 한 곳을 바라보며 인생이라는 여정을 같이 걷는 것을 말한다. 이것은 지금 끝낼 수 없다. 만약 지금 끝낸다면 이건 실재가 없는 공허한 말에 지나지 않는다.

챕터4는 이 책을 읽은 여러분들의 삶이 실질적인 변화가 일어난 후, 그 삶의 생생한 후기와 증거가 충분히 모였을 때 제2권 〈사랑과의 동행〉편으로 완성될 것이다.

이 책은 'Love 3-Way 시리즈' 중 첫 번째로 내놓는 제1권이다. 시리즈의 제1권인 이 책 《스탠리의 사랑 이야기-사랑을 찾아 떠나는 시간 그리고 삶》은 사랑의 원리를 이야기한 것이다. 이 원리가 여러분들의 실제 삶에 적용되었을 때, 그리고 그 결과가 긍정적일 때에만 제2권을 쓸 것이다. 이 사랑의 원리가 사람의 인생이 긍정적으로 바뀌는 결과가 아닌, 원리로만 끝난다면 2권을 쓸 이유가 없다. 나는 유명한 작가로 또는 철학자로 여겨지는 게 싫다.

나는 여러분의 삶에 사랑의 증인으로, 사랑을 드러내는 자로 기억되고 싶다. 이 원리가 실제 삶에서 정말 큰 변화를 일으킬 것, 심지어 사회와 국가를 변화시킬 것이라고 굳게 믿는다. 그래서 여러분의 삶에 놀라운 변화가 일어날 것을 확신한다. 보잘것없는 나 또한 그 변화를 겪었기 때문이다.

이 책의 원리를 적용한 후 삶이 변했다면 medkings@nate.com으로 그 멋진 인생의 사연을 보내줬으면 좋겠다. 작은 변화에서 인생을 송두리째 바꿀 큰 변화까지 나의 이메일 주소로 사연을 보내면 된다. 언어가 다르다고 걱정하지 말고 전 세계에서 보내주면 더욱 좋다. 그것을 모아 'Love 3-Way 시리즈'의 2권 〈사랑과의 동행〉 편을 완성할 것이다. 그제야 사랑과의 동행, 사랑과 한곳을 바라보고 같이 걸어가는 인생이 생생히 보이는 책이 완성된다.

그리고 그 책으로 여러분들을 세상에 별처럼 빛나게 하겠다. 물론 원하지 않으면 익명으로 하겠지만 이 경우도 당사자는 알 것이다. 당신 속의 사랑이 세상에 보일 것이다. 옳은 길로 인도하는 자는 하늘의 별처럼 빛난다고 하지 않는가. 그 별이 바로 당신이다. 단지 지금은 준비 중인 것이다.

사랑은 당신의 인생뿐만 아니라, 이 사회를 별빛이 빛나는 밤하늘처럼 아름답게 만든다. 나는 이 시리즈를 3권까지 쓸 것이다. 아니면 더 쓸 수도 있다. 사랑으로 한 사람의 인생이 변하고, 그의 이웃이 변하고, 세상이 변한 것을 끝까지 목격하고 증언하는 증인이 될 것이다. 그리고 그 사랑을 드러낼 것이다.

이 세상에 사랑은 언제나 우리 곁에 함께 있었다. 그러나 세상은 그렇지 않은 것으로 보인다. 그 사랑을 이야기하는 것을 마치 자랑하는 것으로 여겨 침묵했기 때문이다. 그 결과가 어떠한가. 불의가 판치고 있지 않은가. 사랑이 없는 것으로 보이지 않는가. 사랑은 일시적인 감정으로만 치부되고 있지 않은가. 어둠 속에 빛이 필요한데 그 빛을 스스로 가리고 있지 않은가.

그 어둠을 방치하고 있는 것이 바로 당신일 수 있다. 당신에게 의무를 부여하는 것이 아니다. 당신이 행복하게 될 거라고 축복하는 것이다. 당신은 '절대적 사랑'의 대사이며, 당신의 세계를 창조하여 경영하는 '왕'이 될 것이다. 단지 내가 원하는 건 당신의 세계를 조금만 보여달라고 하는 것이다.

당신의 '참 나'의 이름은 무엇인지, 그 이름대로 사니 인생은 어떻게 변했는지 사랑은 당신의 인생을 어떤 높이까지 이끌었는지 너무도 궁금하다. 아마도 나뿐만 아니라 이 책의 독자도, 앞으로 2권을 읽을 미래의 독자도 마찬가지일 테다.

FORGET ME NOT

'Forget me not'은 물망초의 꽃말이다. '나를 잊지 말아줘요.' 이 말을 마지막 인사말로 정한 이유는 언젠가 삶이 힘들 때 이 책을 읽은 기억을 얼핏 떠올렸으면 하는 바람 때문이다. 우리는 삶의 길을 헤매는 경우가 너무나 많다. 이제 제 길로 들어섰다고 확신하는 순간 또다시 길을 잃고 헤매기 일쑤다. 그때 어렴풋하게라도 스탠리의 하트 모양의 로고가 마음에 떠올려졌으면 좋겠다. 그러면 이 책의 내용이 다시 떠오르게 될 것이다. 마음은 글보다는 시각적인 이미지를 잘 기억하기 때문이다.

분홍색 하트는 사랑을 뜻한다. 아무리 힘든 상황이라도 사랑은 언제나 당신의 옆에 서 있다. 당신에게 말을 건네며 새로운 인생을 살 힘을 줄 것이다. 사방으로 뻗은 십자로처럼 당신이 가야 할 새로운 길을 보여줄 것이다. 사랑은 당신의 삶을 희열과 평화가 있는 삶으로 끌어올릴 것이다. 사랑은 나를 통해 사방의 이웃으로 퍼진다. 그 이웃들도 사방으로 사랑의 싹을 틔운다. 그 사랑은 퍼지고 퍼져서 결국 세상 전체를 변화시킨다.